水の底のアフリカ

水棲生物

オズヴァルド・ルワット
大林 薫［訳］

Les Aquatiques

Osvalde Lewat

講談社

目次

LES AQUATIQUES

by Osvalde Lewat

水棲生物

水の底のアフリカ

装幀　アルビレオ

カバー写真　Shutterstock.com / Max4e Photo
Shutterstock.com / Sergey Uryadnikov

ああ、あなたに愛されているとしたら、
嫌われる可能性はどれくらいあるのでしょうか？
——チカヤ・ウ・タムシ（フランス領赤道アフリカ（現コンゴ共和国）出身の詩人（一九三一－一九八八））『エピトメ』より

礎石として支えてくれた母、エレーヌ・ヌガーヌへ
巌となって支えてくれたリュック、リュシー＝エレーヌ、ラファエルへ

プロローグ

マドレーヌ・ラプトゥの最初の葬儀は二十年前にとりおこなわれた。適当な場所に適当に葬るという、性急でお粗末(そまつ)なものだったが、どこか彼女の生き様に似ていなくもなかった。豪勢に生き、最後は聖書のヨブのように無一文になって、三十九歳で惨(みじ)めに死んでいった。彼女を埋葬するために、親族は辺鄙(へんぴ)な場所で安い土地を見つけた。立ち退きを求められることなどあるはずのない土地だった。マドレーヌが育ったフェンの村の農夫（元同級生で、彼女とは交際していたが、フラれてしまったとの噂(うわさ)がある）が同情して、村はずれに所有する土地の一画を譲ってくれたのだ。親族側は、その猫の額ほどの土地の面積をこれ以上ないくらいきっちりと正確に測定させたうえで安く値切ったが、農夫はいやな顔もせず取引に応じた。

　マドレーヌは身長一メートル六十二センチ。対する棺(ひつぎ)の長さは一メートル七十センチしかなかった。生前の彼女の胴回りは九十六センチだった。事故に遭って入院してから、いくらか縮んだようで、亡骸(なきがら)を見た人はみな「間違いなく痩(や)せた」と口々に指摘した。木材の棺とて安くはないのだから、横幅は胴囲の半分にあたる四十センチのものでよかろうということになった。さらに、棺には亜鉛の内張りを施すのだが、これがまた値が張る。とはいえ、亜鉛を外すわけにはいかず、注文せざるをえなかった。それでも、相場よりは安く入手できた。そのほかにも、穴掘り作業、内壁のタイル張り、墓に被せる石板、砂、セメント、水、砂利、聖歌隊、人手（墓掘り人、泣き女、弔銃の撃ち手、司祭）、レンタルの猟銃、弾薬。どれもそれなりに金がかかるが、必要最低限のものにとどめるようにして、無駄な出費が抑えられた。

ミサが終わると、棺が封印された。続いて、聖水がふりまかれる。司祭と参列者が交互に連禱を唱え、『リベラ・メ』〔葬儀の際のミサ終了後の赦禱式で歌われる応唱〕が歌われた。マドレーヌの次女のセンケがむせび泣きながら母に最後の別れを告げた。その姿にはやはり参列者たちも胸を打たれたものである。それに引き換え、長女のカトメのほうは無言で突っ立っていた。涙ひとつ見せず、石のように表情がない。そばにいた大人がカトメの肩を揺さぶり、小声で促した。

「さあ、お母さんにお別れしておいで。話しかけてあげなさい。お母さんにはあんたの声が聞こえるから」

別の者が続けた。

「ねえ、みんなが見ているよ。まったくもう、あんたが涙ひとつこぼさないから、母親が死んだのに悲しくないのかって思われちゃうじゃないの。ほら、お母さんがさよならを言ってくれるのを待っているよ。ここでお別れしないと、天国にも行けないって」

三人目が口を挟んだ。

「カトメ、お口が利けないの？　そんなことないわよね？　まあ、この子ったらどうしちゃったのかしら。お母さんのことが好きじゃなかったの？　そんなふうにむっつりしていると、バチが当たりますからね。ちょっと、なんとか言いなさいよ。埋葬されちゃったら、もうお母さんには会えないんだからね！」

それでも、カトメは頑なに口を閉ざしていた。父親のイノサン・パトンは娘たちのことなどお構いなしだった。それどころか、どういうわけか、地面から土をひと握り掬い取って、ポケットに忍ばせようとしていた。マドレーヌ側の親族のひとりがそれに気づき、強引に腕をつかんでやめさせた。

パン！　パン！

空砲が鳴り響いた。フェンのしきたりで、壮年期の女性の葬儀の際の弔銃は二発と決まっている。銃声の余韻のなか、マドレーヌの姉のママ・レシアの激しい慟哭があたりの空気を震わせた。ママ・レシアは誰よりも多く、死別の哀しみを経験し、埋葬に立ち会い、涙を流してきた人だった。

マドレーヌの亡骸を無理やり押しこんだ棺は蓋が浮かないようにラフィアのロープで縛りつけてあった。ママ・レシアの息子四人が、聖歌隊による詩篇の詠唱と泣き女の節回しに合わせてゆっくりと歩調を取りながら、この時はそこが彼女の安息の地であると思われた場所へと棺を運んだ。

いざ目指さん　近づかん
約束の幸

勇み進みゆく者に
報(むく)いあれかし

最後の祈りが捧(ささ)げられ、人々が涙を流して別れを惜しむ数分のあいだ、棺は墓坑の上に平行に渡した木の棒の上に置かれた。そして、ついに四人の息子たちの手で底に下ろす作業が始まった。作業開始からきっかり五十二秒後、棺が途中でつかえた。穴の幅が狭すぎたのだ。周囲に言われるまま、息子たちは無理に作業を進めようとした。しかし、棺はびくともしない。聖歌隊の歌声には熱がこもり、もはやシャウトに近い。

玉座に栄えの冠(かむり)
勝者を待つや
いざ勇め　立ちあがれ
主は呼びたもう
従う者に恵みあり
勇めや　いざ勇め
臆(おく)する者は
天の宴(うたげ)にあずかれず

ママ・レシアの息子たち、葬儀に参列した村人（気晴らしになるし、食事も出るので）、誰よりも元気のいい聖歌隊員、遠方から駆けつけたわずかばかりの友人、もはやフェンの赤土で服や靴が汚れるのもやむなしと腹をくくった者など、手を貸せる男たちはみな作業に加わり、頑として動かない棺を墓穴の底に押しこもうと躍起になった。不意にガラスの割れる音がした。最後までマドレーヌの顔が見えるように蓋に嵌(は)めこまれた小窓に亀裂(きれつ)が入っている。参列者は唖然(あぜん)として立ち尽くした。もうお手上げだった。棺はそれ以上押しこむことも、引き上げることもできそうにない。急いでハンマードリル、スコップ、ツルハシを手に入れる必要がある。穴を広げなければならなかった。そして、そのためには、壊さなければならない。そう、お粗末なタイル張りの内壁を壊すことになる。カトメとセンケはぞっとして墓穴を見下ろした。墓穴の寸法は一ミリ単位で厳密に測定されていたにもかかわらず、敷石(しきいし)のようなタイルの厚みの分が計算に組みこまれていなかったのだ。聖歌隊は歌うのをやめた。泣き女たちは、仕事となるとなかなか泣きやまない強者揃(つわものぞろ)いだったが、ショックのあまり、拳(こぶし)で口を覆(おお)っている。墓穴が乱暴に拡張されているあいだ、誰ひとり口を利かなかった。

　埋葬がつつがなく運ばれることはない。マドレーヌの場合はとくにひどかった。おりしも数週間前から、学生や一部の政治家たちが一党独裁をやめさせるべく、国家の父である共和国大統領に対してデモをおこなっている最中だった。彼らは、政治の場の開放、民主主義の導入、自由選挙の実施、給料の引き上げ、恣意(しい)的な逮捕の中止、大学の授業料の無償化を訴えた。ところが、与党党首の大統領は聞く耳を持たず、経済活動は麻痺(まひ)していた。この混乱のさなか、たとえ金を積んだところで、早急にフェンで店を開けている業者を見つけ、墓にもう一度セメントを塗ってタイルを貼(は)り直すのは不可能だった。大きな市が立つ土曜日など、特定の日には休業するようにというお達しがあり、ことにフェンでは（反体制派の多くがフェン出身者だった）、それが厳守されていた。

全員で額を集めて協議した結果、マドレーヌはそのままの状態で葬られることになった。マドレーヌは土曜日の午前中に埋葬された。この日、土曜日の午前、正午を迎える前に、母が葬られてしまうと、カトメは母の思い出も葬ることにした。カトメ、十三歳のときのことである。

第一部

第一章

最短ルートを取るのが理にかなっているけれど、いやでもサッカー場、商店街、遊園地、幼少期を過ごした家の前を通ることになるから、毎回トラント＝アヴリル大通りから行くようにしている。大通りはいつもながらカオスの状態に陥っていた。逆走する車があるかと思えば、渋滞にしびれをきらした運転手たちが車を降り、歩道やボンネットの上で、上半身裸になって踊っている。タクシーはけたたましくクラクションを鳴らし、カーラジオからははやりの音楽が大音量で流れている。物売りたちが車の窓に額を押しつけ、ありとあらゆる食べものや品物を勧め、バイクが車のあいだをスラロームする。目的地のサミーのアトリエは、もとは洗車場の倉庫だったところで、アンセニャン地区（教職員居住区）のはずれにある。かつてセンケとわたしがマドレーヌと住んでいたエリアだ。遠くに制服の警官を見つけ、わたしはＲＡＶ４のドアロックを外した。ステップボードに足をかけ、ドアのあいだから頭を出して、大きく手を振ると、警官はすぐにやってきて、カーキ色の制帽のひさしをつまんで軽く持ちあげた。

「知事夫人、神の祝福がありますように。まったく、こんなに渋滞しておりまして、申し訳ありません。すぐに道を空けさせます」

フロントガラスに貼ってある県庁の通行許可証を警官は見逃さなかった。わたしは車内に戻って窓を下ろした。

普段なら優先レーンは遠慮するところだ。でも、今日は脚と腕をこまめに動かして、路面の穴を避け、合図もなく急発進するタクシーやバイク、左右を確認せずに横断する歩行者をよけていく必要があった。体を動かして、ほかのことに気を逸らし、フェンの役場から届いた通達のことを少しでも頭から追い出したかった。

「知事夫人、お願いです。あなたの兄弟をお助けください」

「じゃあ、わたしのことはどなたが助けてくれるのかしら？」わたしは警官をからかった。

「ママン、ママン、これはまた手厳しい……。実は、わが家におりますあなたの姉妹になにかとせっつかれておりまして」

わたしは助手席からハンドバッグを取りあげ、五千フラン紙幣を出し、くるくるっと丸めて警官の手に握らせた。警官はすばやく道を空けた。わたしはエンジンスイッチを押した。

四駆車はアトリエに続く狭い土の道をガタガタ揺れながら走っていく。夫のタシュンと暮らすフルーヴ地区の舗装道路や整備された通りとは大違いだ。かつては教育省の公務員たちの居住区だったが、民間に払い下げられてからはすっかり廃れ、かなり安い賃料で貸し出されるようになった。首都の大半の地区と同じく、アンセニャン地区も貧困化が進んでいる。花盛りのフランボワイヤンの街路樹が日差しのように明るく家並みを彩ってはいるものの、この先もずっとスラム街という地位からは抜け出すことはないだろう。地区の住民たちはトタンと木材で囲ったその場しのぎのバラック小屋に住んでいる。これらの小屋は雨季の水害に備えて床を高くしてあり、実際雨季のあいだは水上住宅のようになる。サミーのアトリエも高床式で、水害から守られている。高い位置にあるベランダからは貧しい界隈が見渡せた。わたしがその片隅で暮らしていたことはサミーも知っている。わたしとしては、ほかの場所にアトリエを構えてくれたほうがよかったが、彼に言わせると、この環境が創造力を刺激するのだという。実際、そこで作業するようになってから、どんどん作品が増えているらしい。サミーにとってはじめての個展が成功すれば、観光客向けの安価な大量生産品を作る仕事に甘んじなくてもすむはずだ。早く彼の彫刻の新作を見たくてたまらなかった。今朝受け取った通達については、このタイミングで話すべきではないだろう。それを承知のうえで、わたしは話すつもりでいた。サミー以外の誰に相談できるというのか？　これがほかのときで、別の事案だったら、フェンの村長が末尾に添えたやけにこびへつらった挨拶文を彼に見せて、笑っていたに違いない。《知事閣下ならびにご令室ご両名のご意向に添うことこそが、小職にはなにより無上の喜びでございます》。きみは場をわきまえずに笑うと、タシュンには非難されているけれど、きっと大笑いしていたことだろう。でも、この通達はとても笑えるような内容ではなかった。

「きわめつきの社会参加型アーティスト！」そう言って、サミーは木の棒で支えた四体の彫刻を指差した。やつれた顔、充血した目、目の下の隈。見るからに睡眠不足だ。「まだ試作の段階で、完成形じゃない……もっと大きくするつもりだ。大人と同じくらいの大きさにね。同じテーマで十体作るんだ」

四体の男性のテラコッタの立像は首が長く、頭部がない。顔がみぞおちと臍のあいだにあって、腹部の三分の二を占める。四角いその頭が両脇に突き出して、リンゴ型肥満で体重過多を指摘されるような体型になっている。鼻孔から血を流し、苦痛に口をゆがめ、目はクールべの『絶望』の人物のように大きく見開かれている。サミーが彫った四人の人物像の顔にはなんとなく見覚えがあった。誰だっけ？　思いめぐらすうちにはたと気づいた。大統領と三人の副大統領だ。

「どうかな？」サミーは不安げだ。

「これ、本当に展示するつもり？」

「彫刻だけじゃないんだ」サミーは倉庫内の反対側を示して言った。「個展のタイトルは、まだ迷っているけど、やっと見つかったような気がする。こっちに来て」

籐の本棚に、彫刻や写真の本、古い新聞、スケッチブックが山と積まれていた。スケッチブックの上にはＡ４サイズの紙が一枚置いてある。

「さあ、座って。そのスツールに座ればいいよ。そのほうが落ち着いて読めるでしょう？」

彼は絵を描くときに使っている竹製の背の高いスツールをよこしてから、紙を差し出した。

《アンテ・モルテム》——いまわの際、か。読み進めるうちに、わたしは少しナーバスになっていた。ザンブエナでは、原則として、大統領や与党の政治方針に反対する意見を表明しても逮捕されることはなくなった。サミーには思うままに創作し、書きたいことを書き、好きなように批判する権利がある。彼は自分の役割を果たしているだけだ。彼に政治的な野心はない。その点が肝心だ。政治的野心がないのだから、なにも心配することはない。わたしはただ、彼に自分を偽らないでほしいだけだ。粘土でもストーンウェアでも、ファイアンスでもカオリンでもなんでもいいから、適当に陶芸で食べていければいいとか、丸彫りや浅浮彫り製作の退屈で厄介な作業をおとなしくこなしていれば満足だとか、なにもないところから強烈で大胆な作品を生み出して反響を呼び、常識を覆せれば十分だとか、そんなふうに考えてほしくないだけだ。社会参加型アーティストくらいなら、問題はない！　まあ、肩身の狭い思いをするのはタシュンだろう。「きみの友だち？　まったく、彼は永遠にわたしの靴の中の小石だよ！」夫が文句を垂れるのはいまに始まったことではない。

プロジェクターが床一面に実験映像を映し出していた。肥満体の子どもたちが紙幣を頰張り、もぐもぐと口を動かしては大笑いするいっぽうで、別の子どもたちが腹を立て、物欲しげに舌なめずりをしている。その紙幣は本物なのか、それとも地元の独占企業ザンボニー社製のオモチャの紙幣だろうか？　あとでサミーに訊(き)いてみるつもりだが、画面上では本物に見える。壁際の合板の什器(じゅうき)には八十×六十センチに伸ばしたモノクロ写真が架かっている。幼児、若者、老人、男、女の特徴を併せ持った肉体。多数の生殖器を持つ双頭の人体の壁画。時代を先取りしているのか？　すばらしい作品なのか？　美しいと言えるだろうか？　これもモダンアートのひとつなのか？　メトセラを連想するような臀部(でんぶ)に若い男の頭部、老婆のしなびた胸部、子どもの脚、大きさも形も異なるいくつもの性器というこの集合体に戸惑い、感想のひとつも出てこない。紙幣をむさぼる肥満体の子どもたちについては、言わずもがなだ。極めつきは、『水棲生物(アクアティーク)』と題された一連の写真だった。氾濫(はんらん)した下水や泥水に浮かぶ恐怖に引きつった顔、水面を漂う身分証、水に浸(つ)からないように頭上高く赤ん坊を持ちあげる母親、ランプ、スーツケース、溺死者(できし)の膨(ふく)れあがった頭部。被写体は見慣れたものばかりである。毎年のように雨季に入ると、多かれ少なかれテレビや新聞で同じような光景を目にするからだ。しかし、サミーが手がけた額縁（錆(さ)びたトタンの波板やすり減った金物、新聞紙から作った紙粘土でできている）や、その横に平和な暮らしのひとときを切り取った作品（トウモロコシ畑で子どもと一緒に寝そべる夫婦たち）が並んでいることが、洪水のひとつひとつのシーンを覆う激しい絶望感をいっそう際立たせていた。わたしは目を見張った。いつ、これだけの写真を撮影する時間があったのだろう？　彼のひどく興奮した視線が体に突き刺さった。

「どう？」

「…………」

「気に入らないなら、そう言えばいいじゃないか、カトメ！」彼は咎（とが）めるようにわたしをじっと見た。

「ねえ、怒らないでよ。つまり……どう言えばいいかしら……」彼の甲高（かんだか）い声が恨めしくてならない。

わたしはもう一度、全部見せてほしいと頼んだ。一度ならず、二度、三度と。せめて「これは好き、これは嫌い」くらいははっきりと言えたらいいのだけど。サミーは、言葉を濁（にご）すのは誠意がないしるしだと思っている。どんな感想を持ったかは、きちんと言葉で伝えてほしいはずだ。わたしが造形芸術について少しばかり知識があるのは、サミーのおかげだ。わたしたちの出会いの場となったリセは、図書室の蔵書目録に芸術の項目があるような新進気鋭の校風ではなかったし、聖書と秘蹟大好き人間のママ・レシアとの暮らしでは、ソウ〔ウスマン・ソウ（一九三五－二〇一六）。セネガルの彫刻家〕やデパラ〔ジャン・デパラ（一九二八－一九九七）。アンゴラ出身。コンゴ民主共和国で活動したフォトグラファー〕やエル・アナツイ〔ガーナの彫刻家（一九四四－）〕といった、天地創造とは違う創造の形があることを知ろうにも、知る由がなかったのだ。

サミーは壁にもたれながら、ずるずると崩れるように床に座りこみ、足を前に投げ出した。ビニールサンダルにビデオ映像の一部が映る。わたしは室内で唯一座り心地のよいロッキングチェアに腰を落ち着けた。サミーがロッキングチェアに座るのは、創造力を解き放とうとするときだけなのだ。わたしは彼を見下ろすと、お茶を濁すのはやめて、深く考えず、思いつくまま話すことにした。

「たぶん、一度には吸収しきれない。いろいろ詰めこみ過ぎだと思うわ、サミー」

「ぼくのはじめての個展だよ！　ありきたりのことをするつもりはない！」その声には怒りが滲み出ていた。彼は立ち上がりかけたが、結局、顎の下で膝を曲げただけで、また脚を伸ばしてしまった。

「彫刻があなたの専売特許であって、ほかは畑違いでしょ！」

「彫刻だけじゃない！　写真は四年前からやっているし、ビデオアートは二年前のものだし。ワークショップで生徒たちと製作したんだ。ぼくの創作意欲はふくらむいっぽうで、ビデオの中の子どもたちみたいにパンパンではち切れんばかりになっている。表現したいものでいっぱいなんだよ。これだけのものを二ヵ月で製作できると思う？」

「少し抑制すべきじゃないかしら、サミー？　これじゃあ見ているほうが窒息しちゃう。控えめにしたほうがいいわ。正直言って、これはやり過ぎよ」

　彼は立ち上がり、壁によりかかって顔をしかめた。ズボンの裾の上で、肥満体の子どもたちが笑い転げている。わたしは椅子から離れ、もう一度洪水の写真の前に立った。彼はそばに寄って言った。

「本当にダメ？」

　わたしは眉をひそめた。

「この人たちの形相……すさまじすぎるもの、サミー」

「ここの住民の暮らしぶりがすさまじいんだよ！　誰もがフルーヴ地区に住める幸運にありつけるわけじゃない。ねえ、ぼくを不安にさせるつもり？　クーナはこの写真をすごくいいと言ってくれているよ！　ほかの作品も全部！」

「クーナが全部評価してくれているんだったら、よかったじゃないの。わたしも喜ばないとね。いつからわたしはダメ出しをさせてもらえなくなったのかしら？」

思っている以上に自分の声がよそよそしく響いた。サミーがクーナのことを持ち出すと、わたしはいつもイライラしてしまう。

「その彫刻といい、《アンテ・モルテム》の紹介文といい、あなたはわざわざトラブルを招こうとしている。生まれたばかりの赤ん坊に熟していないプランテン〔熱帯地域で生産されるバナナに似た調理用の果物〕を食べさせるようなものだわ。あなたのクーナはいつも白人ぶっているけど、いったい何年この国で暮らしているのよ！　タシュンが見たらただじゃすまないわ！　あの人がお金を出しているってこと、お忘れなく！」

最後にそう口走ってしまったとたん、口の中が苦くなった。覆水盆に返らず。サミーの頬に引きつった笑いが浮かんだ。

「え？　いま、なんて言った、カトメ？」

サミーは苦々しげに唇をゆがめた。わたしが手を差し伸べると、彼は後ずさりした。

「クーナは成功すると言っている。お金なら返す。きみに返すから、絶対」

「サミー、バカなことを言ったわ、ごめんなさい」

表情を硬くしたまま、彼は腕組みをして再び壁にもたれかかった。そばに寄って、組んだ腕をほどこうとすると、彼はわたしを押しのけた。なんであんなことを言ってしまったんだろう？わたしの舌は剣のように人を傷つけてしまう。決してそれをサミーに向けるべきではなかったのに。バッグの底にある例の手紙のせいだ。あの手紙とタシュンの無茶な計画。わたしは誰かを傷つけなければ気がすまなかった。その矛先がサミーに向かってしまったのだ。

「わたし、ひどかったわね。タシュンはお金やアトリエのことなんて知りもしないわ。本当に……ごめんなさい……。わたしなんて、なにも知らないくせに。そうよ、そうよ、わたしなんて鉛筆で絵を描くこともできないのに。サミー……」

彼は赤い目でこちらを見た。彼は消耗しきっていた。彼がくたくたに疲れているというのに、わたしったら……。彼から〝ぼくの空港〟と呼ばれ、彼にとっていちばんの拠(よ)りどころであるはずなのに、わたしの頭からそれがすっかり抜けていたのだ。彼は壁から離れると、アトリエの奥に向かった。そこには彼が自分でこしらえたプライベートな空間がある。彼は仕切りのカーテンを上げ、鉄製のベッドに横になった。

わたしはあとを追い、枕(まくら)やシーツをタータンチェックのウールのブランケットが覆うベッドの縁に腰かけた。アトリエの壁の上部は全面がガラス張りで、そこから日差しが斜めに差しこみ、サミーの錆(さび)色の肌や、不眠で皺(しわ)が深く刻まれた顔を照らしていた。

わたしはバレリーナシューズを脱いでベッドに滑(すべ)りこみ、彼の腕を持ちあげて、腋(わき)の下(した)にすっぽりおさまった。

「カット、きみのせいじゃない」長い沈黙のあとでサミーは口を開いた。「きみのせいじゃないんだ。エティから電話があって、ケンカしちゃって。また、いつもの文句だよ。ぼくが忙しくて会えないこととか、ずっとアトリエにこもりっきりになっていることとか。ロッキングチェアで一時間かけて、やっと気を取り直して、作業に戻ろうと立ち上がったとたん、こんどは狂ったメス豚(フォルコッシュ)〔エルヴェ・バザンの自伝的小説 Vipère au poing〔蝮を手に〕に登場する母親の渾名。この作品は二〇〇四年に映画化されている〕のおでましだよ。ぼくが〝あばら家でいまだになにを作っているのか〟確かめにきたんだ。もう何日も家に帰っていなかったからね。こうなることは予想しておくべきだったんだけど、《いい年なんだから、そんなくだらないことはもう卒業しなさい。おまえが本物のアーティストだって？　それならとっくにわかるはずよ》なんて、ギャンギャン言われてさ。もう、絞め殺してやろうかと思ったよ」

「お母さんとはもう三十五年の付き合いじゃないの、サミー……」

　彼は陰(かげ)で自分の母親をフォルコッシュと呼んでいるが、わたしは絶対に渾名(あだな)では呼ばないようにしている。いつか小説を出してやると、彼は口癖(くちぐせ)のように言う。書き出しは《どうしてぼくが母親に対してアレルギー反応を起こすようになったのか》にするそうだ。

「お母さんに悪気があったわけじゃないんでしょ？　ちょっとデリカシーに欠けているかもしれないけど……」

「悪気はないと言うけど、それはどうかな。デリカシーのなさも、度が過ぎれば恥ずべきことだ。あの人には本当にムカつくよ。悪気がないからって、なんでも許されるわけじゃない。でも、あの人の言うことは当たっている。ぼくはアーティストもどきの、正真正銘の落伍(らくご)者だ。個展のことを考えるだけで、頭も指も麻痺してくる」

　オープンしたてのギャラリー、ブビンガ・プロジェクトのオーナー、クーナと出会うまでは、ほうぼうから断られ、サミーは大規模な個展を開くのは無理だと諦めていた。これまでの彼の作品についての評価といえば……民族色が強すぎる。邪道。過激なドキュメンタリータッチ。現実離れしている。観念的すぎる。言われるほど難解ではない。政治色が濃い。政治参加というほどのこともない。奇抜すぎる。独創性に欠ける……といったところだろうか。


　わたしは彼の手を取って、胸に当てた。

「あなたのやりかたをすべて理解できるわけではないし、公正な判断を下せるわけでもない。でも、わたしの心は嘘をつかない。自分を信じて」

「こんどはうまくいけばいいんだけど。うまくいかなかったら、造形美術の講師の皮を被って細々と暮らして退職の日を迎えることになるんだろうな」

「お願いだから、サミー、またそんな話をするのはやめて……」

　わたしは握っていた手を離し、片肘をついて体を起こした。

「こんどはわたしの番よ。見てもらいたいものがあるの」

　そう言うと、わたしは裸足のままベッドを下りて、ロッキングチェアの足もとに置いたバッグを取りにいった。そして、クリップやメントールのリップ、スカーフ、くしゃくしゃの書類の中を探って、目的のものを取り出した。

「今朝、県庁でタシュンからこんなものを渡されたの。別に言い訳をするつもりはないんだけど。執務室を出てから、わたし、ちょっと頭が混乱しちゃっていて」

彼は手紙に目を通した。

「きみはどうするつもり？」彼は、数時間前にタシュンが投げた質問とまったく同じことを尋ねた。

「まずはフェンに行って確認してみる。いつまでに移さないといけないのか、ここには書かれていないから。まるで督促状みたいな感じだけど、督促といっても、この国では明日中にということかもしれないし、十年後ということかもしれないし」

おもてでガヤガヤと人声がするのが聞こえた。誰かがドアをノックしている。

彼は手紙を返し、起き上がってドアに向かった。

話を中断されて、わたしはむっとしながら荷物をまとめ、あとを追った。戸口に立つと、太陽が真っ向から照りつけてくる。目をすぼめて見たら、十歳前後の子どもが六人、素焼きの壺を手に立っていた。

「サミー先生、どんな模様にするか決めたよ。言われたとおり、緑青も用意したよ」一番背の高い子が言う。

「サミー先生、肩のところに釉薬がかかった壺が人気があるんだ。一番売れるんだよ。どうやって作るかまた教えてよ」襟の伸びたＴシャツを着た子も催促する。

「あら、あなた、誰にも会っていなかったんじゃないの？　うちの娘たちが知ったらヤキモチを焼くわよ」わたしはからかった。彼は双子のアクセルとアリックスのゴッドファーザーで、週に二回、彫刻の手ほどきをしてくれている。いまは個展の準備に集中するため、レッスンはお休みにしていた。

「うん、でも、この子たちは別なんだ。レッスンをやめたら、この子たちの親に殺されちゃうよ。ありがたいことに、この子たちがここに来てくれることで、ぼくは作業の手を休めることができる。この子たちがいなければ、ぼくは日光を見ることもなかっただろう」

サミーは地域住民のためにプロボノ活動をおこなっていて、教え子たちを陶芸家の卵と呼んでいる。彼らはアンセニャン地区のはずれの荒れ果てた土地に親と住んでいて、サミーの指導のもとで作った焼き物を、地元の障害者施設の手足が不自由な人たちの作品ということにして、市場で売っているのだ。

「この子の名前は？」わたしはグループの最年少らしき少年を指して尋ねた。

「その子はプチ・ポール。まだ小さいけど、賢い。すごく賢いんだ。粘土のことならなんでも知っているんだよね、プチ・ポール？」

答える代わりに、少年は誇らしげに胸を張り、照れくさそうに微笑(ほほえ)んだ。

「あとは、こちらから順番に、ブレーズ、クアンク、エマニュエル、グラン・ポール、クリソストームだ」

わたしはバッグの中から札束(さつたば)を取り出して、プチ・ポールに手渡した。

「みんなにも分けてあげてね。いい？」

少年はうなずいた。

「ありがとう、ママン。助かります」

案の定、サミーは首を横に振り、咎めるような目をして、わたしの耳をつねった。

「ビンディ〔カムフラングレ（カメルーンで仏語、英語、現地語をベースとしたスラング）で、妹の意〕、またきみの悪い癖(くせ)が出たね？」


サミーは階段の下までついてきた。足もとの花壇には、彼が手塩にかけて育てたセントポーリアが奇跡を起こしたように咲いている。アトリエの建つ不毛な土地をサミーがやさしくなだめるように耕したのだ。小さな花はこの世のものとは思えないような藍色(あいいろ)を帯びた深い紫で、黄土色の地面や周辺のぬかるみとは対照的だった。


わたしは夫の大それた計画をサミーに明かした。

「わたしたちふたりで説得すれば、タシュンも、そんなことは現実的じゃないってわかってくれるかもしれない……。ねえ、あなたから進言してくれないかしら」

「まるできみの旦那(だんな)がぼくを信頼しているような言いようだね！　つまらないことで意見を求められることはあるけど。ぼくがなにか言ったところで、無駄に終わるよ。きみだって、それはよくわかっているはずだ」

子どもたちは待ちきれないようにわたしたちを見下ろしていた。早くわたしに帰ってほしいと思っているのがありありと表情に表れている。

サミーはわたしを抱きしめてから、階段を上っていった。

車のドアを開けたとき、背後から彼が叫ぶのが聞こえた。

「ビンディ！　アブ・アミキス・オネスタ・ペタムス〔キケロの『友情論』の一節〕。友人には正しいことを求めなければならない！」

わたしは振り返って右手を挙げ、親指と人差し指で輪を作り、残り三本の指を立ててＯＫのサインを送った。彼はニッと笑った。

フロントガラスに貼りついたフランボワイヤンの緋色（ひいろ）の花びらを取り除き、後輪タイヤにマーキングをする野良犬を追い払いつつ、わたしは自問していた。いまのサミーの言葉は、わたしが彼の作品の真価を見抜けないことをあてこするものだったのだろうか？　それとも、わたしに味方してタシュンに進言するのは無理だとほのめかしていたのか？

母親がラテン語教師だったこともあってサミーは語学に秀でていたが、いまもまた、嫌味なほどすらすらとキケロの一節を言ってのけたのだった。

第二章

アクセルとアリックスが大理石の床にわざと寝転ぶ父親を起こそうとする。父親のほうは大笑いしている。じゃれあいが終わると、三人は連れ立って寝室に続く螺旋(らせん)階段を上っていった。わたしはそれを目で追った。夕食はタシュンが帰ってくる前に娘たちとキッチンで済ませてしまった。タシュンには、接待用のダイニングルームにテーブルをセッティングしてある。夫がいないとき、わたしは好んで娘たちとキッチンで食事を取っているが、夫はそれが気に入らない。

「そんなことでは、あの子たちがコンロや鍋(なべ)に囲まれた中で食事をする癖がついてしまう。感心しないな」

植民地時代の総督のレセプション用に作られたとてつもなく広いダイニングルームよりも、わたしは素朴なキッチンの温かみのある雰囲気や、紫檀(したん)の端材(はざい)を使った無垢(むく)の調度品（厨房(ちゅうぼう)設備にはお金をかけていないことが見た目にもはっきりとわかる）のほうが好きだった。この植民地時代の建物が首都の知事の公邸になることが決まったとき、住宅省が多額の費用をかけ、ヨーロッパから呼んだインテリアデザイナーの手によって、広々として、壮麗で清潔なベージュ色の洒落(しゃれ)た空間に生まれ変わったのだ。

公邸には料理人二名を含む十名あまりのスタッフがいたが、タシュンは自分の食事はわたしに作らせ、給仕させている。

「一家のあるじの食事のメニューを使用人のその日の気分で決められてはかなわない」

教員養成学校で学んでいたわたしが、行政学院の最終学年に在籍していたタシュンと出会ったときは、まさか彼が自分の女性観について熱心に語る日が来ようとは夢にも思わなかった。


「もういいかい？」夫がダイニングルームの入口から顔をのぞかせる。

「あともう少し」

わたしはフォロン〔アマランサス。カメルーンやガボンで食される葉物野菜。種子は穀物として食用とされる〕のソテーに小エビを載せたものと熟したプランテンをテーブルに出した。

夫は裸足で、シャツの前を半分はだけていた。上着はどこかで脱ぎ捨ててきたらしく、ネクタイも外している。夫の脱ぎ捨てたものを探して拾い集めなければならないことは考えたくもない。


夫は席に着くと、まずフォロンをひと口頬張った。

「冷めちゃっているよ、カット」

「待って、温め直してくるわ」

「いいよ。このままでも」

そう言いながらも、夫はわたしがもう一度「温め直す」と言うのを待っている。わたしは「やっぱり、温め直すわ」と返事した。


キャセロールを火にかけると、野菜はジュージューという音とともに湯気を立てはじめた。タシュンはできたての熱々を食べたがる。わたしは火傷(やけど)しそうなくらい熱々のフォロンのソテーを夫の前に置いた。夫はまるで覆いを外していくように、小エビを取り除いた。

「今日はトプシバナナ〔牛肉あるいは魚、香味野菜、グリーンバナナを炒めて煮こみ、ピーナッツバターを加えてさらに煮こんだ料理〕の日じゃなかったっけ？」

「庁舎を出たあと、サミュエルのところに寄ってきたから、トプシバナナを作る時間がなくなっちゃって」

　接待がない日の夕食のメニューは、タシュンがきっちりと決めている。朝食には前日の夕食の残りものを食べる。

「白人のようにパン、コーヒー、紅茶はいらない。しっかり噛んで食べることで、一日分の活力が得られる」

　夫のために料理を作るのに、一日に二時間から三時間は、時間をとられてしまう。双子の世話をしてくれるメイドのバンビリが、今日のようにときどき手伝ってくれるのがありがたい。


「オープニングパーティーはいつだって？」

「三月上旬。バルビーヌが予定表に書いておいてくれているわ。前もって言っておくけど、ちょっと政治色のある個展になりそうなの」

「いまに始まったことじゃないだろう」

「そうね」わたしは同意しながら、心の中で、実際はちょっとどころじゃないんだけど、とつぶやいた。今回のサミーの作品はこれまでよりもずっと過激だ。いずれはタシュンもそれを知ることになる。

「この国は民主主義国家だ。彼のように異なる意見を表明する人間がいてもいいさ。いずれにしろ、これまで彼の作品はいろいろと買い上げてきたんだから、もう買わなくてもよさそうなものだがね」

「なにも買ってあげないの?」

「いや、場合にもよるが……。しかし、いまやわれわれはサミュエル・パンクーの作品の最大のコレクターだ。ほかの人に買ってもらってもいいじゃないか……。われわれだけを相手に商売することもなかろう」

「わたしたち以外にも顧客は付いています! なにをバカなこと言っているの?」

「ほう、そうか……。それはいずれ証明されることになる。わたしもそこまでバカじゃない」

タシュンはしゃべり、つぎつぎと料理を頬張り、咀嚼し、呑みこんでいった。まるで皿を下げられるのを心配しているかのようだ。同じ屋根の下で暮らすうちに気づいたことだが、夫のガツガツと大量に貪って、さっさと呑みこむ癖は、食べものに限らず、別の領域にも広く及んでいた。

タシュンは食べながらも、朝、自分が提案した件について、わたしが考えたかどうかを知りたがった。

「考えたわ、タシュン。わたしは反対よ」

彼はテーブルクロスの上にまずナイフを置き、それからフォークを置いた。そして、座ったままこちらに軽く身を乗り出し、じっとわたしの目を見据えた。

「カトメ、きみが首都アクリバの知事夫人であり、さらには将来の中央委員会執行委員の妻である以上、母親の葬儀をきみの都合に合わせて適当に済ませるわけにはいかないんだ。たとえ、故人が二十年前に埋葬されているとしてもね」

夫の声は苛立(いらだ)ちを隠しきれていなかった。

「忘れるなよ。きみのお母さんはわたしの義理の母親でもあるんだからな。このたびの改葬はそのしるしとしてわれわれにもたらされたものなんだ。わからないとは言わせないぞ！」

マドレーヌの墓の移転を、党を挙げて祝おう。死者の名誉と尊厳を重んじて改葬する。そう誇らしげに言うと、彼は一通の手紙をよこした。それは、オー＝フェンとアクリバを結ぶ高速道路の建設に伴い、建設予定地にあるマドレーヌの墓を取り壊される前に早急に移転させる必要があることを知らせる通達だった。名誉と尊厳。それに平和を加えれば、ザンブエナのスローガンではないか。滑稽（こっけい）だ。まったくもって滑稽だ。よその土地では、死を退けるために人は戦うが、ここでは死を準備することに人生を費やす。死者を祝うことは、生きている者をいたわることより重要視されるのだ。どれだけの金をつぎこむかという点で、人は尊敬されるか、賞賛されるか、軽蔑（けいべつ）される。将来の喪に備え、村に立派な家を建てるために働いて、貯蓄に励（はげ）むのだ。マドレーヌが死んでから、わたしは二度父に会っている。一度目は祖母の葬儀のときだった。生涯を通して貧しかった父方の祖母には、大勢の弔問客が訪れるような、文句のつけようのない豪勢な葬儀をしてもらう資格があった。純金が埋めこまれた棺の飾り彫り、ジンバブエ産の黒い大理石でできた霊廟（れいびょう）、シャンパン、ワイン、ビール、贅（ぜい）を尽くした食事、引く手あまたの人気者の泣き女たち、評判の伝統舞踊団、著名人の招待客。誰もが父を祝福した。その日、わたしはマドレーヌの埋葬のときにぼんやりと感じていたことがはっきりとわかった。葬儀は成功することもあれば、失敗することもある。マドレーヌの場合、裕福な実業家であるイノサン・パトンという存在があったにもかかわらず、なにからなにまでが失敗だった。

タシュンはフォロンを食べ終えて、サワーソップ〔トゲバンレイシ。熱帯域で栽培される果実〕のシャーベットを味わっていた。

「自分の母親の埋葬を適当に済ませようなどと考えてはいけない。まるできみはなにかから逃げているみたいだ」

「そういうあなたは、むしろなにかを追いかけているわよね？」

彼はものすごい目をして睨（にら）んだ。

「鬼の首を取ったようなもの言いはよしてくれないか。そんなシャレを言っている場合か？　誰に養ってもらっていると思っているんだ」

「あら、自分ひとりで養っていくって決めたのはそっちじゃない。忘れないでよ」

「うるさい！　いちいち昔のことをほじくり返すな！　ご婦人がたの中には、きみと同じ立場にいたら、ロウソクに火を点して首都アクリバの知事の妻であることを神に感謝する人が少なからずいるはずだ」

　頭の中に暗澹たるものが充満していった。ねっとりとしたどす黒い煤にも似たものが。マドレーヌの墓参りには一度も行ったことがない。彼女の好物やヤシ油、塩、ラフィアヤシのワインもいっさい供えていない。わたしの記憶では、マドレーヌは赤ワインが好きだった。といっても、結局のところ、オー＝フェン州では、死者の墓に供えるのはラフィアヤシのワインなのだけど。彼女の墓はいまどんな状態にあるのだろう。想像したくもない。一度も墓参りをせず、お供えもせず、掃除もしていないことを知ったら、みんなはどう思うだろうか。マドレーヌの墓をほったらかしておいたくせに（つまり、故人をないがしろにしていたということになる）、二度目の葬儀でお祭り騒ぎをするなんておかしいと言われるに決まっている。誰からも理解されないだろう。当然だ！　わたし自身、理解できそうにない。違う角度から、新たな光を当てて、視点を変えて考えてみろ。タシュンからはそう言われている。夫が脅すことはめったにないが、まったくないわけでもない。すごまれても、おとなしく引っこんでいるわたしではないので抵抗する。でも、たいていは最終的にこちらが折れることになる。結婚してから、わたしたちの関係はそうだった。朝から晩まで知事夫人を演じるために、教員を辞めなくてはならなくなったときだってそうだ。今回もまた折れてしまったら、母親の死を自分の引き立て役のように利用した父の二の舞になってしまう。そんなのはごめんだ。考えれば考えるほど、わたしの中でなにかが強ばってい(こわ)った。

「お義母さんには体裁のいい葬儀を挙げるのが望ましいと、アンブロワーズのおやじさんは考えている」

「おじさまにマドレーヌの改葬の話をしたのね」わたしは感情を押し殺して言った。「いつ話したの？　通達が届いたのは今朝でしょう？」

「おやじさんとは毎日顔を合わせているからね。帰る前に党本部に挨拶しに寄ったんだ。別に隠す必要はないじゃないか？　おやじさんがきみに電話をよこすように言っている。続きは明日にしよう。これ以上は時間の無駄だ。おやじさんたちが来週きみをランチに招待してくれるそうだ。おやじさんはわれわれの力になりたがっているんだ。あの人がどんな人かはわかっているだろう？　ジャマおばさんもきみのために時間を作ってくれるそうだ。きみだって、おばさんの助けが必要になるだろう」

タシュンに異を唱えることはできても、アンブロワーズおじに盾突くわけにはいかない。彼は夫のゴッドファーザーで絶対的な権力を持ち、夫の後ろ盾ともなっているのだ。タシュンもわたしもそれがわかっている。タシュンは、野生動物の狩猟愛好家だった父親からその情熱を受け継いでいた。父親が政府閣僚として尊敬と羨望を集め、一家が繁栄を極めていた時代、学校が休みに入ると、父親も休暇を取り、タシュンと弟のアンリに狩りの手ほどきをした。息子たちは銃の扱いを伝授され、シカ、イノシシ、センザンコウ、ヤマアラシ、ノウサギ、ヘビ、ときにはクロコダイルの見つけかた、狩り出しかたを教わった。「親子三人でひと晩中、ブッシュで獲物を追跡することもあったんだ」と、タシュンは父親との狩猟の思い出を懐かしそうに語っていたものだ。弟は結局ベジタリアンとなり、カブトムシの保護協会の会長を務めたのち、世界自然保護基金に採用されてケニアに駐在し、現在はフランスに出向している。そのいっぽうで、タシュンは好戦的な性格とタイミングを見極める能力を維持していた。タイミングを見極める――つまり、早すぎても遅すぎてもいけない。さもないと、チャンスを逃して手ぶらで帰ってくることになる。アンブロワーズおじをマドレーヌの埋葬に介入させれば、問題は片づく。ランチの招待状を振りかざし、CAZ（ザンブエナ婦人会）の副会長であるジャマの存在を持ち出すことで、わたしを追い詰めようという魂胆なのだ。タシュンが狩猟用の散弾銃を構えることはもうない。使用するようになったのはもっと威力のある精度の高い銃、六連発のライフル銃だ。社会生活や結婚生活においてハラキリを選ばない限り、反論は無理だった。わたしに死ぬつもりはない。わたしはみずから命を絶つ人も、マドレーヌのように早死にする人も軽蔑する。できるだけ長く生きることが第一だ。今回のゲームで勝つのが難しいと感じ取ったタシュンは、そんなわたしにジョーカーを出してきたのだ。

驚きから醒めると、わたしは形だけでも怒ろうとしたが、やめておいた。心の底では本気でタシュンに勝てるとは思っていなかった。少なくとも、無駄に戦うことはない。ゴッドファーザーはわたしの顔を立てようとしてくれているのだ。アンブロワーズおじの家で昼食をご馳走になり、こちらの言い分を聞いてもらおう。でも、幻想は持たない。アンブロワーズおじがヒントをくれたり、提案したりすることはない。命令するのみだ。タシュンは、わたしたちの結婚直後に亡くなった活動的で融和的で気立てのよい実父よりも、この血のつながりのないゴッドファーザーのほうに似ていた。アンブロワーズおじは大統領派に協力し、自身が副県知事を務める地方都市の市長職を野党から奪還したあと、時宜を得たように名付け子のもとに現れた。それからというもの、八人の娘の父親である彼はわたしたちの生活に入りこみ、天から授かることのなかった息子の姿をタシュンの中に見出したというわけだ。愛想がよさそうな外見とは裏腹に狡猾で、頭が禿げあがり、腹は突き出ている。共和国大統領の幼なじみで、側近中の側近でもあり、いまは党の幹事長を務めている。このアンブロワーズおじという人は、いわばデウス・エクス・マキナ（機械仕掛けの神）で、この国で高い地位を目指す者たちにとっては、成功の鍵となる存在なのだ。タシュンがウサギの毛のフェルト帽を被り、言葉の癖や仕草など、師匠の真似をするのを見るにつけ、わたしはそのうち彼が師匠のパロディと化してしまうのではないかと思い、ぞっとして体の震えを抑えることができなかった。おまけに、ゴッドファーザーに似て背が低く、毛髪のほうも心もとない。知事になってからは体重も増え、こめかみのあたりにちらほらと白髪が目立ちはじめている。三十四歳になった夫は、顔はまんまるの童顔で、年齢の割にはやけに老成したような目をして、肉体だけ高齢者の域に入りこんでしまった青年のように見えた。

　下着の奥に馴染（なじ）みのある感触があり、わたしはハッとした。タシュンにやいのやいの言われ、さんざんいびられたあげく、言い争うのに疲れて根負けし、降参の言葉を口にするとき、わたしの体はしばしば白旗を掲げることを拒（こば）む。下腹部の引きつるような痛みや、べたついたショーツから、激しくも空（むな）しい抗議の叫びが上がっている。マドレーヌのために体裁のいい葬儀を挙げるなどと言うけど、そんなのはただの打算に過ぎない。なにを驚くことがあるだろう。ねっとりした液体が太ももをツーッと流れていく。わたしはテーブルを離れ、バスルームに駆けこんだ。アンブロワーズおじがわたしたちの生活に入りこんできたことで、タシュンは新たに蛹（さなぎ）から羽化した。新たにといっても、実際は別に激変したわけでもない。サミーに結婚することを告げたとき、その髭（ひげ）のないつるつるの顔に怪訝（けげん）な表情が浮かんだことを思い出した。

「あの男と結婚する？　あの男と？　嘘でしょう？　カトリックのくだらない常識なんて捨てちゃえよ。一度〝やった〟くらいで結婚するもんじゃない」

　鉗子分娩（かんしぶんべん）で娘たちを出産したあと、わたしは医師からもう子どもは産めないと宣告された。だから、タシュンには男の子を生んであげられない。タシュンは心に決めたことだからと言って、よそで跡継ぎを見つけるべきだというまわりからの勧めを突っぱねた。

「子どもを授けてくださるのは神さまですから」夫は必ずそう答えた。「神さまがそうお決めになったから、われわれはふたりの娘を授かったのでしょう」

夫がコンドームを使用してほかの女性たちと愉(たの)しんでいることは間違いない。それもあってカレンダーには印を付けなくなっていたのだが、赤みを帯びた液体が下着を汚し、バスルームのまだら模様のタイルの床に小さな水たまりを作るのを見て、わたしは頭のどこかで、生理が十日ほど早くきてしまったことを認識していた。わたしはナプキンをしまってあるバスケットに手を伸ばした。

明日、アンブロワーズおじに電話しよう。

第三章

　薄闇に包まれた部屋は夜のにおいを放っていた。隣の夜具は乾いている。タシュンは早くに公邸を出て、職員たちより先に庁舎に入っていた。枕もとのマホガニーのランプの紐を探ってみるが、空しく闇をつかむだけだ。毎晩のように、このランプの紐は小さなテーブルの向こう側に引っかかってしまう。ランプは手の届くところにあるのに、まったく……。わたしは起き上がり、膝をついて、いつものようにテーブルと壁のわずかな隙間に指を滑りこませた。指が紐に触れ、勢いよく引いたとたん、ランプは倒れ、やわらかいカーペットの上に音も立てずに落ちた。公邸ではあらゆる設備に気が配られているが、なぜかベッドのこちら側の壁には三路スイッチがない。明かりは点けられないし、下手をすれば、椅子やタシュンが床に置き去りにしたものにけつまずいてしまうかもしれないのに。タシュンはいつも部屋から部屋へと移動しながら、身に着けていたものをつぎつぎと置き去りにしていく。客間に帽子、果物のバスケットの中に鍵、ソファーの上にはネクタイ、リビングに靴、バスルームの床には下着といった案配で、腕時計は娘たちを寝かしつけた枕もとに、靴下はキッチンの調理台の上に放置され、それらを拾い集めていくのはわたしだ。一度、思いきって文句を言ったことがある。そしたら、「自分の家に自分のものを置いてなにが悪い」と、邪険にあしらわれた。「仲間の中にはよそに忘れてきてしまう者がたくさんいるんだぞ」

わたしはそれ以上言うのはやめた。ザンブエナでは、そんな屁理屈でも通用してしまうのだ。結婚して一年ほど経った頃、リセの同級生だった女性から、タシュンが仕事帰りに〝寄り道をしている〟ことを知らされた。わたしはすぐに庁舎に向かった。

「誰がそんなことを言った!」夫は怒鳴った。夕方まで待てばいいものを、わたしが真っ昼間から騒ぎ立てたことに腹を立てたらしい。

「誰がそんなことを言った!」夫は吠えながら、わたしの腕をつかんで背中のうしろでねじりあげた。わたしはあまりの痛さに、とうとう友人の名前を白状してしまった。

「そう言ったのはジョンバップなんだな?」わたしはうなずいて、腕を離してほしいと懇願した。肩に無数のカミソリで切りつけられたような鋭い痛みがあった。

「そうか、ジョンバップがわたしの寄り道をチクッたのか。あの女、自分がわたしと寝たことも話してくれたか?」

今日にいたるまで、わたしはタシュンが脱ぎ捨てたものをずっと拾い続けている。さすがにうんざりしていやになるときもある。そんなときは、代わりにバンビリが拾ってくれる。

わたしは決然とカーテンに歩み寄った。頑張ってみた割には、気難しいカーテンは少ししか動いてくれなかった。隙間から空の一部が見えた。わたしはそれでよしとすることにした。やっぱりカーテンが言うことを聞かない、とこぼせば、部屋係のモットーにきっと笑われるだろう。もしかしたら、モットーだけがカーテンを操る秘密を握っているのかもしれない。

　わたしはアクセルとアリックスの部屋に向かった。公邸には部屋が七つあり、それぞれ個室を持つこともできるのだが、娘たちは部屋を分けるのをいやがった。ふたりを起こす前に、ベッドの上に屈みこみ、喜びと期待に満ちたその寝顔を眺めるのは、わたしの朝の習慣になっている。わたしはひと息ついて、ふと思い直した。タシュンがいなければ、こんな朝の習慣もなかったのだ。現在に食らいつこうとする、その獰猛とも思える能力、未来を読み取ろうとする熱意。それらがなければ、なにも実現していないのだ。注意深く、堅実で、精力的で、家族が安心安全でいられるように考えている。それがタシュンという人だ。わたしにとってのしあわせはない代わり、少なくとも、夫は家族がしあわせでいられるようにつねに気を配っている。夫は礎石だ。岩盤だ。そう、ごつごつとした険しい巌のような存在なのだ。

　わたしはカーテンをさっと開けた。子ども部屋のカーテンはポールにリングを通しただけのシンプルな作りなので、スライドさせればいいだけだ。鎧戸を通して朝日が差しこみ、室内の壁に中庭に植わっているアフリカンマホガニーの葉むらの影が映し出される。

「アクセル、アリックス、起きて！　双子ちゃん、時間ですよ！」

サン＝クリストフ学院の授業は八時からだ。双子は布団を被ったままぶつくさ言う。先に布団から頭を出したのはアリックスだ。

「ちがうもん、ちがうもん、まだ時間じゃないもん。ママのいじわる」

　アクセルがそれに続く。「ママのいじわる……」

わたしも一緒に声をそろえて繰り返す。「ママのいじわる、薄情者！」

そして、ひとしきり三人で笑い転げた。

娘たちがシャワーを浴びているあいだ、わたしはモットーを探しにいった。彼はキッチン脇（わき）のスタッフルームで、ベニエ〔具材に小麦粉の衣をつけて揚げたもの〕とキャッサバの粥（かゆ）を食べているところだった。「寝室のカーテンが言うことを聞いてくれないの」と訴えると、案の定、モットーはニッと笑ってすきっ歯を見せた。屈託のないその笑顔にはいつも癒（いや）されている。だから、丸まった背中や、皺だらけの黄ばんだ顔や、のろのろと歩く重い足どりには目をつぶった。この老人が現役のふりをしていることは明らかだった。彼のような老人はほかにもたくさんいる。貧しくて家族を養う手立てがなく、老いに抗（あらが）って働きに出る。その給金で家族は食べていけるというわけだ。モットーは、タバコ色のジュートのカーテンを手なずけるにはどうすればいいか（そのいたずらっぽい目つきを見れば、教えたところで無駄だと思っていることがわかる）、もう一度コツを説明してくれた。彼はすばやく器用にカーテンを窓の両脇に寄せた。窓からは庭の花やサミーの彫刻が望めた。

わたしはモットーに心から感謝した。

公邸で暮らすようになって一年、わたしは部屋係がいることにまだ慣れずにいた。そもそも、わたしはなにに慣れたのだろう？　確かに、夜明けとともにスタッフたちが忙しく立ち働く空間へと変わる住居で暮らすことにはまだ慣れていない。公邸では執事、庭師四名、清掃係二名、料理人二名、昼間と夜間の警備員、プール係がわたしを支えてくれている。加えて、結婚直後に雇ったバンビリもいる。バンビリは控えめで、落ち着きがあり、信頼のおける女性で、ときにはスタッフとわたしのあいだの橋渡し役として、てきぱき動いてくれていた。

一年近く前から、小さな事務室に執事とこもって〝知事公邸を切盛り〟し、〝毎日チェックを入れる〟ことがわたしの日課になっていた。予備の石鹸のストック、牛乳パックの購入数、予定されている公式の会食のメニュー、スタッフの解雇、給与の前払い、バーカウンターやワインセラーの品揃え、モップの交換、バター、ハチミツ、チーズの注文。わたしにはやりたいことがあった。自分の夢を数えあげたらきりがない。ああ、教え子たちが恋しくてたまらない！ 教室の喧騒、授業の最初と最後に飛び交う野次、こむずかしい質問にくだらない質問、口喧嘩、励ましたりなだめたりしなければならない生徒たち、チョークのにおい、チョークで黒板に書きつける音、放課後の教師同士のおしゃべり、文句を言いながら調理実習や裁縫や刺繍の授業を受ける男子生徒。「先生、そんな授業なんか役に立たないよ。俺たちは料理や裁縫をしなくていいんだ。結婚したら、奥さんにやらせるから」そんな彼らが料理を作り、ズボンを繕い、セーターを編み、ランチョンマットに花を刺繍し、子ども服を仕立てて、それがうまくいったときに目を輝かせて喜ぶ姿が見たい。「先生、母さんがびっくりするよ」女子生徒には月経周期のしくみについて教え、胸に秘めていることや不安や初潮を迎えたときの動揺について相談に乗る。家庭科の授業は数学や歴史とは違うかもしれないが、わたしにはひどく懐かしい。リセでは家庭科教師が

〝添え物〟呼ばわりされることなど気にしない。わたしは生徒たちの役に立つことをしてきたし、それは間違いないと思う。教え子たちは哲学よりもずっと出番の多いスキルを身につけているはずだ。

わたしはサン＝クリストフ学院の塀に突き当たる路地に車を停めた。娘たちはもう教室の前までついてきてほしいとは言わない。それはわたしにとっても都合がよかった。教師や父兄や司祭からのリクエスト攻撃に遭わずにすむからだ。叙階式、感謝祭、聖人の祝日。学校側はなにかにつけて、知事夫妻のミサの出席を求めてくるが、聖体礼拝に熱心なママ・レシアと暮らしていたときでさえ、ミサにはあまり行かなかったのに。アクセルとアリックスが車を降りていった。黄色いブラウスに茶色のスカート、ランドセルを背負った制服姿のふたりが塀の角を曲がって姿を消すと、わたしはすぐに車を発進させて、学校のむかいの大通りに停め、ふたりが正門をくぐるのを見届けた。

路上にたむろしていた子どもたちがＲＡＶ４に気づいて駆け寄ってきた。窓を少し下げて紙幣を何枚か差し出すと、窓からヨーヨーを押しこんでくる。遠くで物乞いをしていた子らまでが急いで輪の中に加わる。ぞくぞくと子どもたちが押し寄せ、小さな手で窓を叩く。ひととおり紙幣を渡すと、彼らは引きあげていった。わたしは車を出して、ママ・レシアの家に向かった。マドレーヌの死後、この伯母のおかげで、センケとわたしは（ふたりともイノサン・パトンの娘であったけれど）物乞いになる運命を免れたのだ。わたしは強い決意と執念でもって、マドレーヌの面影を消し去り、ママ・レシアが母親だと思いこもうと努力した。ママ・レシアは未亡人で、ひとりで十二人の子どもを育てていた。複数の妻とのあいだに生まれた九人の子どもを遺して夫が死んだとき、ママ・レシアは三つ子を身籠っていた。だから、子どもは全部で十二人。ひとりも亡くしていない。ママ・レシアは十四人の子持ちになることも厭わないのだと、わたしは察し、センケとともに伯母のもとで暮らすことになった。それでうまくいったし、いまもうまくいっている。伯母はさんざん人生の辛酸をなめてきた人で、チャンスを嗅ぎつける鋭い感覚と衰え知らずのバイタリティを持ち、つねに背筋をピンと伸ばしていた。素朴な信念と早死にした妹への愛情から、伯母はますます苦労は美徳だと考えるようになり、家族の義務を声高に叫ぶようになった。愚かな言動に感情を揺さぶられることもなく、マドレーヌのようにやさしくもなく、甘くもない。愛想もなかった。それでも、伯母は生きている。死んでいない。わたしが信じられるのは、オー＝フェン州の藪のどこかにあるような墓ではなく、ママ・レシア、タシュン、アクセルとアリックス、サミーのような、そして、レデンプトリスチン会に逃げこんだ妹のセンケのような、血の通っている人間なのだ。

　燦々と陽光が降りそそぐなか、わたしはママ・レシアの家の前に車を停めた。もう教会からは戻ってきているはずだ。伯母は毎日五時半の朝課に参加する。そのあと、ロザリオをつまぐりながら祈り、最後に十字架の道行きの祈りを唱える。朝の祈禱に二時間を費やすのだ。伯母の膝にはタコができていた。伯母は子どもふたりと暮らしている。ふたりとも無職で独身だ。それぞれ母親の違う十二人の子どもたちはそれなりに財産もあるのだが、伯母の生活費をすべて負担しているのはタシュンだった。伯母が言うには〝決して十分ではない〟額を毎月のように送金している。その送金額も増額の一途をたどっていて、タシュンは「毎月税金を納めているようなものだ」とぼやいている。

ママ・レシアは分厚いミサ典書を腋の下に挟んだまま、慣れた人でないとできそうもない体勢でわたしを抱きしめた。

「神さまがあんたをここによこされたんだわ。イエス・キリストを称えましょう！」

伯母はわたしから少し身を離した。

「また痩せたんじゃないの？」

「ママ、三日前に会ったばかりよ！　知事の公邸でご馳走ばかり食べているのに、三日で痩せるわけがないでしょう」

マドレーヌの骨を墓から掘り起こすことをママ・レシアに伝えるのは試練だった。役場からの通知は、いわば起爆剤のようなもの。父親は結核、母親は心不全、たったひとりの兄はマラリア、その三人を腕の中で看取った伯母には、彼女なりの悲しみとの向きあいかたがあって、ひねくれ者のわたしから見ると、もはや感心せずにはいられないほどなのだが、案の定、伯母はすばやく手紙に反応し、これまでに耳にタコができるほど聞かされた故人のドラマチックなエピソードをひとつひとつ蒸し返してきた。父親が強いた一夫多妻婚から妹を守ってやったこと。妹が出世して、白人のように進歩的な女性となるのを誇りに思ったこと。イノサン・パトンの登場によって妹の人生が一八〇度変わってしまったこと。贅沢な暮らしぶり。交通事故の悲劇。重体となった妹にかかる高額な治療費。三日後に訪れた死。棺がふたつに、死に装束が二着、霊柩車が二台、仕出し屋が二店、カメラマンが二名スタンバイするというとんでもないお弔い。狭すぎる墓穴に中途半端に埋葬してしまったこと。わたしの母方と父方の親族は互いに相談もなく、同時進行で、てんで勝手に葬儀の手配をしていたのだ。ママ・レシアは野太い男性的な声で語りながら、ふくらはぎをすりすりとさすった。伯母の世代の女性たちは、不幸に見舞われると、ふくらはぎをさする。まるでそこに痛みの震源があるかのように、すりすり、すりすり、上下にさするのだ。嘆き節の達人、ママ・レシアは涙と鼻水にまみれ、唾を飛ばし、思い出をつぎつぎと吐き出していった。天井扇風機の羽が嘆き節に調子を合わせるかのようにキリキリと回る。籐椅子の赤いクッションやブビンガ材〔ブビンガは熱帯アフリカ産の常緑広葉樹〕のコーヒーテーブルやひんやりしたタイル張りの床までもがすすり泣いているかに見える。伯母の鼻水は尽きることがなかった。わたしはやるべきことがまだあったことに気づいた。それで、伯母の肩に腕を回すと、空いているほうの手でバッグからティッシュを出し、流れ出る鼻水を拭いてやった。わたしの目は乾いたままだった。こればかりはどうしようもない。

「どうして、お母さんのために泣いてあげないの？」

　そのうち、ママ・レシアが不信感を滲ませた声で尋ねるだろう。答えはいつもと変わらない。

「わたしのお母さんはあなたですもの」

　伯母は期待どおりの答えが返ってきたことに、寛大な微笑みを浮かべるはずだ。ありがたいことに、センケへの連絡は修道院長に電話を入れるだけで事足りた。〝神の御摂理のマリア〟は式典の一週間前になったら来ると言う。これでよし。かつての悲惨な墓掘り騒動の二の舞だけは演じてほしくない。


思い出をすっかり吐き出しきったところで、ママ・レシアはこれで何度目かはわからないが鼻をかんでから、廊下に向かって叫んだ。

「タンガ、ソクジュ、どこにいるの？　こっちに来て。カトメから話があるの。ねえ、どこにいるの？　兄弟たちに連絡してちょうだい。みんなに集まってもらうことになったから」

こうしてすぐに行動に移す伯母の存在がいかにありがたいか。五十五歳と四十五歳の従兄姉が来るのを待ちながら、わたしはそう思った。


十二年ぶりに沈黙を破って電話をし、その日のうちに会いにいくと、イノサン・パトンは驚きはしたものの、とくにうれしそうでもなかった。最後に会ったのは、タシュンと結婚する数ヵ月前のことだった。そのときは、父が経営するカカオ輸出会社の本社まで出向いた。父には一緒にバージンロードを歩いてほしかったし、いま思えば信じられないが、結婚式の費用を用立ててもらいたかったのだ。

「おまえのフィアンセはどの民族で、どんな職業についているのかね？」目を細めてキューバ産の太い葉巻をくゆらせながら、父は尋ねた。

「まだ学生なの」タシュンが政治家を志して行政学院に通っていることは言いそびれてしまった。言えば、きっと父の反応は違っていただろう。

「学生？　学生の分際で結婚するつもりか。苦労するのは目に見えている」父は煙を吐き出しながらつぶやいた。父は健康上の問題があり、ヨーロッパの病院で治療を受ける予定になっていて、式には出席できるかわからないと言う。わたしは日程をずらすからと食い下がった。

「その学生さんに会ってはみるが、いますぐでなくてもいいだろう。わたしの都合に合わせて日取りを変えることはない。式には出られるように努力しよう」

後日、再度確認すると、父は健康状態が悪化して、結婚式には出られないとのことだった。挙式の二日後、タシュンからラ・ヴォワ・デュ・ザンブエナ紙に掲載された写真を見せられた。父はオー＝フェンやアクリバの名士が集う慣例行事に出席していた。結婚式の当日、父は町にいたのだ。


わたしの結婚後の姓がアッピアだと知るなり、父はそれまで出し惜しみしてきた愛情を一気に前面に押し出した。

「アッピア知事夫人なのか、おまえは？　首都の知事の？　婿殿の父上とは旧知の仲だったんだぞ！」

そうか、そうか、マドレーヌの遺骨を掘り出すのか？　それで埋葬しなおすのか？　ああ、もちろん、知事は期待の政治家だからね！　――再会を果たしたいま、父はもうわたしと疎遠のままではいられないだろう。父はタシュンや孫たちについて、いろいろと聞きたがり、かなり時間をロスしてしまった。父はアクリバから五時間のところにある港湾都市に住んでいて、その暮らしぶりはいかにも人生の成功者らしいものだった。いうまでもなく、数軒の屋敷(やしき)と数台の車を所有し、複数の銀行に多額の預金があり、成功のしるしでもあるかのように複数の愛人がいる。一九六〇年代末にこの国が独立したあと、父は現地人初のカカオやコーヒーのプランテーションの所有者のひとりとなった。収穫物は国際市場に輸出し、需要が多く高値で取引されたこともあって、数年後、父はザンブエナ・レース・クラブの大株主におさまっていた。

帰路につきながら、先ほどの高齢ではあるもののハンサムな男性が自分の父親だと思うと、自分の気持ちとは裏腹に、プライドがくすぐられた。上流階級の人間のオーラを全身から放つ男性。憧(あこが)れと畏(おそ)れと羨望の的となっている男性……。わたしは脳内に散乱したプライドの粒子を消し去るのに苦労した。その晩、眠りにつくときになってふと気づいたのだが、ともに過ごした二時間のあいだ、父はセンケのことをなにひとつ尋ねなかった。

第四章

執務室にいたのはタシュンひとりではなかった。

「こちらはアレクサンドル・フォルテスさんだ」

タシュンが紹介した男性は立ちあがり、わたしと握手した。背の高い人だ。サミーよりもだいぶ背が高い。最近対面した中でここまで背が高い人は父くらいだ。父は百九十八センチある。目の前の男性は黒いアバコスト〔ザイール（現コンゴ民主共和国）のモブツ大統領が国民に強制した服装で、中国人民服風のコスチューム〕を着こみ、襟元までボタンをきっちり留(と)めていた。髪は短く縮れていて、どちらかというと、肌の色は明るい。たぶん両親のどちらかが外国人なのだろう。四十五歳くらいだろうか？　たぶん、五十より上ということはない。タシュンは緑色の応接セットに案内し、バルビーヌにコーヒーを持ってくるように言いつけた。

「フォルテスさん、わたしのことはタシュンと呼んでください。この際、肩書きは抜きにしましょう。アレクサンドルとお呼びしても？」

男性は返事をするかわり、口をゆがめて微笑んでみせようとした。口唇裂(こうしんれつ)だったらしく、上唇の上に傷跡がある。タシュンがお互いにファーストネームで呼ぼうと言っているくらいだから、外国から来た人に違いない。

「こちらのフォルテスさんは、アクリバ～フェン間の高速道路を建設するミヴァル社のアシスタントマネージャーだ。ソーシャルインクルージョンがご専門で、CSR部門の責任者でいらっしゃる……そうでしたね？」

フォルテスはうなずいた。

「義母の墓を早急に移す必要があると村役場から通達があったのは、高速道路の起点に墓があるからに違いないでしょう」

タシュンがそれとなく水を向けると、フォルテスは「そうでしょうね」と同意して、かすかに顔をこちらに向けた。

「われわれはセレモニーを盛大にとりおこなうつもりです」

〝盛大に〟というその口ぶりが、ひどくうれしそうだ。

「フェンに家を建てて、立派な葬儀を出すためにも、遺骨の掘り出しはできるだけ先に延ばす必要があります。それで、そのキーマンになるかたとして、御社の社長があなたを紹介してくださったのです」

「キーマン、わたしが？」

驚いたように声のトーンが上がった。便利屋とか使い走りとか雑用係とでも言うかのように、彼は〝キーマン〟という言葉を繰り返した。ひょっとして、その役回りには彼がふさわしいと社長が考えていることにショックを受け、その程度の人間だと侮辱されたように感じたのかもしれない。だとしても、彼はそんな素振りを見せず、顔は無表情だった。

「ミヴァルのほうとしましては、その……キーマンを立てずとも、そのときどきに応じて情報を提供いたします。ですが、取り壊しの対象となる建造物の関係者のかたと連絡を取る責任は役場のほうにあります」

その口調は悠長で、とてもゆったりとしていた。彼は時間をかけて話した。タシュンの機関銃のような話しぶりとは違い、わたしは内心おかしくてたまらなかった。

アレクサンドル・フォルテスがこちらをきちんと見てもくれないことに、わたしは気づいた。キャメルのスエードのダービーシューズに視線を落としているか、目を上げてタシュンを見つめるかだ。わたしは同席しなくてもよかったのではないか。この部屋に入り、ガラスのローテーブルを挟んで、彼の正面に座る必要なんてあるのか。

わたしはダービーシューズから目を離し、夫の執務室を見回した。タシュンは前任者から引き継いだインテリアをそのまま使っていた。ブロンズ製の象の脚が付いた漆塗りの木のテーブル、日差しを遮る(さえぎ)アマランサス色のずっしりとしたカーテン、白い蛍光灯。エンボス加工を施した緑色の革張りの応接セットはガラスのローテーブルを囲むように配置され、造花を飾った安物の巨大な中国製の花瓶(かびん)を並べることで空間を仕切っている。

コホンと軽く咳払い(せきばら)が聞こえ、バルビーヌがコーヒーカップやスプーンをトレイに載せて入ってきた。めいめいの前にコーヒーを置くと、バルビーヌはくるりとターンをして、膝を屈めてお辞儀をし、でっぷりしたその体が許す限り、すばやく出ていった。

「義母の葬儀は政府閣僚や中央委員会の委員の出席のもとでおこないます。わたしは御社の工事の進行に伴う地域住民の温度差を正確に把握しておきたいのです。たとえ御社に別の場所に新居を用意していただくとしても、立ち退きを迫られて喜ぶ住民はいないでしょう。不満や怒りを覚える者は一定数いるはずで、それを抑える必要があります。オー＝フェン州は特殊な地域で、野党の管轄下にあり、州知事は病気で寝たきりで、目も当てられません。政府はこの道路建設のプロジェクトを御社に託しているのです」

「わが社はＥＵの入札に参加して、この工事を請け負ったのです！」フォルテスは反論した。

タシュンはまるで話を中断されなかったかのように続けた。

「これは大統領の七年にわたる在任中の目玉となるプロジェクトのひとつです。選挙を間近に控えているいま、国民から不評を買うわけにはいきません。わたしにとっても、御社にとってもデメリットとなります。ミヴァル社がほかにもこの国の公共事業の契約を希望されていることは、こちらもわかっています。高速道路が完成すれば、今度は、管理が必要となるでしょう……。役場の職員から得られるような情報でしたら、秘書に頼んでいますよ。よろしいですか。こちらとしては義母をひっそりと埋葬するわけにはいかないのです。家を建て、セレモニーの準備をする時間が必要なのです」

フォルテスは冷ややかな視線を向けた。

「知事殿」フォルテスは唇をぐいっと真横に引いた。「ミヴァルはＥＵと契約を結んでいます。ＥＵが出資者なのです。取り壊しのスケジュール調整はたいへん複雑で、関係者の意向で変更することはできません。そのようなことをすれば、工事計画が大幅に狂い、納期が危うくなります。いずれにしても、取り壊しの一時休止を交渉するのはわたしの仕事ではありません。直接社長にかけあってください」

自分は単なる傍観者に過ぎないのだろう。発言を求められることもなく、わたしは猛然とカップのコーヒーをかきまわした。ふたりはコーヒーに手をつけずにいる。わたしは腹立たしく思った。タシュンはなぜわたしに、仕事はいいから執務室に来いと命じたのだろう。タシュンは思案するふりをして、言った。

「わかりました。おたくの社長に確認してみましょう」

プロジェクトを発表したのは政府だが、実際にこの事業に出資しているのはEUであることをタシュンは忘れてはいないはずだ。ミヴァル社の反対に遭えば、こちらの都合に合わせて墓の解体スケジュールを調整させるのは、自分ひとりの力では無理だとわかっていたに違いない。彼はカップをつかんでコーヒーを一気に飲み干すと、乱暴にテーブルの上に戻し、無理やり作った猫なで声で先を続けた。

「いまから話すことについては、あなたもご自分の仕事ではないとは言えますまい。家内がフェンで社会活動を始めようとしています。社会に有用な施設、住民のみなさんに利用していただけるような施設を作る計画です。あなたにはそのご指導をいただけるものと期待しています。よろしいですよね？」

寝耳に水だった。フェンで社会活動を始める？　施設を作る計画？　いったいなんの話？　この人はなにをでっち上げようとしているのか？

「計画ってなんのことかしら？」わたしは尋ねた。

わたしの目をフォルテスが無表情な目でじっと見つめた。緑色の瞳。猫の目だ。《なにを考えているのかわからない、謎めいた目だよ。魔術師がそういう目をしている》。母方の祖母がよくそう言っていた。猫の目は大嫌いだ。わたしは完全に思考が停止してしまった。タシュンは言葉を継ぎ、誇張をまじえながら計画について答えた。ただ、それは彼が得意とする雄弁な説明のしかたではなく、実際には答えになっていなかった。そのあと、タシュンはさもふと思いついたように、「今晩、わが家で食事でもいかがですか？」とフォルテスを誘った。フォルテスはこれ以上ないくらい礼儀正しい口調で辞退した。夜は、ずっと前に約束した予定が入っているとのことだった。


フォルテスが出ていってしまうと、タシュンは歯ぎしりをした。

「ミヴァル社に取り壊しのスケジュールを変更してもらえないか確認しないといかん。まったく中国のゼネコンと契約するべきだったよ。連中なら、あんなフランス人どもより実利的だからな。しかも、あいつはエセ白人じゃないか！　肌の色を見たか？　あの御仁はモブツの格好をしていたぞ！　足りないのはヒョウ柄のトーク帽と杖だけだ。バカげている。アバコストは時代錯誤だと誰か教えてやらなかったのかね？」

わたしははらわたが煮えくり返っていた。

「なぜわたしをここに呼んだの？　フェンで社会活動をするってどういうこと？　前もって相談もなく、いきなり発表するなんて！」

「落ち着きたまえ。だから、それは説明したとおりだ」

「説明したとおりって、なによ。わたしをバカにしていたのね、そうでしょ！」

「そら、フェンであの男と会って、きみの知性をひけらかせばいいじゃないか。そうするのが好きなんだろ？　自分がおバカなお飾りの知事夫人ではないことを知らしめてやれよ。さあ、もう戻ってくれ。こっちは仕事があるんだ」

　いつもの横柄なもの言いに遮られ、わたしは怒りを呑みこんだ。タシュンはドアまでついてきて、なにげなく言った。

「サミュエルのお兄さんはなんて名だったかな？　まだオー＝フェン大学で教えているのか？」

「キジトのこと？」

「そうだ、そうだ、キジトくんだった。キジト・パンクーは息災でやっているのかな」

「たぶん」わたしは慎重に答えた。

「いまでも、大学新聞にかこつけた例の雑誌を出版しているのか？」

「そうだけど……なぜ？」

「訊いてみただけだ」

「知らなくてもいいことを訊いたってこと？」

　タシュンはからかうようにこちらを見ながら、ドアノブを回した。

「社会活動の件はしっかり考えておいてくれ。フェンになんらかの施設を作るのは悪くないだろう。われわれはオー＝フェン州に足がかりを築きたいと思っている。なにしろ未知の領域だからな」

＊

車の後部シートで眠りこけているサミーの横で、わたしもまどろんでいた。まぶたを閉じ、窓を閉めていたにもかかわらず、香りの記憶からオー＝フェン州に入ったことがわかった。庭に植えたイランイランのくらくらするような芳香や、公邸の周辺に自生するヒナギクのにおい。用意周到で、他人に心を開くまでに時間のかかるユリ（わたし自身のことみたい）。トーチジンジャー、オカトラノオ、モッコウバラ。そして、青みを帯びたあのバラまでも。アリックスとアクセルにも手伝わせ、試行錯誤の末にサミーが見事に咲かせてみせた奇跡の青いバラ。わたしは花が好きだ。それぞれの色や香りが織りなすマジック、花たちと向きあうひとりだけの時間が愛しい。けれども、樹木が放つくらくらするような息吹に比べると、どんな花の香りもかすんでしまう。いま、この瞬間も、樹木の香気に嗅覚（きゅうかく）が征服されている。幼い頃、学校の長期休暇の二ヵ月間を祖母の家で過ごしたが、祖母の腕の中に飛びこむより先に、針のような葉を持つモミの香りがわたしを包みこみ、めまいを覚えたものだ。期待と失望がない交ぜになったトウヒの香りが、気楽と驚きと勇気の扉、数々の子ども時代の扉をつぎつぎと運んでくる。わたしは目を開け、パワーウィンドウのスイッチを押して窓を下ろした。くねくねした山道や不規則な狭い二車線道路沿いに続く、誇らしげなトウヒの並木。それはマドレーヌが亡くなる前の穏(おだ)やかな時代のモミの木を思わせた。木々がものすごいスピードで後方に流れていく。ドアの上枠に額をつけ、窓に顎を載せて、鼻を風上に向け、まぶたを閉じないように吹きつける風と戦いながら、わたしは微笑んだ。

朝靄(あさもや)の中に、幾重にも重なるオー＝フェン連峰の頂やラフィアヤシのプランテーション、野菜を栽培している緑の丘のうねりや点在する森が切れ切れに見えた。自分の中に湧(わ)きあがる相反する感情に打ちのめされながら、不意にセンチメンタリズムに陥った自分がおかしかった。このときは、まさかそんなことになるとはつゆも思わずに、笑った。息苦しいほど甘美なこのひとときが、数ヵ月後、自分の地平が消えてなくなったときに心を癒す香油のように思い出されるとは想像もしていなかった。

冷たい風が吹きこんでサミーは目を覚まし、咳(せ)きこみ、両腕をさすった。

「どうかしているよ。窓を閉めて！」

「におわない？」

「なに？　モミのにおい？　芳香剤のにおいじゃなくて？　頭が痛くなるから、窓を閉めて。風邪をひいちゃうじゃないか」

サミーは綿の半袖(はんそで)シャツを着ていた。オー＝フェン州はそんなに暑くないからと忠告しておいたのに。アクリバ橋の渋滞を避けるため、わたしたちは朝の四時に出発した。ここ数日、彼もわたしもろくに睡眠を取っていない。わたしはフェンに行くのかと思うと寝つけず、彼のほうはアトリエの固いベッドで夜を過ごしていたからだ。セレスタンが旅行鞄をトランクに入れたとたん、サミーは寝入ってしまった。わたしは目を閉じたが、なかなか眠れなかった。ときどき薄目を開けて、セレスタンが居眠りをしていないか確かめ、路上にはびこる草むらに注意するよう促し、中央車線やカーブで故障車のドライバーや立ち往生している車がいれば、通報したかどうかを確認した。

わたしは大きく深呼吸して、窓を閉めた。

サミーがあくびをしながら訊いた。

「もう着いたの？」

「オー＝フェン州には入っているわ。セレスタン、役場まではあとどれくらい？」

「四十分ほどです、マダム」

「前にこの道を通ったときは、まだ舗装されていなかったのよ。祖母のお葬式のときだったわ。ねえ、昔のバスって、知っている？」

知らない、とサミーは言った。

「ほら、座席代わりにお粗末な木のベンチがあるやつ。乗っているあいだ、乗客がずっとやかましくて、足もとではメンドリがコッコ、コッコ鳴いているし、運転手は音楽をかけっぱなしだし、道路の脇に停車して食事休憩を取ったり、藪の中で用を足したりすることもあったのよ。乗客の中に太った女の人がいてね、その人は、わざわざ遠くに行かず、木のうしろに隠れもせず、誰からもまる見えの状況で、前に屈んで脚を広げ、足の指の付け根で体重を支えて、かかとを上げ、スカートをまくりあげたの。わたしたちの目の前で、しなびたお尻を突き出して、そのお尻もセルライトでボコボコしていて。で、そのままその人は、ジャージャー、ジャージャー、オシッコをしたの。ありえないんだけど、三リットルくらい水を飲んでいたんじゃないかってほど、オシッコが出るの。バスの乗車中に起きたことなんてほとんど忘れてしまったけれど、あれだけは忘れることができないわ。その女の人と、お尻と、ものすごい量のオシッコと」

サミーは目をこすって、懸命に目を開けていようとした。

「どうして、メンドリだってわかったの？」

「えっ？」

「足もとでメンドリが鳴いていたって言ったじゃない。どうして、それがメンドリで、オンドリじゃないってわかるの？」

「メンドリとオンドリの鳴き声の違いくらい、聞き分けられますって。あれはメンドリで、オンドリじゃなかったわ！　あなたは都会の人ですものね。わたし、覚えているわよ。あなたの家で飼っていたオンドリをしめてほしいと頼まれた日のこと」わたしは思い出し笑いをしながら言った。

「後生だから……」こんどはサミーが笑った。「そんなこと思い出させないでくれよ」

「かわいそうなオンドリ！」

「かわいそうなぼく！」

サミーはドアにもたれて体を縮めた。数分後、彼は再び眠りについていた。わたしはほろりとして、彼を見つめた。個展が間近に迫っているというのに、わたしの頼みを聞き入れてくれたのだ。兄のキジトを訪ねることも、一日か二日アトリエを離れてフェンに同行してもらうために付け加えた口実だった。とはいえ、別にキジトを持ち出さなくても、サミーはついてきてくれただろう。わたしにはそれがわかっていた。わたしたちの関係は、ストレートで、隠し事がなく、自然で、少しぶっきらぼうだが、下手に飾らないことで、愛情が根付き、のびのびと育っている。些細（ささい）な部分で食い違いがあっても、本質的なところでは、わたしたちは仲がいい。お互いに相手を大切に思っている。

　わたしたちが知りあったのは、リセの最終学年のときだった。ある日の昼休み、わたしが次の授業に提出する哲学の課題を仕上げていると、彼がやってきて、隣の席に座った。スリムで、濃い褐色の肌をして（リセ時代は黒炭のようだと言われていた）、髪が薄く、ストライプのスーツにネクタイを締めていた。わたしは手を休めずに、ちらっと彼のほうを見た。

「友人として、交際を申し込みに来た」大げさな口調で彼は言った。

　思わずペンを持つ手が止まってしまった。このサミュエル・パンクーという男子のことはなんとなく気にはなっていた。彼は授業中に決して手を挙げず、先生から質問されると、時間をかけて言葉を探す。単にシャイなのか、少しおバカなのか、何度そう思ったことだろう。この人、わたしをナンパしているのかしら？　わたしの席からは彼の横顔しか見えない。その頬には無数の汗疹ができていた。唇は薄くて、鼻はわし鼻だ。たぶんバントゥー族ではない。わたしは、彼が自分の席に戻ったらもっとよく観察することにした。

「ぼくはほかの男子とは違う」

「友だち宣言をするつもり？　じゃあ、このあと手首に傷をつけて、お互いの血を混ぜるとか？」

「きみはぼくと会うと、挨拶してくれる」

あれ？　そうだっけ？　それは気づかなかった。たぶん無意識に挨拶していたようだ。

「きみとは帰り道が一緒なんだ。一緒に帰ってもいいかな？」

わたしはため息をついた。これでは授業が始まるまでに課題を終わらせることができない。わたしはしばし彼の横顔を見た。

「どこの学校から来たの？」

「寄宿学校」

「そのスーツとネクタイは制服？」

「きちんとした身なりをしなければいけなかったんだ。いまでも身なりはきちんとしなければならない」

彼が重々しくそう言うので、わたしは吹きだしてしまった。

「どこの寄宿学校にいたの？」

そんなのはどうでもいいと言うように、彼は手で空気を払う仕草をしてから、「母がここで教えているんだ」と漏らした。

「え、そうなの？　どの教科？」

「ラテン語。パンクー女史」

　彼は首を伸ばして、わたしの課題をじろじろ見た。


　フェリシ・パンクー女史。身長一メートル五十五センチで、横幅も同じくらいある。顎にうっすら髭が生えていて、容赦なく厳しい点数をつける。生徒たちは先生をこう呼んでいた。キ・ベネ・アマト・ベネ・カスティーガト。つまり、〝獅子の子落とし〟だ。わたしは第五学年のときに教わったことがある。彼女は背が低くて、丸っこくて、汗っかきだ。痩せて上背のある息子の体つきとは正反対だ。サミーは父親のほうに似たらしい。改めてわたしは、彼は少し足りないのではないかと思った。彼ははばかることなく、わたしの課題の文章を読んでいた。

「Hountondji〔ポーラン・J・ウントンジ（一九四二－二〇二四）。ベナンの哲学者〕のｎとｊが抜けているよ。それから、この段落と（彼は指で示した）前の段落に論理的な矛盾がある」

　わたしは読み返してみた。

「そんなことないと思うけど」

「いや、この部分とこの部分」

　授業が終わると、サミーはセンケとわたしが一緒に下校するグループに加わった。彼は自分の中の妄想的で幻想的な世界を少しずつ披露してくれた。その世界では、彼は画家であったり、写真家であったり、小説家、哲学者、教授、舞踏家、彫刻家、音楽家であったりした。学校、教会、大勢の従兄従姉（全員がママ・レシアの子ども）、買い物、料理、お祈り……。図書室で借りる本や、同級生たちと週に一回開催する映画クラブがなかったら、わたしの毎日は単調で、文化的な活動の範囲も狭められていただろう。映画クラブで鑑賞するのは、西部劇やカンフー、ボリウッド〔インドの映画産業の中心地ムンバイの俗称。インド映画の総称〕のメロドラマが中心だったが、サミーのおかげで、新たにカール・テオドア・ドライヤー〔デンマークの映画監督（一八八九－一九六八）。『裁かるるジャンヌ』など〕や小津安二郎、クシシュトフ・キェシロフスキ〔ポーランドの映画監督（一九四一－一九九六）。『ふたりのベロニカ』など〕や古典的ハリウッド映画がメニューに加わった。サミーの父親は税務調査官で、息子を銀行員にしたがっているという話だったが、その父親が映画マニアで、その影響を受けたらしい。サミーが懲りもせずに着ている流行おくれの服はクラスのみんなの嘲笑の的だったけれど、そのコスチュームの下には、豊かで生き生きとした知性が隠されていたのだ。いっぽう、こちらにはこれといって彼と分かちあえるようなものがない。そこで、わたしは一番関心を引きそうな秘密を打ち明けた。

「一緒に暮らしているママ・レシアは本当のお母さんじゃないの。本当のお母さんは死んじゃったんだ」

　言ってしまったとたんに全身がわなないた。マドレーヌが死んでから、本人の話をして身震いしたのは、あとにも先にもこのときだけだと思う。すると、サミーはわたしの額に口づけた。以来、わたしの顔色に憂鬱の兆しを読み取ると、彼はやたらにそうするようになった。

ジープはデコボコ道を跳びはねながら走った。料金所に着くと、物売りの群れがどっと押し寄せてきた。セレスタンは窓を下ろし、フリーパスを提示した。公用車は五百フランの通行料が免除になる。料金係は舌打ちをして「お上（かみ）のお通りですか。はい、どうぞ」と言うと、バーを上げた。「払える人が払わないのが世の常だ」

車が料金所を通過すると、物売りたちが追いかけてきた。

「親切なパパ、親切なママン、こっちを見てください！　どうか見てください！　きれいなママン、どうか買ってください！」

セレスタンは路肩に車を停めた。わたしはサミーを起こして、窓を開けさせた。売り子たちが車内に品物をつぎつぎと差し入れて、わたしたちの鼻先で振る。焼いたプランテン、サフォー（バターフルーツ。脂質、タンパク質、ミネラル等を豊富に含む果実で、アフリカで広く栽培される）、ピーナッツ、コーラナッツ（アフリカの熱帯雨林に生えるコラノキの種子。少しずつ噛み砕いて楽しむ）、ボボロ（キャッサバを発酵させて作る棒状の餅のような食べもの）。商品に埋もれそうになって、サミーとわたしは窓を閉めようとしたが、時すでに遅しだ。セレスタン（県庁のスタッフからバオ――バオバブの略――とかノッポさんと呼ばれている）が車から降り、一メートル八十センチの体を張って、群がる物売りたちをさえぎってくれた。わたしは群衆の中にひとりの少女がいるのに気づいた。まだほんの子どもだ。バランスを取りながら、茹（ゆ）でピーナッツをてんこ盛りにしたカラフルな琺瑯（ほうろう）の盆を頭に載せ、熟しかけのプランテンと灰焼きのサフォーを盛った皿を、片手で頬の高さに捧げ持っている。少女はそばに寄ってきた。わたしはプランテンを触り、サフォーの色味を見て、酸っぱくなさそうか確かめた。

「おいくら？」

「ママン、プランテンがひとつ百フランで、それ以外は五十フランです」

「全部買ったら、いくらにしてくれる？」

「値切るつもりなの？　信じられない！」サミーが大声を上げた。

「ママン、五十フランおまけします」

「交渉成立。プランテンふたつと、サフォーが五個。しめて四百フランね」

少女がセメント会社の名前の入った紙を使おうとしているのを見て、わたしは慌てて止めた。

「だめ、だめ、それはだめ！　ほら、これを使ってちょうだい」

わたしは車内にあったラ・ヴォワ・デュ・ザンブエナ紙を差し出した。

「セメントが入っていた袋に食べものを入れてはいけないわ」

代金を支払うと、わたしはドアを少し開け、外にいる運転手に声をかけた。

「セレスタン、なにか食べない？」

セレスタンは振り向いて、首を横に振った。

「食べたら、眠くなりますので」

「ぼくはビターコーラナッツがほしいな」

サミーがリクエストすると、セレスタンは声を張りあげた。

「ビターコーラナッツはあるか？　ビターコーラナッツはあるか？」

すぐに物売りたちが駆け寄ってきた。少女は車から離れた。

サミーはコーラナッツを十袋も買いこんだ。

「ちょっと……今晩トリップするつもりじゃないわよね」わたしは呆れながら言った。

「きみはなんでも悪いほうに考えるんだね」

彼は袋の輪ゴムを外し、茶色っぽい実から薄黄色の種を取り出した。

「きみのふるさとで出されるうす粥で消化不良を起こさないようにするためだよ。個展を前に体調を崩したらかなわないからね」

「ブルエですって？　いまどきブルエなんて言う人、あなたぐらいよ。フェンの村長が知事夫人にブルエを振る舞う？　ありえないわね。村長はそれこそありえないくらい親切だわ。わたしのためにまる一日時間を割いてくれるんですもの」

「首都の知事夫人になると、誰もがありえないくらい親切にしてくれるものだよ、ビンディ」

「タシュンが村長を受け入れたの。評価しているみたいよ。タシュン曰く、村長は野党共和派のリーダー的存在なんですって。野党共和派ってどういうことかしらね」

「思うに、骨なしの日和見主義者なんじゃないかな」

わたしはサフォーのねっとりとした果肉にかぶりついた。それから、ふと思いついて、窓から顔を出した。

「セレスタン、さっきの女の子を探してきてくれないかしら？」

セレスタンはその場を離れ、しばらくしてから、少女たちの集団を引き連れて戻ってきた。その中に先ほどの少女がいた。

「お名前は?」

「ジャスミンです」

「ジャスミンちゃんね? じゃあ、オー＝フェン州のジャスミンちゃん、はい、これをどうぞ」

わたしは拳を握ってジャスミンの手のひらに置いた。ジャスミンはすぐに察して、握り返した。満面の笑みを浮かべ、喜びで目が輝いている。ジャスミンは感謝と祝福の言葉を述べると、走り去った。視界から消える前、少女が握りしめた手を開いて、金額を確かめるのが見えた。

セレスタンが再びエンジンをかけた。

「なぜ、あの子の言い値で買ってあげなかったの? あの子に施しをする必要はなかったんじゃない?」サミーが言った。

「あのお金で、あの子の家族が少なくともひと月は暮らせるわ」

「じゃあ、ひと月後は? きみはまたここに戻ってくるわけ? きみは首から樽(たる)をぶらさげたセントバーナードなの? 自分より豊かでない人を見かけるとすぐに紙幣を渡すしか能がないというなら、きみにはがっかりするよ。本当にがっかりだよ」

「持つ者と持たざる者の格差を是正しようというだけよ」

わたしは皮を丁寧に取り除いてから、サフォーを口に入れた。

「その格差は路上でお金を配ることで是正されるの?」

「ほかの人にもそうしているけど」

「だったら、こんどの中央委員会の会議で問題提起するようにタシュンに提案してみたらどう?」サミーは茶化した。「MPAのお偉いさんの富の再分配をやめさせて、国民にまわせばいいよ」

「サミュエル!」わたしはサミーを肘でつつき、前で黙々と運転しているセレスタンのほうを顎で示した。

「オー=フェンのサフォーを食べようとしないなんて、間違っているわ。この国一番のおいしさなんだから」

「まったく、こっちは朝早くから付き合わされているのに」サミーはぶつぶつ文句を言った。

「ご褒美なら車のトランクにあるわよ。バンビリがあなたの好物の油でジュワジュワのベニエを作ってくれたの。激辛チリビーンズもね」

「バンビリがぼくに? ほんと?」

「うふふ……彼女、《サミーさんに召し上がっていただけましたら》なんて言いながら、バスケットの中を見せてくれたの。あなたは信じないかもしれないけど、彼女、あなたのことが好きなんじゃないかしら。朝の三時に起きて、自分の手でトランクに入れたのよ。わたしが忘れるといけないから」

「ああ、愛しのバンビリ! よし、彼女を招待しよう! うん、招待する!」

「個展に招待してあげるの?」わたしはクスクス笑った。

　ちょうどそのとき、車が丸太を積んだトラックのうしろで停止した。明らかにトラックはパンクしている。わたしはセレスタンに声をかけた。

「お願い、危なくないところに停めてくれない？　ああいうトラック、いやなのよ」

セレスタンはジープをバックさせ、トラックと距離を置いた。落ち着いてなどいられなかった。丸太が崩れ落ちて、運悪くそばにいた車が押し潰されないとも限らない。

「トラックの前に出られないかしら？」

「無理です、マダム。待つしかありません。トラックが道をふさいでいるんです。ご自分の目でお確かめください」

わたしは窓から首を伸ばした。実際、トラックは道路の中央で停まっていて、通行を妨げていた。

「車を移動させたほうがいいな。丸太の下敷きになる危険がある」サミーが言った。「ほら、あっち。あそこで待とう」

サミーが指さしたのは、二百メートルほど後方の右手にある舗装されていない連絡道路だった。サミーは車から降りると、後続車のドライバーたちに車をバックさせるように頼みにいった。

わたしは岩の上に座り、その横でサミーはガラスの器に入ったベニエとチリビーンズを味わっていた。日差しに歯向かうように風が強く吹いている。幹線道路から外れた連絡道路の先に、半壊した日干しレンガの家が四軒、放置されていた。即席の駐車場となったスペースに、わたしたちのように事故に巻きこまれるのを恐れた車が合流してくる。セレスタンはジープにもたれてタバコを吸っていた。

「ねえ、なぜバンビリを招待するって言ったら、笑ったの？」

「そんなこと詮索(せんさく)しないで、サミー。バンビリは大喜びするわ」

「安物のレプリカ売りがアーティストを気取るのがばれたら、みんながっかりするだろうな」

サミーは器を置いて、頭を抱(かか)えた。

「個展の話にホイホイ乗ってしまうなんて、ぼくはバカだ、本当にバカだ。失敗のにおいがする！　ぼくにはわかる。間違いない！」

「サミュエル・パンクーの自虐節。そろそろ出る頃かと思っていたわ」

「似非(えせ)アーティストのサミュエル・パンクーって、どうかな？」

「アホらしいわ」

ドライバーたちのあいだに動きがあり、わたしたちはそちらを向いた。みんなが車に戻りはじめている。セレスタンがこちらに近づいてきた。

「マダム、出発します」

二十分ほどのロスがあったが、遅れることはないだろう。まだ時間に余裕がある。ジープは発車した。

「帰りがけにアトリエに寄るわ。作業のほうははかどっている？」

「きみは来ないほうがいいような気がする……」

「なにを言っているの、サミー？」

わたしはサミーの目をのぞきこんだ。彼は視線を逸らして外を向き、額を窓にくっつけた。

「日によっては、すごく不安になって、全部壊して、このまま自分も苛性ソーダの中で溶けてしまおうかと思ってハッとわれに返ることがあるんだ」

その声からは、ひどく気持ちが張りつめて、失望している様子がうかがえた。わたしは彼の手を取った。彼はこちらを見もせず、手を振りほどいた。

「サミー、ほんとにわたしに来てほしくないの？　ねえ、見にいくだけよ。あとはなにも言わない。なにも言わないから。約束する」

わたしは親指と人差し指でまるを作って、「大丈夫」のサインをした。

「だめだ、カット。だめだ」彼は冷ややかな声できっぱりと断り、手を引っこめた。「少しくらい察してくれてもいいじゃないか！　作品のことできみにとやかく言われるのはごめんなんだ。いまさらもう遅いよ」

「本気で言っているの？　オープニングパーティーまで見せてもらえないってこと？」わたしは信じられない思いで目を大きく見開いた。

「会場に作品を搬入するときに見たらいい。少しはぼくの身にもなってみて。きみはいやだろうけど、ぼくの味方なら理解してほしい。お願いだから」

しばらく反芻してから、わたしは尋ねた。

「クーナは来てもいいの？」

「クーナは別だよ。きみだってよくわかっているはずだ」

「信じられない！　クーナはアトリエに自由に出入りできるのに、わたしはだめなのね！」

わたしは苦々しく笑った。

「きみだけじゃないよ。エティもだ。彼も公開前に完成作品が見られないことにカンカンに怒っている」

「エティもわたしも、同じようにいやな目に遭わされているのね。あなた、三十七歳の彼氏とわたしが互いに傷を舐(な)めあえばいいとでも思っているんじゃない？」

「そんな言いかたはよしてくれよ、ビンディ。そんなふうに言うもんじゃない。きみと一緒にフエンまで行くことを伝えたら、彼は半狂乱になってね。この一週間、彼とは会っていない。今日と明日の二日間を空けるために、ぼくはそれこそ死にもの狂いで働いたよ。彼はもうぼくに愛されてないと思っている。彼がなんて言ったと思う？《芸術家にはミューズがつきものだ。きみはぼくの中に〝アキレウスのかかと〟しか見ていない》だって。昨日、そう言われたんだ。こっちは返す言葉もないよ。それから、こうも言われた。《アマーレ・エト・サペーレ・ヴィクス・デオ・コンケディトゥール。恋愛をしながら理性的でいることは、神でもむずかしい》って。彼はぼくをびっくりさせようとして、ラテン語を学びはじめていたんだ。彼の試みは成功したと言える。まるで、ぼくが愛することができないみたいに。まるで、毎日夢中で粘土と格闘しながら、理性的でいられるかのように。エティときみには、ぼくのことを理解してもらわないと」

「クーナはアトリエに来てもいい。作品を見てもいい。わたしはだめ。エティもだめ。はいはい、そうですか」

「ビンディ、クーナはギャラリーの経営者だ。作品を売りたいんだ。自分のことも、ぼくのことも売りこもうとしている。クーナといると、期待されていることがはっきりわかる。エティときみは別なんだ。鏡に映る自分を見ているような、頭の中でこだまを聞くような、そんな感じなんだ。クーナは、ぼくの外側にいる人だ。きみは、昼間の直接光のもとで、ぼくを見ることになる。ぼくはそれを望まない。きみにまた批判されたら、ぼくは完成させることができなくなる。ぼくにはそれがわかる。きみはアトリエに来たら、自分を抑えられなくなる。それはお互いにわかっていることだ」

「ミス・シガリロが自分の幸運に感謝することを祈るわ」

「彼女をそんなふうに呼んだらだめだよ！　クーナはきみが思っているような人じゃないから」

「だめなの？　あら、そう？　あなたが慣れればいいんじゃないの？」

ブビンガ・プロジェクトの砂地の中庭で、サミーはわたしをクーナに引きあわせた。ブビンガ・プロジェクトは広さ四百平方メートルほどの明るいギャラリーで、四階建ての建物の一階にある。オーナーのクーナは息子と四階に住んでいて、二階と三階にはドイツ人の一家が暮らす。クーナは小柄(こがら)な女性で、ほぼスキンヘッド、スキニージーンズにへそ出しトップスを合わせ、ベルトのバックルのデザインは絡みあうヘビの頭、足もとはスタッズをちりばめたミリタリーブーツというでたちだった。クーナは紹介されると、くわえタバコのまま、気だるそうに片手を挙げて挨拶した。むこうが販売手数料として売り上げの五十五パーセントをいただく、などとのたまうものだから、わたしは気に食わず、それはおかしいと指摘してやった。クーナはたるんだ下まぶたをさらにたるませながら、四十五パーセントでもなにももらえないよりはずっとましだ、とやり返してきた。サミーは怒りだした。お金の話など二の次だったに違いない。でも、こちらは本人の知らないところで手数料の話をするつもりはなかったので、チビの画廊経営者とのあいだで口論になった。それがフォルコッシュを思い起こさせたらしく、彼はいたたまれない顔をした。どうせなら、わたしを応援してくれなくていいから、電話でフォルコッシュを呼び出してくれないかしら……。この場に。この安物のウィスキーを飲んでいそうなリリパット女の前に。ついでに言えば、どうせクーナの吸っているコイーバは密輸入品に違いない。わたしが腹を立てるのは、肝心のお金はこちらで出しているからだ。わたしは「もう帰る」と言って脅かした。

サミーは中でマーキングのテープを貼ってくると言い残し、その場を離れた。クーナはシガリロをふかすと、はっきり宣言した。

「カトメさん、わたしのことが嫌いでしょ?」彼女はどっしりした靴のかかとで吸い殻を踏みつぶした。「実を言うと、わたしもあなたが嫌い。つまり、おあいこってことね。だから、お互い……正々堂々と反目しあいましょう。サムの個展を成功させるのに、お互い好きになる必要はないもの。あなたが彼の作品について言ったことを聞いたわよ。アーティストっていうのはね、心から言いたいこと、表現したいものがあるときに、媚(こび)を売ったりはしない。いまどき、ひとつの表現方法しか持たないアーティストは不発に終わるわ。これからは、ジャンルを超えた多彩な表現手法がものを言う。サムはこの流れに完全にマッチしているの。オリジナリティがあって、地に足がついていて、開放的で、その枠にとらわれない表現手法がひとつひとつの作品を豊かにし、全体を形作っている。テーマから逸脱しているものはひとつもない。彼の彫刻の力強さ、腹部に顔のある作品群にみなぎる異様なまでの確信、トーテムポールと神話上の生きものを交配させたはじめての試み、妥協のない写真シリーズ。期待どおりの作品よ。こういってはなんだけど、あなたはサムの仕事についてあまり理解していないんじゃないかしら」

　わたしは軽蔑をこめてゆったりと微笑んでみせてから、言葉を返した。

「いったい何様のつもり？　ご両親から受け継いだ立派な建物があるからって、世紀のキュレーター気取り？　サミュエル・パンクーを使って、あなたにとってはじめての大きな企画展を計画するのはいいけど、その自信はどこから来るのかしら？　サミーには、車で待っていると伝えてください。ギャラリーの中を見るのはまた今度にします。でも、この中庭に通されるのは二度とごめんだわ」

　クーナはベルトループに指を引っかけて、無造作にジーンズを引っぱり上げた。そうしたところで、風にさらされている剝き出しの腹部が隠れるわけでもなく、彼女は天に証人になってもらうかのように、体をのけぞらせて豪快な笑い声を上げた。たぶん同い年くらいだろう。この女性の紛れもない傲慢さに圧倒され、わたしはその面の皮をひっぺがし、小脇に抱えて逃げたくなった。

　クーナときみが仲よくなるための条件はそろっていたはずだ。サミーは困惑気味にそう主張した。出だしがまずかったよ。バカだなあ。もう一度仕切りなおさないといけない。クーナはそんなつもりで言ったんじゃない。きみは額面どおりに受け取るべきじゃなかった。それに、きみだって意地悪なことを言っていたよ。実際、彼女はオープニングパーティーを迎える前にお金の話はしたくなかったんだ。お金の話はまずかった。

サミーは、自分の芸術活動の将来のカギを握る女性とわたしを和解させるにはどうすればいいか、頭を悩ませていた。彼を安心させるために、わたしは三人でランチしようと提案し、公邸にふたりを招いた。わたしたちは、お互いの子どものこと（クーナにはグザヴィエという息子がいた）、国の成長率の低下、行政や官僚の硬直化、アフリカの民主化などについて話した。これといって斬新（ざんしん）な話題は出なかったけれど、信頼できる相手としか議論しないようなテーマについて、お互いの意見が合い、会話は弾んだ。食事が終わる頃、わたしは興奮気味に結論を述べた。

「この国に必要なのは革命よ、本物の革命よ！」

クーナはフォークを持つ手を止めて、冷やかすように言い放った。

「お皿の両側に四種類のナイフとフォークを並べて食事しているうちは、革命なんて起こせっこないわ、マダム・アッピア！」

その言葉はいまもまだ、わたしの胸に引っかかっている……。

ジープはフェン役場の正面広場に入っていった。

「サミー」わたしはうんざりした声で言った。「あなたはときどき、わたしに多くを求めすぎることがあるわ」

「そうだね、ビンディ。どれほどぼくがありがたいと思っていることか……」彼は感謝と愛情のこもったまなざしでこちらを見つめ、顔を寄せて、額にキスをした。「口を出さずに出資することに同意してくれるのは、地球上できみひとりだよ。ぼくは恵まれている。ビンディ、きみがいてくれて、本当に恵まれている」

第五章

フェン役場は村を二分するように建っていた。幹線道路の脇で市場と対峙（たいじ）するコロニアル様式の庁舎は、乾いた赤い泥に覆われて、まるでザクロ色の泥風呂に浸かったかに見える。車を降りると、さっそく物売りたちが駆け寄り、ポリエステルの生地（きじ）をつぎつぎと勧めてくる。この地方の綿織物（めんおりもの）に似せてあるけれど中国製だ。シャツの上に蛍光グリーンのジャケットを着た若い警備員が、威嚇するようにヤシ葉箒（ぼうき）を振り回すと、物売りたちは「緑のイヌめ」とか「いい気になるなよ、ウジ虫野郎」などと罵（ののし）りながら去っていく。きっと日常茶飯事の光景に違いない。サミーとわたしは目で笑いあった。誰かが「いい気になるなよ、ウジ虫野郎」と罵られているのを聞くのはリセ以来だ。

　この日は市が立つ日で、庁舎前の広場は祭りのような騒ぎになっている。ラフィアを編んだ籠（かご）の中でオンドリがけたたましく鳴いていたり、女たちがプランテンやサフォーを炭で焼いていたり、露天商が封筒や印紙、真新しい印刷物、公式文書、事務用品、さまざまな小物を売っていたりと、なかなかの賑（にぎ）わいだ。広場の屋台とは一線を画すように、エントランスホールに続く階段脇に新聞の売店があった。その裏の露台にはコーラナッツや軟膏（なんこう）、メンソレータムが並び、カーキ色のバミューダパンツにバスケットシューズを履いた、長袖(ながそで)Tシャツの老人が広場の喧騒を気にも留めず、新聞を読みながら店番をしていた。あれは村長の父親だ、と先ほどの警備員が教えてくれた。

　庁舎の内部は、壁や床、ステンドグラスにいたるまで、赤土がこびりついていた。天井にクモの巣が張り、モールディングに鳥が巣をかけていて、まるで廃墟(はいきょ)にいるような印象がある。ホールの片隅で、てっぺんに星を頂き、飾りが絡みついたモミの木がクリスマスソングを歌っている。もう二月に入っているというのに。わたしはツリーに近づいて、乾燥した葉に触れてみた。パラパラと床に葉が落ちた。においをかいでみたら、本物のモミの木だった。

　クリスマスにアンブロワーズおじとジャマの家を訪ねたときも、やはり同じことをしてみたけれど、そのときは指先にベタベタする感触が残った。肘掛け(ひじか)椅子、カーテン、絨毯(じゅうたん)、装飾品、皿、ピカピカに磨(みが)かれたカトラリーの数々。ゴールドが基調のきらびやかなインテリアの中でも、フェイクの粉雪を散らした立派なモミの木は青々としてひときわ存在感があった。ホストが現れるのを待つあいだ、わたしは小枝を触っていた。ツリーに吹きかけられたアロマオイルが鼻孔を刺激した。

「本物そっくりでしょう？　お気に召した？　どこで買ったか、あとで教えてあげるわね」

　パールをちりばめたチュールのエレガントなカフタンをまとい、秀でた額のジャマが颯爽(さっそう)と近づいてきた。

「手入れをする必要がないし、枝も落ちないし、何回でも使えるわ。実用的で経済的よ。それに」ジャマはわたしの目を見つめながら付け加えた。「ステータスを感じない?」

まがいものの雪をまぶしたプラスチック素材のツリーなのに。わたしは聞こえないようにつぶやいた。雪。気温が二十五度を下回ることのない都市に積もる雪だ。わたしの人生に気やすく踏みこんできたジャマに、「わたしも一緒になって粘り強く戦い抜いたから、タシュンは首都アクリバの知事になれたのよ」と言い聞かされてからわかったことだが、アンブロワーズおじの細君の毎日は、実用的かつ経済的でステータスを感じることを基準に考えられているのだ。近頃では、この〝ステータスを感じる〟という言葉をタシュンも使うようになっていた。

どうやらサミーの思い違いだったようで、村長のエドゥアール・リミューは骨なしどころか、気骨のありそうな人間だった。角張った顔をして、頬骨が高く、通達を読んだときに想像していた冴えない中年男のイメージはまったくない。どことなくタシュンに通じるものを感じる。タシュンをもっとスリムにして、洗練させた感じだ。執務机に雑然と積まれた書類に日差しが降り注いでいた。書類の山のむこうから村長はこちらをちらりと見た。わたしはサミーを兄のような存在だと紹介し、「サミュエルはキジト・パンクーの弟です。キジト・パンクーはご存じですよね」と付け加えた。

「この地域で彼のことを知らない人はいません」村長の声には含みがあった。

キジトはサミーのひとまわり上の兄で、大学で法学の講師を務めるかたわら、月刊誌ルベルの編集兼発行人として名が通っている。ルベル誌は、厳密な政治分析と、政府に対する痛烈な批判で知られ、その記事は全国紙や海外の学術出版物で採りあげられることもあった。有名なルベル誌のせいで大学の出版物の影は薄くなり、キジトは大学で教えて十年になるが、その政治スタンスのおかげで出世街道から外れていた。

墓の発掘許可書にセンケの連帯署名がなく、本人が葬儀の数日前にならないと来ないことを知って、リミュー村長は不服そうな顔をした。おりしも役場では、身分の詐称や墓荒らし、人骨の盗難が多数発生して手を焼いているところだった。つい二日前にも、手押し車に遺骨を載せて墓地から運び出そうとした女たちが警察に捕まったばかりだという。村長はタシュンに電話をかけて許可を得ると、署名なしの書類を通すことにして、秘書に記録保管室とコピー室に行くように言いつけた。

「今晩の会食ですけど」わたしはサミーをちらっと見て切り出した。「キジト・パンクーを同席させてもよろしいでしょうか?」

村長はサミーからすばやくわたしに視線を移した。与党党員の知事の夫人が、反体制派のキジト・パンクーをディナーに招待してくれと頼んでいる。村長はあからさまに渋い表情を見せた。知事閣下のご令室であらせられるあなたさまにはおわかりいただけないかもしれませんが、地方には地方の事情というものがございまして……。

「なんとかお願いできません?」わたしは食い下がった。

このタシュンもどきのエドゥアール・リミューが示す埃を被った敬意に、わたしはくしゃみが出そうになった。最大野党RFP出身の村長が、キジト・パンクーの招待を渋りつつ、アクリバ県知事の妻のお手伝いで新居の候補地探しに一日を費やしてくれようとしている。もはや疑いを差し挟む余地もない。次の選挙では間違いなく、村長は与党側について選挙運動をするだろう。寝返りなんて、別に珍しくもなんともない。

秘書が書類を持って戻ってきた。わたしは、署名用に用意したコピーと原本を照合するように言われた。マドレーヌが地上で過ごした三十九年間が三種の届出書に凝縮されている。出生、死亡、埋葬。わたしは書類を改める気にはなれず、サミーがわたしから書類を受け取って、注意深く原本と照らし合わせた。そこで、彼は偶然の一致に気が付いた。マドレーヌの死亡日は十二月二十九日と記載されており、十年後にアクセルとアリックスが誕生した日と同じだった。その事実をサミーに指摘され、わたしは身震いした。双子が生まれてからの十年、十二月二十九日という日は、わたしにとって、心の中にジャカランダが紫の花を咲かせる日以外のなにものでもなかったから。

村長から「お参りはいつになさいますか」と訊かれた。意味がわからずにいると、村長は「ご母堂さまの墓前に」と言った。

人には驚かれるかもしれないが、はじめての帰省で、わたしはマドレーヌの墓に寄ることなど思いつきもしなかった。このまま行くわけにもいかない。このまま……なんの準備もなく……。わたしは急ぐ必要はない、またの機会に、と答えておいた。人里離れた藪だらけの場所という記憶があったから、限られた滞在時間の中で墓参りを済ませるのはむずかしい。今回の旅において の優先事項は、役場で書類にサインをすることと、小高い場所にあって新居と納骨堂を建てられそうな土地を見つけることなのだ。

村長は気を取り直して言いかけたが、そのアライグマみたいな目に一瞬呆れたような色が浮かんだのをわたしは見逃さなかった。役場の入口で売店を営む父親とはべったりの関係にあるに違いない。

「ご令室さま、明日でよろしければ……」

「だから、行きません!! またこんどにします! それから、申し訳ないけど、そのご令室とかはやめていただけません? わたしの名前はカトメ・アッピアです」

サミーがあいだに入った。

「カット、明日、時間があれば……」

「もういいわ、サミュエル。いいでしょ?」

来るべき嵐のような日々から守ってくれることもなく、十一歳のセンケと十三歳のわたしを残し、泥棒みたいにコソコソと三十九歳で旅立ってしまった母。そんな母に、いつまでも心を残す価値などあるもんか。あんなふうに予告もなしに消えてしまうなんて卑怯だ。父が幼なじみと浮気したことが原因で口論になり、車に飛び乗って真夜中の道路をかっ飛ばし、暴走トラックと激突し、弾みで車外に投げ出され、後続車に引きずられ、背中に裂創、両腕両足に割創を負い、衣服はボロボロでも顔だけは奇跡的に無傷で、命は助かったものの、体に麻痺が残ると知らされて……そんなのはどうでもいい! とにかく彼女は生きていた。意識もはっきりしていた。話すことができた。わたしと話し、センケと話し、暴れん坊の下半身を制御できない男とも話していた。そう、みんなと話していたのだ！　そして、医者たちに脳内出血を見逃され、父とケンカして事故に遭った日から三日後の日曜日、午前十一時に死んだ。みんなからは助かると言われていたのに。そう、だから卑怯なのだ。死んでから二十年、どこをどう見ても、その死にかたには慎みというものがない。それ以上に不愉快である。子どもを愛しているなら、子どもを残して逝ったりはしない。わたしが言いたいのはその一点だ。子どもの人生に寄り添う。涙を拭いてやり、傷口に包帯を巻いてやり、叱り、食事を作ってやり、褒め、お仕置をし、励まし、かわいがり、鍛え、教育し、厳しく接し、諭す。自分のやりたいようにやっても、逃げたりはしない……。喉が締めつけられそうだった。わたしにとって、マドレーヌは遠くで死んだ遠い親戚のような存在になっていた。ママ・レシアを人に紹介するとき、わたしは自然に「わたしの母です」と言った。二十年前のあの土曜日、薮の生い茂るなか、タイルが壊され、棺が墓穴の底にむかってずるずると落ちていってしまうと、わたしは心の痛みを封印した。フェン役場から手紙が届き、タシュンが目の色を変えて熱心に改葬を進めようとしているからといって、いまさら封印を解くことなどできるわけがない。なによりも、ママ・レシアは生きている。かたや、マドレーヌは朽ちていく死者だった。夫の職業病的な幻想を壊さないように、対話相手の期待を裏切らないように、悲しがりさみしがる演技をする（そんな感情はとっくになくなっている）のは今日ではない。サミーはそれを知っているくせに！　マドレーヌの話題になるたび、わたしは相手が墓標に書かれるような〝悲嘆〟とか〝永久の哀悼〟を示すことを待っているのだと察してうんざりした。人非人のように思われるのはいやだから、型どおりの仮面を被っていると、人から慰められる。なんで慰めるわけ？　ひっぱたいてやりたい！　そう思うと同時に、わたしが生きている人と関わるほうを選んだことを、どうすれば受け入れてもらえるのか、と思った。《死者をして死者を葬らしめよ》。十字軍顔負けのママ・レシアのユダヤ教的教条主義の強制には閉口したものだけど、その中でもこの文言だけは、唯一認めることができるかもしれない。

サミーは咎めるようにこちらを見て、「いいよ」と答え、さらに、わたしにだけ聞こえるように小声で「アブンダンス・カウテーラ・ノン・ノケト。用意周到であることは害にはならない」とささやいた。

晩餐会の席で、キジトは騒々しい大講堂で話すのに慣れた人らしく、村長宅のリビングの壁の半分以上を占める大型テレビの音をかき消してしまうほどの朗々とした声で語り、判事になった大学時代の友人のエピソードではみんなを笑わせた。耳にタコができるくらい聞かされてきた話だが、その友人は、双方から同額の金を受け取れば、公平な裁判ができることを評価しているらしい。キジトは大学や国の惨状をひとつひとつ挙げ連ねては、その都度「われわれは中世に逆戻りしている」と締めくくった。いっぽう、サミーとわたしはふたりが仲よくなったきっかけを知りたいというリクエストを受け、リセの思い出話を披露した。映画クラブで、最初のうちはボリウッドやカンフーが中心だったけれど、そのうち芸術性の高い作品を夢中になって鑑賞するようになったこと。文学やアフリカの新人作家の話題で盛り上がったこと、などなど……。食事が終わる頃になって、ようやくわたしは例のプロジェクトの話を切り出した。「夫とわたしは、シングルマザーの少女たちを支援する団体を起ち上げたいと考えています」村長、村長夫人、村長の取り巻き連、副知事、アレクサンドル・フォルテス（まさか彼が同席するとは思ってなかった）は、こちらの話を遮ることなく聞いていたが、誰も意見を述べようとはしなかった。キジトでさえコメントを控えていたが、それでもこちらを妙な目つきで見ている。一同の沈黙を前にして、わたしは自分が愚かなことを言ったのだと感じた。

翌日、ミヴァル社のソーシャルインクルージョン推進室で、わたしはフォルテスから前日の会食の印象を聞いた。フォルテスは、プロジェクトの構想を練り上げる手助けをしてくれることになっていた。

「ここは首都とは違いますからね。ここでは、結婚が先で子どもを作るのはそのあとという考えが浸透しているのです。その手順を踏まずに妊娠すると、堕胎させられるか、出産したとしても、たいていの場合、生まれた赤ん坊は浄化槽か湖に捨てられることになります。少女たちは家族やコミュニティの恥になるよりは、そうするほうがましだと考えているのです。夫がいなくても、子どもを産んで育てる勇気のある少女の数は微々たるもので、そんな彼女たちに汚名を着せるような団体を作るのは逆効果でしょう」

フォルテスはわたしから目を逸らすことなく、一気にそう話した。わたしは屈辱を呑みこみ、彼の〝貴重な解説〟に感謝した。おかげで、前日の会食の席で村長も村長夫人も取り巻き連も副知事も反論しなかった理由がわかった。あの人たちはあえて反論しなかったのだ。キジトにしても、わたしの考えの浅さをわざわざ人前で指摘しようとは思わなかったということだ。まあ、それも当然だろう。で、フォルテスはどうかといえば、彼は道路の建設工事の進捗状況について質問されたら答えるだけだった。あとはキジトの言葉にうなずいたり笑ったりするか、サミーと彫刻や芸術や個展の話をするかで、わたしには話しかけてこなかった。彼はわたしのことはなにも知らないし、自分のこともあまり話さず、明らかに好意的ではなかった。タシュンとわたしのことを、考えなしの日和見主義者だと思っている。アンブロワーズおじの口利きがあり、マドレーヌの墓の解体は延期されることになった。ミヴァル社がわたしたちのために工期を変更したのだ。フォルテスがそれをおもしろく思うはずがなかった。そう、事実、タシュンは若いシングルマザーを受け入れる施設を作ることについて、深くは考えていない。頭の中で、女性、若者、子ども、経済的、社会的に不安定な立場にある人といった条件をそろえただけで満足してしまっているのだ。それにしても、フォルテスのその傲慢で、見下したような態度といったら……。オー＝フェン州にはどれくらい前から住んでいるのだろう。この村にへその緒を埋め、ここで生まれ育った両親を持ち、わたし自身もこの地方で幼少期を過ごしたという紛れもない事実があるのに、彼はわたしに対し、つまらない打算だけで動くよそ者を相手にするかのように話した。正直なところ、タシュンがなぜそんな団体の設立を思いついたのか、わたしには理解できなかった。また、いつものひらめきなのだろうか？　夫に反論するのが面倒で、わたしはしばしば卑怯者になるが、今回も夫の言うことに従った。それでも、だ。タシュンがフォルテスをいけすかない男だと思っていることについては同意する。いまわしい猫の目、口唇裂の痕（あと）、角張った額に角張った顎。たいていの場合、顔には性格が表れるものだ。それに、彼はハンサムではない。

ペトロールブルーのアバコストを着たフォルテスは、自分がどれほど無礼な人間に見えているのかやっと気づいたのか？　わたしが、工事の進行になんらかの影響を与える可能性のある男の妻だということを思い出したのか？　そろそろこのあたりで善良な人間を演じたほうがいいと判断したのか？　いずれにしても、冷ややかなまなざしとは裏腹に、愛想のよい声でこう言った。

「本当にここの住民の暮らしを改善したいということでしたら、わたしはなにをすればよろしいでしょうか。言ってくだされば、お手伝いします。それだけ教えていただければけっこうです。理由については、こちらがとやかく言う筋合いはありませんから」

そうやって彼は寛大なところを示してみせた。もうけっこうよ。わたしは声も鋭く、つぎつぎと言葉を繰り出していった。具体的にはなにを言ったのだろう？　まったく覚えていない。ただ、〝弾切れ〟を起こしたために、集中射撃を終えたという感覚が残っていた。

わたしが息を整えていると、フォルテスの瞳に新たな光がためらいがちに宿った。光は皮肉めき、雄弁に輝いた。どうやらわたしがおとなしく引っこんでいるような人間ではないことに気づいたらしい。彼の内部で起きている異変がはっきりと読み取れた。こちらがはじめて攻撃をかけたことで、彼の偏狭な心に存在する先入観というダムが決壊を起こしたのだ。奇妙なことにわたしはそれが気に食わなかった。〝弾切れ〟なんて滑稽もいいところで、その言葉自体、狩猟歴の長いタシュンから拝借したものだった。わたしは内心肩をすくめ、なんであれ、心の水栓が緩んで隙間ができる瞬間はあるものなのだと思った。

村長に紹介されて購入しようと思った土地は、係争中で売却不可の物件だった。わたしはそれを登記所で知った。リミュー村長は土地の所有者を紹介する前に登記情報の照会を怠っていたのだ。フェン村長の自分が騙されるわけがないと思っていたのだろう。日常的に起きる不測の事態ばかりか、一般的な詐欺から身を守るのも、自分の肩書さえあれば大丈夫だと思いこんでいる人種なのだ。土地の所有者は、そんなはずはない、なにかの間違いだ、俺は正直者だ、子どもの首にかけて誓う、とわめきちらし、わたしたちを激しく罵った。そして、いいか、お天道さまが見ているからな、いまに天罰が下るぞ、と呪いの文句を吐き捨ててバイクにまたがり、エンジンをふかすと、爆音を轟かせ、マフラーから臭い白煙を吐き出しながら走り去った。村長は荒々しくネクタイを緩めた。サミーとわたしは、どちらからともなく思いきり噴き出した。真面目な顔をしようとしても、お互いに目が合ったとたん、いっそう激しく笑ってしまう。村長は額の汗をぬぐい、同行していた取り巻き連はまごついた。あの嘘つきの失礼な売り主が二度と顔も見たくないような類の輩であることに、この人たちはどうして気づかなかったのだろう？　報復されてもおかしくないのに、怯えもせずに村長やわたしにくってかかったあの男。あの所有者の滑稽きわまる勇気に、わたしの中のプライドのようなものがぐらついた。おかげで、わたしは神聖にして侵すべからざるミイラ像から抜け出すことができた。一年前から、首都の知事の妻という立場が、わたしをそのミイラ像に押しこんできたのだ。サミーとわたしは身を震わせ、はばかることなく笑い転げた。わたしは笑いながらもその中に安易な逸脱の響きを聞いていた。

新たに土地探しが始まった。丘の上で、麓（ふもと）や山や町が見渡せる場所。タシュンの指示に見合うような土地はなかった。フェンでは土地を買おうとしても、なかなか売ってもらえない。未開墾地の所有者にも断られた。モンターニュ地区の近辺をあたるように勧められたが、その気にはなれなかった。そこには父の建てた家がある。祖母が住んでいて、マドレーヌの生前は、センケとともによくそこで休暇を過ごしたものだ。記憶では、門扉に共和国大統領の大きな写真と党の看板が幅を利かすように掲げられていた。マドレーヌが亡くなって間もなく、政府に対する抗議運動が起き、父は抗議活動をする学生や非合法の政党の指導者に無償で会社の敷地（しきち）を提供した。税務調査が入り、多額の追徴税の支払いを命じられると、父は政府与党に鞍替（くらが）えし、ＭＰＡの党員証を所持し、党員バッジをつけ、改宗したての信者のような熱意でもって反体制派と闘った。権力と結びついたことで税務調査官の厳しい追及はやわらぎ、会社も繁盛した（父はいまでは引退し、事業は息子たちが引き継いでいる）。わたしがタシュンと結婚する前で旧姓を名乗っていた当時、与党多数派に属さない政党が議会の末席に連なり、与党と手を組むことで、与党は野党の圧力に抵抗することができた。その時代は〝埋火（うずみび）の時代〟として人々の記憶に残っている。

まる一日探してもなんの収穫もなく、サミーとわたしは宿のジマント亭に戻って夕食をとった。気温が下がり、わたしはサミーにカーディガンを貸した。袖丈が足りず、だいぶ腕がはみ出していることを給仕たちがからかった。赤いネオンサインにズーク・ラヴの淫靡な歌詞が相まって、食堂には売春宿のような雰囲気が醸し出されていた。入口のドアが開き、わたしたちはそちらを向いた。白いアバコストを着たフォルテスが、青い作業着の男性たちと連れ立って入ってきた。彼らは反対側の隅の席に陣取った。ちょうどわたしたちの対角線上にあるテーブルだ。よけいなことはするなと合図する前に、サミーは席に着いたばかりのフォルテスに声をかけて挨拶した。フォルテスは席を立ち、握手をしにやってきた。わたしたちが例の土地の所有者に失望させられたことを村長から聞いたらしい。

「わたしはタム・タム地区で借家住まいをしているのですが……。うちから四百メートルほど離れたところに、家主の所有する家があります。二棟建ての住宅で、まだ完成はしていないのですが、いま売り出し中です。ユーカリ林に囲まれた土地付きで、池が二棟を仕切るような形になっています。明日も土地が見つからず、ユーカリや池がおいやでなければ、いつでもご覧になれますよ」

翌日、サミーとわたしは、タム・タム地区にユーカリ林を見に行くことにした。

第二部

第六章

　ザンブエナ婦人会、通称ＣＡＺの昼食会の会場にジャマが姿を見せた。いつものように若い女性を従えている。ジャマのハンドバッグを持ち、ジャマの十歩うしろを歩くその女性は、備忘録的な役割を担い、ジャマが指をさすか、顎を上げるかすると、ジャマの言いあぐねた言葉を即座に最後まで完成させる。彼女は高価なワードローブ同様ジャマの所有物なのだ。モアレ模様のシルクサテンのスカーフ、モノグラムのハイヒール、ベントレーの助手席の武装ガードマン、プリンセスカットのひと粒ダイヤとゴールドのネックレス、バゲットカットのダイヤとプラチナの結婚指輪、ゴールドやルビーやサファイヤやエメラルドのブレスレット、高級なイミテーションジュエリーのイヤリング（イヤリングは紛失しやすいので）。これらの装身具を身に着けずに、ジャマが外出することはない。八人の娘の母親で、華奢で、六十代後半だというのに、顔に皺ひとつない。たいそうな美人で、自分でもそれを承知している。その権力と影響力が夫の地位のおかげであることも承知していた。彼女自身は半身麻痺で、ひとりでは思うように動けず、自分の能力を拡張し補完するスタッフをつねに必要としていた。スタッフは何人いても足りないということはなかった。目をつけた相手にいろいろと注文をつけ、お眼鏡にかなわなかった場合を除き、関係を築いて、簡単には離反できないようにする。そんなジャマを最初は不審に思ったカトメも、やがては惹きつけられて心を支配されていった。ジャマとの関係には、称賛、恐れ、憤り、疑いが入り乱れていた。ジャマがいると、幼い少女のように気に入られようとして、同意し、譲歩し、お世辞を並べ、丁重に接する。それがジャマを前にしたときのカトメだった。ジャマから解放されると、カトメは疲れ果ててへとへとの自分をあざ笑った。ジャマの詮索するような視線のもとではみずから生み出した別の自分になっていて、そのことにぞっとした。十代の頃、センケが、好きな男子の前でおとなしくなってしまうのは、「彼が頭の中を行進しているからだ」と言い訳をしていたことがある。まさにそれだった。ジャマが頭の中を行進しているのだ。嫌いになる要素がジャマにはすべてそろっているのに。

本気でジャマが嫌いになりかけると、カトメは自分に言い聞かせた。

たぶん今日だけ。

きっと今日だけ。

昼食会は新任のディルカバ大統領府副長官宅で開催された。以前はアメリーヌと呼ばれていたディルカバ夫人は、はじめてのホステス役で、その手腕が試されるときだった。ディルカバ夫人の前任者はＣＡＺの不文律に則り、夫が職を解かれた日を境にメンバーから外れていた。つまり、ＣＡＺの不文律は会員の夫のポスト次第でいかようにもなるのだ。豪華なリビングルームは正面の壁がガラス張りになっており、黒々とした水を湛えるザンブエナ川が見渡せた。そこに集う三十人ほどの女性たちは、大使、閣僚、公営企業のトップ、党の重鎮の妻たちである。それぞれシックで落ち着いた装いに、香水をまとっている。しかも笑みまで浮かべたこのご夫人がたが（ちなみに自分も）すっかり夫の付属物になっているのかもしれないと思うと、カトメはやりきれなかった。

巨大な窓を覆う薄い綿の日除けを欺くように、日差しがガラスをきらきらと輝かせていた。ウエイトレスたちが足さばきの悪いマリンブルーのストレートのマキシスカートに悩まされながら、慎重な足取りでシャンパンやトロピカルドリンク（地場もののフルーツを使ったミックスジュース）を運んでくる。気温は三十八度まで上昇しているが、室内は空調が効いていて涼しい。

ＣＡＺのメンバーは毎週金曜日に集まって、ランチをともにする。もちろん、出席が義務付けられているわけではない。ただ、欠席する場合はその理由を説明し、それがもっともな理由であることを証明し、参加できないことを詫び、次回参加するときにも謝らなければならなかった。もっともらしい嘘をつくのも、なかなかお開きにならない昼食会に参加するのも、カトメにとっては同じくらいエネルギーが要ることだ。それで、結局は金曜日の正午の招集に応じていた。この中で、どうでもいいことに時間を費やしていると、ひそかに憤慨(ふんがい)している人は本当にいないのだろうか？　つまらないパッチワークとか、ターバンの巻き方の講習会とか、ベジタリアン向けのサモサを作って試食するとか……。

毎度のことながら、参加者たちは小さなグループを作っていた。カトメは黙って耳を傾けた。ジャマの話に周囲の女性たちが陽気な笑い声を上げている。いつものように、ジャマのまわりには十数人の女性が集まっていた。ジャマはシャンパングラスのステムをいじりながら、孫たちの最近の活躍ぶりについて話している。おもしろいというよりは、微笑ましい、小さな子どもにありがちな、ありふれたエピソードだ。とはいえ、話を披露しているのはアンブロワーズ・ベマ夫人である。女性たちはさもおかしそうに、喉の奥がのぞけるくらい大口を開けて笑っていた。

ウェイターたちはプリーツのシャツに手袋といったレストランの給仕長ばりのいでたちで、片手で料理のトレイを持ち、もういっぽうの腕に上質なリネンのトーションを掛けていた。あんな繊細な布で口をぬぐったら破れてしまわないかと、カトメは心配した。自分がなにを食べているのかはよくわからなくても、なにかを食べているのは確かだ。ひたすら食べるのみ。ＣＡＺの昼食会に参加するたびに襲われる恐ろしい退屈を紛らわすために見つけた唯一の手段がそれだった。ときには、空間や人や会話が非現実的に思われることもあったが、あとでサミーに話して聞かせることで、彼女は現実にあったことなのだと納得した。

「愛国者同盟運動事務局長夫人がお着きになりました」

給仕長のもったいぶった声が響いたとき、ぴりぴりした空気がカトメのうなじをくすぐった。

なぜジャマが今回は出席したのか、カトメには察しがついた。ＣＡＺの副会長という立場にありながら、ジャマは自分が〝貧困からの脱却〟と名づけた慈善活動があとに控えているときの昼食会は欠席していた。今回は食事会が終わったら、孤児たちに寄付をするため、ＣＡＺは代表者を何名かヴィタ福祉会に派遣することになっている。

「なにも白人女性が企画した慈善に反対しているわけじゃないのよ」ジャマはカトメに説明した。「でもね、この国は刑務所や孤児院やスラム街ばかりじゃないでしょう？　あの人たちにとって、観光地や名勝は注目に値しないのかしらね」

貧困からの脱却。今回ジャマは出席した。華奢で、高慢。金糸で刺繍を施したウルトラマリンのシルクのドレスにおそろいのスカーフ。パルファンのよい香りを漂わせ、わずかに笑みを浮かべている。ジャマは例の件に意見するために出席したのだ。カトメはジャマに冷ややかな視線を投げながらそう思った。

サミュエルの個展について……。

参加者たちのあいだでは意見が分かれていた。

前の週、自宅でメンバーたちをもてなしたスウェーデン大使夫人のジェルトリュードから（スウェーデン語訛り（なま）のフランス語で）、ヴィタ福祉会の子どもたちをサミュエル・パンクーの個展に連れていってはどうかという提案があった。カトメは、隣に座るジャマの腸詰めのような指がフォークの上でこわばるのを見た。マサイ族を思わせる指。樵（きこり）のように分厚い手だ。

「まあ、すばらしいアイディアですこと！」日本人のキヒコが絶賛した。「サミュエル・パンクーにはとてつもない才能を感じます！　感動しますよ、本当に！」

あちこちから懐疑的な声が上がったが、ちょうどデザートタイムだったこともあり、ヴィンテージのラム酒を振りかけたバナナのフランベをゆっくり静かに味わうためにも、決を採るのは〝次回の会合で〟ということになった。

つまり、今日である。

カトメがジャマに電話したのはひと月前のことだ。ちょうどサミーが公邸に個展のカタログを届けに来たところだった。電話を受けたジャマは仕立屋のグラン・モケの店で何着目かのカフタンを試着している最中で、終わったらすぐに行くと約束した。個展の後援者になりうる人がいるとすれば、それはジャマであり、彼女の友人たちであり、アドレス帳に名を連ねる知り合いだった。カトメはサミーとクーナに、ジャマやタシュンの招待客のためのレセプションを開催するように主張していた。内覧会に先立って開かれるレセプションには特別感があり、ゲストは優越感をくすぐられるはずだ。知人に声をかけてもらうため、カトメはジャマに預けるカタログを段ボールに入れて用意した。ジャマは例の備忘録係兼カバン持ちの付き人をお供にやってきた。カタログをめくって注意深く内容に目を通すと、ジャマはカタログのページの端を親指で撫で、それから尋ねた。

「このサミュエル……サミュエル・パンクーという人は、オー＝フェン大学のあの男と同じ苗字だけど、家族じゃないの?」答えを待たずにジャマは続けた。「ねえ、この国で生まれ、この社会で育ち、誰からも邪魔されず、自由に才能が発揮できているアーティストが、なぜ飼い主の手を噛むようなことをするの? 誰かに《成功したいなら、自分の国を批判しろ。でないと、海外では売れない。世界で通用しない》と吹きこまれたから? アジアではザンブエナの美術展がつぎつぎと開かれているそうね。理由はわからないけど、トロイの木馬みたいなものだと思うわ。まあ、それは別として。アンブロワーズとわたしはモンクトンに行ったの。あれは千九百……」

ジャマが人差し指を向けると、付き人がすかさず答えた。「九十九年です」

「そう、一九九九年。あの……サミット……」

同じジェスチャーが繰り返され、付き人が即答する。「フランコフォニ」

「そう、フランコフォニ・サミット。議長からアンブロワーズに代表として参加するように要請があって、わたしも同行したの。フランス語を話す国ならどこでもいいらしく、フランス語圏の国がすべて集まっていた。アルバニアもフランス語圏の国として加盟を認められていたけど、本当にアルバニアではフランス語が使われているのかしらね。まあ、それは別として。サミットでは加盟国のアーティストの現代美術展が開催されていて、そこでカナダに政治亡命したザンブエナの自称アーティストの男に出会ったの。彼は黙示録的なビデオ・インスタレーションを発表し、その中で自分は思想弾圧に遭って国外逃亡したと主張していたわ。他国の代表たちから見たら、わたしたちふたりはその男を迫害し、亡命に追いやった国を代表しているということになるわよね。そんな心配をする必要がなければ、アンブロワーズもわたしも笑いこけていたでしょうよ。その作品のタイトルといったら……」

　付き人を向いて顎を動かすと、速攻で答えが返ってくる。「パンデモニウム」

「そう、パンデモニウム。地獄の偽りの都。ここのことよ。あなたが暮らし、わたしが暮らすこの国のこと。迫害を受けて政治亡命したなんて話は根拠がなくて、信じもしませんでしたけどね、カナダ人をだまして滞在許可証を手に入れたのだから、その男にとってはしめたものよ。彼のせいで、よその国の人たちのこの国に対するイメージが悪くなったことに、わたしたちは憤慨した。そしたら、彼はなんて言ったと思う？　いけしゃあしゃあと《ザンブエナは地獄だ。カナダは天国ではないかもしれないが、少なくとも天国に通じるものがある》ですって。わたしたちは地獄、自分は天国に通じるカナダとは、ふるっているじゃない？　いい？　あなたのパンクーさんの個展は、その男のしていることとなにも変わらないわ。貧しい人々が苦しむ姿を撮影し、その悲惨さをあたかも芸術作品のように仕立て上げて、金儲け（かねもう）けの道具にするなんて、アーティストとしての信念はあるのかしら？　社会参加が聞いてあきれます。恥の上塗りですよ」ジャマはカトメの顔の前でカタログを振った。「わたしがこんな個展の応援をすると本気で思っていたの？　こんなガラクタの寄せ集めにわたしが協賛すると？　まさか、あなた、まだこれを読んでいないわけじゃないわよね？」

ジャマはたまたま開いたページを読み上げた。

《どこにも帰属しない特異な立場を取り、抽象化かドキュメントか、概念的か具現的か、観念的か物質的かに捉われない自由なアーティスト、サミュエル・パンクーが生み出す彫刻は、反詩的な世界、歴史的なものに抗う非歴史的世界の白とも黒ともつかぬ灰色のエレジーである。サミュエルの作品は、現在を顕示し、過去を暴き出す。反体制運動に身を投じることに等しく、大胆にも底知れぬものの心臓部に入りこみ、署名を残すのである》

「ふざけているわ。まったく《アンテ・モルテム――領域横断的セラピー》とは。展覧会のタイトルとして、これ以上シンプルでわかりやすいタイトルってあるかしらね」ジャマはテーブルの上にカタログを放り投げた。「わたしの父は、〝ムカデは一匹で歩いていると道を誤る〟と言っていたけれど。あなたは党に大きな借りのある男の娘。あなたはその男の姓と夫の姓の両方を名乗っている。みんなから尊敬されるような一流のアーティストを探すなら、わたしに声をかけてちょうだい。こちらで見つけてあげます」

　ふだんなら、ジャマを前にしてカトメはおしゃべりになる。話すことがなければないほど、話そうとする。ジャマがそこにいると、すぐになにかを言わなければいけない感覚に襲われ、言葉の雨を降らせることで、間が空いて気まずい思いをしないようにしているのだ（サミーによれば、それは〝沈黙恐怖症〟だという）。それがこの日に限って、口もとが痙攣を起こしたかのようで、カトメは吐き気がするほど言葉を呑みこみ、呑みこんだ言葉で喉がひりひりした。ジャマがつぎつぎと投げつける槍が心に突き刺さり、ひたすら耐えた。まくしたてるジャマを前に、カトメは彼女が杭で刺し貫かれているところを想像した。串刺しの刑。打ちこんだ杭の先端が胸骨のあたりから飛び出して下顎に突き刺さるようにして、永遠に口を利けなくしてやる。杭がなければ、ガムテープで口をふさぐか。あるいはブラジリアン・ヘアーエクステンションを結びつけたその髪を額から眉毛、まぶたから鼻、耳、口へとリボンみたいにぐるぐる巻きつけていく。とくに口の上は何周もして、ぎゅうぎゅうにきつく縛りあげ、動かないようにする。それでやっと、ジャマの口は封じこめられるだろう。尻軽女。ふしだらな隠れフランス人。子どもにも孫にも全員に二重国籍を取得させ、セカンド・パスポートを持たせるなんて、ほんと、いやらしい女だ。「だって、いつどうなるかわからないじゃない……いつか、この国の状況が悪くなったら……。あなたがたも、子どもたちにもそうさせるように考えておきなさい。十五歳になったらフランスの寄宿学校に通わせなさい。そうすれば、十八歳で国籍が取得できるわ」フェイクの粉雪をまぶしたプラスチックのクリスマスツリーを所有していることを鼻にかけ、ヨーロッパに行けば行ったで、芸術品の代わりに、ＩＫＥＡやコンフォラマでインテリア雑貨を買いあさる自堕落な女。

「それに、あなたは初耳かもしれないけれど、ギャラリーのオーナーのクーナ・ブビンガのことなら知っているわよ。彼女はフランス大使館をクビになった人ですからね。CAZのメンバーだったこともあるわ。彼女の入会を認めたことは事故であり、正気の沙汰ではなかった。いままではCAZもクビになっていますけどね。あの愚かなフランス大使夫人が〝人的要素を考慮して〟彼女を入会させようとしたから、断るわけにはいかなかったの。まったくどうかしていたわ！　結婚もしていないのに入会を許されたあの生意気女は、自分以外のメンバーは頭が固いと思いこんでいたわ。おとなしくしていたことなんて一度もなくて、いつも文句をつけてきた。結局、彼女には辞めてもらったけど、理由はわかる？」

その話ならカトメも聞いたことがある。CAZのチャリティーパーティーが開催されることになり、パーティー券がサフラン百グラム並みの価格で販売された。クーナは二枚購入し、メンバーたちは、彼女には同伴者がいて、会場で紹介を受けるものと思っていた。パーティーの夜、クーナは姿を見せなかった。その代わり、アメリカ大使が着席するテーブルには、奇抜なドレスを着たクーナのメイドが完全にパニックを起こしている姿があった。さらに、法務大臣のテーブルでは、緑のスーツに緑のシャツ、緑のネクタイを締めたクーナの運転手がかしこまっていた。

「クーナはね」ジャマは興奮して大声を出した。「パーティー券を自分のメイドと運転手にやってしまったのよ！　遅れて到着した国務長官や事務局長たちはスペースの都合で中に入ることができなかったのに！」

CAZは臨時総会を招集した。メンバーたちは謙虚な謝罪を望んだが、クーナは傲慢に、なにが問題なのかわからないと言い放った。CAZがパーティー券を売り、自分はそれを買ったまでのこと。ちゃんと代金は支払ったのだから、自分がパーティー券をどうしようが、誰に渡そうが、あなたがたには関係ないことだ。まるで、うちのメイドと運転手がイヌかなにかであるような言いようではないか。イヌだと言い張るなら、その証拠を持ってこい。

「あの坊主頭の性悪女が企画した展示会の後押しをしろと言うの？　子どもの言いぐさじゃありませんけれどね、あの女はわたしたちに往復ビンタを食らわしたのよ」

　カトメは下唇をかんで、笑いをこらえた。ジャマが恩を仇で返されたと考えているのかと思うと、愉快でならなかった。なにしろクーナは予めサミーとカトメの恨みを晴らしてくれていたのだ。そうとしか言いようがない。ギャラリーで展示会場の設営をしているあいだ、カトメとクーナは改めて驚きを覚えつつ互いに相手を見定めようとした。ふたりは寄ると触ると衝突したが、それは、そもそもはじめて会った日に、クーナが正々堂々と反目しあおうと言ったからだった。クーナが反目しあうのはもうやめると宣言したことを〝目覚め〟と呼べるなら、ふたりが互いに目覚めるその日まで、ぶつかりあいは続いた。ふたりは不安と安堵を共有しつつ、個展のテーマにふさわしい会場づくりを目指し、サミーに不安の発作が起きると、代わる代わるなだめてやった。無愛想な態度や、未成熟で中性的な外見、相手をけなすときの歯に衣着せぬもの言い……。あんなに閉口させられたのに、結局、彼女に好意を持っていることを、カトメは心の底では認めていた。つまり、むこうが厳かに互いの反目に終結宣言をする日を待つまでもなかったということである。もし、ＣＡＺの着飾ったマダムの群れの中にクーナが迎え入れられていたら、カトメにとってそのことは、ブラックホールや量子力学の法則のような訳のわからない謎として残っただろう。

ジャマに向かって言えたはずの言葉、言うべきだった言葉が、胸骨とみぞおちのあいだのどこかでつっかえていた。言葉たちが反撃軍の勇敢な兵士として隊列を組み、進撃するのを拒んでいたため、サミーに対するジャマの口撃を止めさせ、休戦協定への署名を促したのは、杭でもガムテープでもなく、歓声を上げて青いリビングルームに闖入してきたアクセルとアリックスだった。ドアを開けっ放しにして、双子はジャマおばあちゃまの腕に飛びこんだ。サイドボードの上ではCAZのメンバーに囲まれた大統領夫人の写真が幅を利かせていた。両手を膝に置いたまま、カトメは身長一メートル七十二センチの体をもてあまし、自分の無気力さにくらくらしながら、ジャマの膝の上に陣取った娘たちをなにも言わずにじっと見つめた。


厨房から戻ってきたディルカバ夫人が両手を広げて合図すると、給仕長がビュッフェのオープンを宣言した。ウェイターがシャンパンやほかの飲み物のグラス、アミューズ・ブーシュを片づけた。夫人たちはウェイトレスがずらりと列をなす前を通り、バニラの香りがするダイニングルームに入った。中央にテーブルクロスを掛けた長いテーブルが二台並び、花々がそれを彩っている。テーブルに対して垂直に置かれた豪華なビュッフェボードのうしろにはサービスをする料理人たちが控えていた。

ビュッフェが始まるまでは誰も席につかなかった。はじめてホステスを務めるディルカバ夫人は、どうやらジャマの付き人が座る椅子のことは誰からも教わっていなかったらしい。昼食会のホステスは、参加者たちとは距離を置きながらも、ジャマとアイコンタクトの取れる場所に、付き人の席を用意しておくことになっているのだ。誰もその名を知らず、ジャマのほうも紹介しようとしない付き人の席がないことがわかると、ジャマは眉を吊り上げた。とりなそうとしたマンサンテ夫人が、ジャマの冷たい視線に遭って立ちすくんだ。ディルカバ夫人はようやく問題があることに気づいた。屈辱を覚えながらもディルカバ夫人は急いで給仕長に予備の椅子を持ってこさせた。カトメは付き人の席にふさわしい場所（ビュッフェボードやテーブルから離れていて、夫人たちと距離を置きながらも、ジャマの視界に入る位置）を見つけるのを手伝った。そのあとで、〝許しがたい不始末〟について、ジャマに許しを請うディルカバ夫人のおびえた声が響いた。誰もが聞こえないふりをした。ディルカバ夫人はアンブロワーズ・ベマの細君の手を取り、「二度とこのようなことが起きないようにいたします」と誓った。誰もが見ないふりをした。

　カトメは空腹を覚えた。

　ビュッフェに用意されていたのは、どれも〝頬が落ちそうな絶品料理〟ばかりで、テーブルでメンバーたちはさかんに舌鼓を打っていた。アメリカ人のガブリエルがフォークでグラスを叩いて鳴らしたが、その音は話し声でかき消されてしまった。

「みなさん、孤児たちがブビンガ・プロジェクトを訪問する件についてですが、アーティストにワークショップをお願いしてみてはどうでしょうか？」

　髪はブラウン、三日月形の眉に、アイライナーで黒々とラインを引いたまぶた、顎のほくろ

（実はヘナタトゥー〔天然の染料を使用した、一時的に楽しむタトゥー〕）。ガブリエルはみずからを『サンセット大通り』のグロリア・スワンソンに見立てていた。ＣＡＺのアフリカ人のメンバーたちは、彼女が以前、ペットのアラパハ・ブルー・ブラッド・ブルドッグの葬儀にみんなを招待したことをいまだに許していなかった。ペットの犬はノーマ・デズモンドのチンパンジーよろしく、暖炉（だんろ）のそばで黒のフリンジの付いたウールの花柄（はながら）のショールを掛けられて横たわっていたが、わざわざそれを披露するために愛犬を手にかけることくらい彼女ならやりかねないと、カトメは思った。

「すてきなアイディアですわ」ベルギー人のアリーヌが言った。「ブビンガ・プロジェクトは広くてスペースがありますから、午後の時間、ギャラリーの一室を使わせてくれそうですし。知事夫人はどう思います？　あなたからクーナさんたちに頼んでもらえないかしら？　内覧会が終わったところで、あちらは時間的にも余裕ができたんじゃない？」

カトメはテーブルの中央の席でサンガ（キャッサバの葉を潰（つぶ）したものと新鮮なトウモロコシを混ぜてヤシの実ジュースで煮こんだ料理）を頑張っているところだった。それで、テーブルの端に座っていたアリーヌに自分の口もとを示し、〝少々お待ちを〟と合図した。ジャマを含め、三十人あまりの視線がカトメに注がれていた。カトメはゆっくりと咀嚼してから飲みこみ、ナプキンで丁寧に口を拭（ぬぐ）った。

「わかりました。聞いてみます」

カトメは斜めむかいに座るジャマのほうを見た。ふたりの視線がぶつかった。

「孤児（キッズ）たちにとってもモノづくりが経験できるいいチャンスですよ」ガブリエルが英語を交えな

がら言った。「メモリーに残るような、ささやかなアート作品。簡単にできるシンプルなもの。おわかりいただけるかしら？　みなさんはどう思います？　グレートでしょう？」

　ジャマが水を差した。

「さあさあ、みなさん、ＣＡＺが孤児たちを例の個展に連れていくことはまだ決まっていないはずですよ」

　ウェイターはみな無表情のまま、グラスにワインや水を注いだり、塩を持ってきたり、胡椒を入れを移動させたりしていた。カトメはこの席でひと荒れありそうな予感がした。ますます借りが大きくなっているように感じる相手に、こちらの立場に立ってもらうにはどうすればいいか？どうすればこちらの本心を伝える勇気が持てるだろう？

　タシュンに〝葬儀のゴッドマザー〟を任されているジャマは、人生の節目ごとに出会う懸念事項に対して、即座に答えを出しては鮮やかに解決してみせ、世間知らずのカトメを驚かせてきた。洗礼式や聖体拝領、結婚式でゴッドマザーを立てることなら、カトメも知っているし、彼女自身もよく頼まれることがある（決してただでは済まず、否が応でも少なくない額の心づけを渡すことになる）。しかし、葬儀のゴッドマザーというのは……？　まったく、タシュンの創意は尽きることがない。ジャマは金を出さずに、助言を与えた。葬儀屋、仕出し屋、泣き女、祭壇、招待状、式次第、支出の抑えかたなど、経験で得た知識を惜しみなく披露した。フェンで購入した二棟建て住宅の完成工事については、ジャマが介入する前から、タシュンとのあいだで何度も口論になっていた。カトメは敷地内の池やユーカリの木立（モミの木を植えてもいいかも、と彼女は思った）、丘の頂から見渡せる村や教会の鐘楼の眺めにすっかり魅了されてしまい、凝りに凝った建物や、およそ常識的ではない生活動線や、住みよい間取りに変更するのに最終的にかかりそうな費用にも気後れすることはなかった。

「こちらは、パティオを抜けますと、六十平方メートルほどの部屋に直接入ることができます。キッチンにはドアが四つありましてね、この二棟建て住宅のどの部屋に行くにも、必ずキッチンを通ることになります。ドアはそれぞれバスルーム――トルコ式を意識したユニークな浴場ですよ――、ダイニングルーム、リビングルーム、寝室の前の廊下に通じています。寝室は修道院の独居房を参考にしておりましてね、質素な造りで、眠りの妨げになるようなものはいっさいございません。ベッドとテーブルがあるだけの飾り気のない狭いスペースですが、目によけいな刺激を与えませんからね、安眠できること請け合いですよ」

　村の不動産屋で売り主のヴァミー・クンクーの説明はいい気晴らしになった。将来の住まいとなる建物の奇抜で独特なスタイルに、カトメとサミュエルの想像力は刺激された。建物の風変わりなところを活かしながら、住みやすい間取りにしてもらうのは、そんなにむずかしいことではないとカトメは思っていた。最初の建築業者にはかなりの額を先払いしていたにもかかわらず、二週間後に現場を放棄された。つぎにアレクサンドル・フォルテスの紹介でやってきた建築家からは全部壊して建て替えることを勧められ、お断りした。三人目は村長の甥で、片方の棟を解体しておきながら、音を上げてしまうという体たらく。ある晩、アンブロワーズおじ宅で夕食をごちそうになっているときに、タシュンが新居の工事の話を持ち出し、さんざんな目に遭っているとこぼした。ジャマから「わたしなら、もっとうまくやりますけどね」と嫌味を言われ、カトメは軽くお小言を頂戴(ちょうだい)した。ジャマはその場で電話を一本入れ、まもなく友人の息子だという建築家が奇跡を起こすべく現場に現れた。建築家はテレスフォール・ザンボと名乗り、実際に奇跡が起きた。

「あなたはミラクルを起こしてくださったわ」カトメは感謝してもしきれない気持ちで叫んだ。

「ミラクルを起こさないわけにはまいりませんでしたから、マダム」テレスフォールは目を細めて答えた。彼はカトメが選べるように納骨堂の設計プランをいくつか出してくれた。誰よりも現実的なジャマは、近い将来そこに納骨される者がいることをカトメに示唆(しさ)した。それは自分のこと、つまるところ、アンブロワーズおじと自分のふたりのことである。ふたりにも必ず死は訪れる。ふたりはどちらかが死んだ場合の葬儀の招待状まで含め、すっかり計画していたのだ。

「わかっているわね、なにからなにまであなたが気を配らないといけないのよ。あなたがしっかりしないと、家族に恥をかかせることになりますからね。葬儀は人生の晴れ舞台でもあるの」

葬儀は人生の晴れ舞台。ジャマは、死んでもなお、自分は生きているものと信じている人々のひとりだった。

　黒人には闘争好きの血が流れているのか？　国営のチョコレート製造販売会社の社長夫人でフランス人のメラニーに、いつかカトメはそう尋ねられたことがある。夫の会社の従業員たちは女性をめぐって争うし、周辺国では内戦や紛争が絶えないからだという。そのメラニーがガブリエルを真似て、グラスをフォークでキンキンと叩いた。

「あの個展がいまどんな状況にあるか、ご覧になりまして？　何度か足を運びましたけど、いたるところ、赤いシールが貼られていて、展示作品のほとんどが売約済みなんです。毎日のように新聞でサミュエル・パンクーに関する記事を見かけます。ヴィタ福祉会の子どもたちのためにワークショップを開催してもらえれば、CAZにとっても名誉なことでしょう」

「問題は、全員が全員、同じ新聞に目を通しているわけではないということですよ」スライスレモンでもかじったような声でジャマが言う。

問題は――カトメはウェイターが差し出したトウガラシの鉢を受け取りながら思った。ジャマが〝共和派以外の新聞〟に目を通そうとしないことだ。党公認のラ・ヴォワ・デュ・ザンブエナ紙で十分なのだ。そして、そのラ・ヴォワ・デュ・ザンブエナ紙の論説にはこうあった。


デリケートな歴史問題に対するこのアーティストのアプローチは、誤った推論に基づくものであり、問題がある。歴史学者自身、論争なくしては解き明かすことのできないテーマを彫刻や写真や舞踊で表現することなどできるわけがない。常軌を逸していることや、虚偽で穴埋めすることが才能を示すものではないという証拠がここにある。はたしてこの国はサミュエル・パンクーが主張するような独裁国家なのだろうか？　なんの憂慮もなく作品の公開が許されているアーティストならではの詮索ではないのか？　権威を振りかざす国であることは認めよう。とりわけ、これまでの歴史において、権威をふりかざすことはあった。だが、誰がそれを非難できようか？　権威を示さねば、どんな偉大な権力も築かれないのではないか？　人々を動かすには権威が必要なのだ。

礼節を重んじることのない文化相夫人が鋭い声を発した。

「あの個展はワクチン接種後の副反応と同じであって、それ以外のなにものでもありませんよ！」

その言葉は文化大臣で政府のスポークスマンである夫が国営テレビで表明していたものだが、彼女はそれを一言一句たがえずに繰り返した。

「個展の精神に賛同できないというかたはいらっしゃるかもしれませんが、このアーティストの作品は最高にすばらしいものです。それは否定できません」セネガル大使夫人のカディディアトゥが言う。「わたくし、先立つものさえあれば、オープニングパーティーのときに彫刻を買っていましたのに」

「わたしもそう！」メラニーが同意した。

カトメは隣のテーブルに座るふたりが示しあわせたように視線を交わすのを見て、アレクサンドル・フォルテスから聞いた話を思い出した。オープニングパーティーの夜、パーニュをファラオの頭巾のように頭に巻きつけた青い口紅のご婦人が作品の値札を見て、「まあ！　いいお値段ですこと！」と驚いていたそうだが、そのファッションから考えるに、そのご婦人とはカディディアトゥのことで間違いないだろう。

「なにを買おうとあなたがたのお好きになさればいいけど、あんな不敬な猿真似(さるまね)アートのワークショップに公費を使うのはいかがなものかしら？」とのたまう運輸相夫人は、自身が慶弔で帰省するときや、ＣＡＺが団体で出かけるときに公営バスを無料で利用することについては疑問を持たない。

「ソーリー、リスペクトとアートのあいだにどんな関係があるというんですか？」ガブリエルが驚きを隠さずに質問した。

「あなたの国ではあらゆる価値観が失われているから、きっとなんの関係もないのでしょうね」ジャマが答えた。「でも、この国では、集団的記憶をあんなふうに無遠慮に軽々しく攻撃する人はいません。彼は現実を歪曲(わいきょく)させているばかりか、歴史を改竄(かいざん)しています。あの『水棲生物(アクアティーク)』の写真について言えば、あの地区はフランボワイヤンと呼ばれており、かつては実に華やかな界隈であったのに、住民のせいでスラム街へと変貌(へんぼう)してしまった。そのことを、なぜ彼は説明しないのでしょう。住宅公団が建設したエリートが住む高級住宅街だったのに」

カトメはイライラして、フォークを綿レースのテーブルセンターに突き立てては、小さな穴を開けていた。もはや議論に参加することもかなわなかった。いつも厄介そうな問題には口を出さない女性たちは、食事を続けながら、子どもの近況や次期の役職、ヨーロッパで公開された最新の映画、アクリバの新しい人気スポットの話に花を咲かせていた。それ以外のメンバーは、まるでテニスコートの観客席にいるように顔を右に向け、左に向け、首を突き出したり背伸びしたりして、ほかの席の話題を聞き逃すまいと耳をそばだてている。カトメは窓の外に目をやった。レースのカーテンがひらひらするたびに、庭に咲くプルメリアやトーチジンジャー、ストレリチア、オカトラノオが見え隠れする。この場で発言するにしても、白人女性たちのいる前でジャマと袂を分かつような真似をすることは許されないだろう。妻の報告を受けたアンブロワーズおじから「サミュエルの個展が政治に及ぼす影響を過小評価するな、侮辱的な作品群を大統領の目に触れさせるな」と諭されようが、タシュンに「あのギャラリーには足を踏み入れないこと。それに尽きる」と命じられようが、カトメは勇気を奮って臨んだのだ。会場の設営に加わり、公開初日にはサミュエルとクーナのアシスタントとなって客からの質問に答え、作品の解説をし、販売交渉の場に立った。今日、CAZの昼食会で彼女は意見を述べるのを控えた。なんら恥じることはない。サミーはもう彼女のサポートを必要としていない。個展は多くの客を集めた。コレクター、新世代の芸術愛好家、金持ち、自国のアーティストの作品をぜひとも手に入れたいと願う人々、〝みごとに役に立たないもの〟に金を投じたがる人々。

「『愛と哀しみの果て』には心をつかまれるわよ。モーツァルトのクラリネット協奏曲のアダージョが胸に染みるんだけど、それだけじゃなくて、すべてがいいのよ」ケニア人のフェットがもったいぶった口調で話している。

「彼女、自分の声の響きに酔っているのよ」隣の席の公共事業担当相夫人がカトメの耳元でささやいた。

ジェルトリュードが口を開いたのはそのときだった。そもそも孤児たちに個展を見学させるというアイディアを出したのは彼女である。

「いったい、なにについて議論を交わしているのですか？　いま、なにが組上に載せられているのですか？　わたしは孤児たちを個展に連れていってはどうかと提案しただけです。なのに、みなさんはなんの話をしているのでしょう？」

こうなったら採決をして決着をつければいいいと、ジェルトリュードは提言した。カトメはジャマと目が合った。ジャマはしめたという顔をしている。思いどおりになったということだろう。挙手をして多数決で決めるのだ。サミュエルの個展に行ったメンバーは少数派である。ジャマは自分たちが勝つと信じているはずだ。

ＣＡＺのメンバーになってからまもなく、カトメは（微笑みやハグやおしゃべりを交わす裏で）、ＣＡＺ内部のキーパーソンとパワーバランスを見極めた。ＣＡＺには四つの派閥が存在する。彼女はそれぞれをひそかに国内派、西欧派、大使派、無党派と名付けた。派閥の中は、さらにクリスチャン、ムスリム、白人、黒人、アラブ人、アジア人、異人種同士の組み合わせといった小さなグループに分かれていた。目的や活動内容を決める際に意見が対立した場合は、投票がおこなわれた。それぞれの利害に応じ、グループ同士で連携したり、決裂したりする。すると、ほかのときなら気づかないような境界線が現れるのだ。国内派のメンバーたちは個展をボイコットし、誰ひとりレセプションに現れず、欠席したことを謝らなかった。次の金曜日の食事会で国外のメンバーたちがサミュエル・パンクーの才能を絶賛しているときも、会話に参加しなかった。

　ＣＡＺで投票がおこなわれることはめったにない。前回は、与党の創立三十周年の記念祝賀会にＣＡＺがＣＡＺとして参加すべきかどうかが問われた。大統領夫人はＣＡＺの名誉会長であり、党幹事長夫人は副会長である。しかし、メンバーの外国大使夫人がドレスに共和国大統領の肖像を縫いつけたものを着用したり、国営放送で実況中継される公式行事に民族衣装のブーブーを着て参加したりするのはいかがなものか、不適切ではないか、という主張とぶつかり、採決をすることになったのだ。

「それでは、子どもたちがサミュエル・パンクーの《アンテ・モルテム――領域横断的セラピー》展を見学し、そのあと彫刻入門教室に参加することについて、賛成か反対か、決を採ります」

　ジェルトリュードがそう述べると、表現の自由が法律化されていない国の大使夫人たちや、ジャマに倣（なら）おうとする国内派が反対票を投じ、カトメでさえ（不本意ながら）反対派に廻（まわ）った。反対派が絶対多数と思われたが、案に相違して賛成派の数が上回り、孤児たちの個展見学と彫刻入門教室の開催は可決された。

　ヴィタ福祉会の孤児たちがサミュエルから彫刻の手ほどきを受けた日の一週間後、トロピック・マタン紙に以下のような見出しの記事が載った。

《タシュン・アッピア知事の義兄である、同性愛者アーティストのサミュエル・パンクーの手にわが国の孤児たちをゆだねてよいものか？》

のちに判明したことだが、このゴシップの黒幕は、オー＝フェン州知事選のタシュンの対立候補で同じ中央委員会メンバーの女性だった。彼女は肥満症で執念深く、カルフール・デ・ザンジュ地区でキャラメルボンボンの店を経営していたことから、〝ママン・キャラメル・ドゥ・ア・ディス（十個で二フラン）〟と呼ばれていた。

型どおりの取調べだという。それが三日前から続いている。その電話がかかってきたのは、フェンに行くために急いで旅行鞄に荷物を詰めているときだった。新居の間取りの最終的な修正案と納骨堂の設計図がカトメの承認を待っていた。ジャマの勧めでイタリアから取り寄せた大理石と混合水栓がまだ届いておらず、配管工事とバスルームやキッチンのタイル工事が遅れている。フェンへと急いでいたのは、なにより、現場監督として雇ったアメリカンというニックネームの（その理由をカトメはすぐあとで知った）遠戚（えんせき）の男が瓦礫（がれき）の回収業者らと結託して建築資材をくすねていたことが発覚したためだ。サミーの母親からの電話を切ると、カトメはすぐにタシュンに電話した。夫からトロピック・マタン紙の記事の件を聞くと、カトメは車に飛び乗り、アンセニャン地区の警察署に向かった。警察署に足を踏み入れるのは何年ぶりだろう。最後に行ったのは結婚前で、免許を取得したときだった。警官たちは小さなデスクの向こうでうつむいたまま、目を上げようともしない。埃を被った書類の重みで崩れそうな棚。不安げな表情の来署者たち。交通巡査がカトメに気づき、ベレー帽を取った。短いやり取りのあと、カトメはサミーのもとに案内された。ふたりの酔っ払った若者と眠そうな老人、派手な化粧の女ふたりとともに、サミーはベンチに腰掛けていた。真紅のオーバーシャツにグリーンの合織のパンツ、バスケットシューズ。上部にプレキシガラスをはめたチップボードの薄っぺらな仕切りに頭をもたせかけ、サミーは機械的なしぐさでシャツの裾を前で結わえていた。シャツには白い粘土のシミが散り、頬や額にもそれが飛んでいる。

警官はふたりを暗い廊下の突き当たりにある明るい一室に連れていった。サミーは逮捕された理由を教えてもらえず、なにをしてどんな罪に問われているのか、説明を受けていなかった。「こんなふうになんの説明もなく、人を逮捕するのはやめてほしい！」彼はアトリエで一晩中、砂岩の粘土で腹部に頭のあるパンサーを製作していたらしい。——表面の層を乾燥させてから中をくりぬくつもりで、乾くのを待つあいだ、接着に使う泥漿（でいしょう）を作っていたら、おもてのドアをドンドン叩く音がした。乾いた土を削って、水と混ぜあわせる作業を終えても、ドアのノックは続いている。まるで、ここが武器の密売人の隠れ家だとでもいわんばかりにね。「警察だ、開けなさい！」なんの容疑がかかっているのか、こっちはさっぱりわからない。ぐずぐずしてはいられなかった。パンサーが乾燥しちゃうから。乾ききってしまう前に中をくりぬかなければならない。ぼくがアトリエから連れ出されたとき、パンサーはまだ湿っていて、そろそろくりぬいてもよさそうな状態だったんだ。長時間乾燥させておくと固くなってしまう。固くなったらまずい、失敗する。胴に気泡がたくさんできたまま、窯に入れるわけにはいかないから。ほら、中をくりぬくのを忘れて、窯で焼いているときに爆発した腕のこと、カトメも覚えているでしょう？あれと同じ目に遭う。同じことが起きてしまうんだ。パンサーは一メートル六十八センチあるから、中をくりぬいてから貼りあわせ、窯に収まるようにカットする。注文客は個展でビデオ・インスタレーションを購入してくれた人だ。約束の日に間に合わなければ、がっかりするよ。パンサーが固まってしまったら、一からやり直さなければならない。五日間昼も夜も粘土と格闘しつづけても、完成にはまだほど遠い。胴体と脚はなんとか形になった。それに色付けをする。脚は六本あって、青く塗る。六本脚のパンサーなんだ。お客さんからの要望で、脚を青くする。首から先はない。代わりに、《アンテ・モルテム》の作品みたいに、腹部に頭がある。青い六本の脚を持つパンサーだ。お客さんはしびれを切らすだろう。お得意さんを失うわけにはいかない。作品だってかわいそうだよ。ぼくが戻らなければ、かわいそうなパンサーは待ちきれずに乾ききってしまう。だから、ぼくはアトリエに戻らなければならない。きみからあの人たちに話してもらえないかな？　ぼくはここでなにもせずにじっとしているわけにはいかないんだ。午後にはここに戻ってこられる。いったんアトリエに帰って、作業を終えたら戻ってくるよ。戻ってきたら、ぼくに訊きたいことを訊けばいい。こっちだって、どんな容疑なのか聞ける。個展が始まってからは、ギャラリーとアトリエを往復しているだけだけど、そのあいだになにか違反でもしたのかな？　とにかく、パンサーは待ってくれないから、アトリエに戻らなければいけないんだ。

　ドアが開いて、警察署長が入ってきた。サミーは話を中断した。署内に知事夫人が来ていることを知らされて、署長はふたりを署長室に招き、コーヒーか紅茶、ビールはどうかと勧めた。電話が鳴り、署長は受話器を取り上げ、大げさにうなずきながら、何度も「閣下」と口にした。

「承知いたしました、閣下。異存ありません、閣下。至急対処いたします、閣下」

署長に受話器を渡され、カトメは電話を代わった。受話器から「いますぐ、警察署を出たまえ」と、タシュンの声が響いた。「すでに指示は出してある。サミュエルのことは心配ない。トロピック・マタン紙の記事を受けて、この手の告発があった場合の手続きの一環として、型どおりの取調べがおこなわれる。いずれにせよ、知事夫人が立ち会うと、事が面倒になるだけだ」

それから、タシュンはサミーと話をした。サミーは、パンサーを完成させるために帰らせてもらうわけにはいかないか知りたがった。泥漿はもう作り終わっている。これからくりぬきの作業を始めようというときだったのに、逮捕されてしまったのだ。ぐずぐずしていたら、最初から全部やり直さなければいけなくなる（最初から全部やり直すことがどれだけたいへんかタシュンには想像もつかないだろう）。顧客を怒らせてしまうかもしれない。自分の作品を気に入ってくれているコレクターだ。信用問題に関わる。期日は守らなければならない。顧客はドバイに住んでいて、完成した作品を持って帰国するつもりでいるのだ。タシュンは、心配することはなにもない、一刻も早くそこを出られるように全力を尽くしている、と繰り返した。一刻も早くって、いつ？　一時間後とか？　ダメかしら？　いいわよね。検討してみてよ。いずれにしても、タシュンはベストを尽くすと言った。カトメは署長のデスクの上にそっと封筒を置いた。署長はカトメを送って車までついてきた。空はからりと晴れて暖かかった。中庭でクリップや封筒や収入印紙を売り歩く者たちが近寄ってくる。署長は手で合図して制止した。ちょうどそのとき、タクシーが停まり、中からシタ・フェリシが現れた。オレンジのニットワンピースの上にパーニュを巻きつけ、頭に被ったスカーフが斜めにゆがんでいる。カトメは署長に証人になってもらって、サミーの母親を安心させた。

「サミーはすぐに出てこられます。キジトさんには知らせなくても大丈夫でしょう」

翌日、マスコミ数社が〝サミュエル・パンクー事件〟について報じた。カトメは新聞ではじめて知ったのだが、警察はサミーのアトリエに押し入る前に、フェリックス・エブエ中学に向かい、サミーの造形美術の授業を受講している生徒たちを職員室に集めて事情聴取をしたらしい。トロピック・マタン紙は、《警察は生徒たちを質問攻めにした》と伝え、《小紙の輪転機が回り、サミュエル・パンクーがアンセニャン署の独房で二日目の晩を迎えようとしているいっぽうで、警察は聞き取りの結果を参考に捜査している》と書き立てた。エティが勤務するエマンシパシオン紙（ときどきサミーはその文化面に寄稿していた）は、短い記事を掲載していた。エティの同僚の編集者は《アンテ・モルテム——領域横断的セラピー》展が今月末で閉幕することを改めて知らせ、読者諸氏にはぜひ個展に足を運ぶように勧め、《必要とされるときには腰の重い警察が、今回は迅速に行動に出るという、その熱の入れかたには驚きを禁じえない》と書いている。

三日間は静観しよう。口を出せば逆効果だ。タシュンはいまになってそう言い張った。そうしないと、自分たち全員が不利益を被ることになる。タシュンはサミュエルの拘束を解くのは簡単だと思っていたが、それは思い違いだった。現在自分が置かれている立場や、サミュエルが連行された理由を考えれば（この国では公金横領や殺人のかどで起訴されるほうがまだましなのだ）、しかたがなかった。サミュエルが国家を批判するような個展を開催したことにより、タシュンの知り合いたちを敵に回したあとでは、なおさらである。体制を非難されても、自分に非難が向けられるのは避けたい。それに、今回標的となっているのはサミュエルではなく、タシュンなのだ。相手はタシュンのことを貶め、党内での台頭を阻止しようとしている。タシュンがこの問題に介入し、マスコミに同性愛者を擁護していると叩かれ、同性愛者と見なされるのをひたすら期待しているのだ。それがタシュンのキャリアや家族にどんな影響を及ぼすのかをわかったうえでやっているのだ。だから、しばらく距離を置こう。沈静化するまでの辛抱だ。事件はでっちあげで、ただの誹謗中傷にすぎず、証拠だってなにひとつない。そんなわけで、勾留は続くが、だからといって、それはなんの意味も持たない。サミュエルは釈放される。間違いなく釈放される。

サミーはカトメより二歳年上で、身長も十五センチ高かった。それでも、リセの最終学級でいじめに遭うと、かばってやるのはカトメのほうで、彼女は即座に牙を剝いてクラスメイトたちの前に立ちはだかった。彼の服装（たいていはベルベットの上着とネクタイ）や高尚な言葉遣い、スマートな物腰、おとなしい性格が、はけ口を求めるティーンエイジャーたちの侮辱行為や嫌がらせを呼ぶことになったのだ。サミーは一生の宝物、かけがえのない兄であり、娘たちのゴッドファーザーであり、家族の一員である。カトメにとってサミーがどんな存在であるかは、タシュンも承知している。トロピック・マタン紙の記事に夫の名前が載らなければ、ニュースバリューもなかったはずで、もちろんサミーはこんな目に遭わずに済んだのだ。しかし、現にいまサミーは勾留中で辛い思いをしている。だから、カトメも辛かった。サミーと距離を置くなんてできない。じっと待っているだけなんて。

「きみだって対抗勢力のくだらん記事は読んだだろう。トロピック・マタンの偏向報道はいまに始まったことではない。わたしはわたしにできることをする。サミュエルをわたしの義理の兄弟と見なしたからには、連中は手を引かないだろう」

カトメはキジトに電話してみた。サミーは六メートル×四メートルの部屋に十八人の人間とともに押しこめられている。そのわりには元気だと聞いたが、バケツから排泄物が溢れ出しているような環境で平気でいられるものか。署長のデスクにさりげなく置いてきた封筒のおかげで、サミーは警官たちの慰みもの（アンセニャン署員のあいだでは〝ブランコ〟〝ホットコーヒー〟と隠語で呼ばれる二種類の気晴らしが人気だった）にはならずに済んでいるようだ。

夜になると、カトメはこめかみがキリキリと痛み、目がちかちかした。バンビリが淹れてくれたパパイヤの葉の煎じ茶を飲んでも、胸の動悸は鎮まらなかった。電話が鳴ると、いい知らせを期待して受話器に飛びついた。しかし、何日経ってもサミーの勾留は解かれなかった。葬儀の準備を続け、ジャマとの約束はキャンセルせず、アクセルとアリックスを学校に送り、執事と一緒に公邸を切り盛りし、CAZの昼食会に出席し、フェンの建築現場に通う。それくらいはやろうと思っても、サミーがまともな生活を送れなくなっているいま、自分もまともな生活が送れなくなっていることに気づいた。

タシュンは報道機関の局長クラスを県庁に集め、〝懇談会〟なるものを開催した。トロピック・マタン紙の編集長からは謝罪の言葉が寄せられた。ハンバーガーにトウガラシを入れすぎたせいで腹を下し、出席を見送るという話だった。

「確かな筋からの情報で、ママン・キャラメル・ドゥ・ア・ディスとその取り巻き連がトロピック・マタン紙に金を渡したという事実が判明しました」と語ったタシュンだが、この懇談会にいくら金をかけたのかは明かそうとしなかった。

「わたしを追い詰めるためなら、彼女はなんでもするでしょう」

懇談会以降、サミュエル・パンクー事件を報じる記事にアッピア知事の名が出てくることはなかった。もちろん、トロピック・マタン紙を除いてである。


いっぽう、ギャラリーにはふたりの客から手付金の返還を求める申し入れがあった。

「男と寝るような男とはいっさい関わりたくありませんから」

『考える頭』という作品を購入した眼球の飛び出た銀行マンは理由についてそう述べた。もうひとりは一年の半分を中国の広州で暮らす自動車ディーラーで、四人の顧客と火花を散らした末に写真を手に入れたにもかかわらず、返金を迫った。

「彼が作品の中で政府を批判していることには同意するよ。この国には彼のように声を上げ、なにが間違っているのかを訴える人間が必要だ。しかしだね、おもてを歩けば、上でも下でも好きなところに、しかもタダで、ブチこませてくれる女がわんさといる。いつでもどこでもやらせてくれる女たちだ。それでも、彼は野郎とやりたいんだろう？　邪道だよ。そんな人間の作品を自宅に飾るわけにはいかない。彼がウスマン・ソウでも、ごめんこうむるね。だから、ねえさん、金は返してもらうよ」

クーナは、トロピック・マタン紙の記事は筋違いもいいところで、ほかのメディアは発情したバッファローよろしくそのネタに飛びついているだけだ、サミュエルにはフィアンセがいる、正当な理由のないキャンセルには応じられない、と主張したが、相手にされず、ふたりの激しい抗議を前に、返金せざるを得なくなった。

第八章

「パンクー氏とわたしの妻とのあいだに血縁関係はありません。身内でもなんでもないのです。したがって、わたしの義理の兄でもありません。義理の兄であるわけがないのです」

――彼はあなたのお嬢さんたちのゴッドファーザーではないのですか？

「なにも彼のことを知らないと言っているわけではありません。報道されているような義理の兄弟ではないと言っているのです。彼はわたしの妻の元同級生で、付き合いはありますが、親友というほどではありません。娘たちは超未熟児で生まれ、生存が危ぶまれたため、妻とわたしは急いで洗礼を受けさせてやろうとした。その日、たまたまパンクー氏が病院に見舞いに来てくれていたので、彼がゴッドファーザーとして選ばれたというわけです。まったくの偶然です、彼が娘たちのゴッドファーザーとなったのは。もう十年も前の話です。彼は娘たちの教育に関与していないし、娘たちが彼に会うこともありません」

――知事夫人は彼の個展のオープニングパーティーに出席なさっていましたよね？

「妻は芸術の愛好家です。べつに非難されるようなことではないでしょう。妻だって展示作品の内容については驚いていましたよ。妻は約束したからオープニングパーティーに出席したのです。約束を守ったまでです」

——彼が逮捕されたのは、文化大臣の意向でしょうか？

「バカバカしい。この国は民主主義国家ですよ。政府と反対の立場をとっているからといって、それを理由に逮捕することはありません。時代は変わりました。サミュエル・パンクー氏は自由に表現し、自由に創作する権利を行使しています。国父たる大統領が認めている権利であることを忘れないでいただきたい。なぜそのために逮捕されることがあるでしょうか？」

——個展についてはどうお考えですか？

「お世辞抜きに言いましょうか？　大胆だとか、独創的だという声はいろいろなところで聞いています。個人的には、気まぐれで、表現にむらがあるとしか思えません。若気の至り、といっても、もはや二十歳やそこらの若者ではありませんが、冷静さを欠いています」

——今回の件に対する、クリスチャンとしての見解は？

「なにより、わたしたち一族はクリスチャンであり、敬虔(けいけん)な信者であります。妻の妹はレデンプトリスチン会のシスターです。今日、欧米では同性愛に寛容で性犯罪を助長するような文学が盛(さか)んになっています。反逆者たちはあるまじき行為に市民権を与え、アブノーマルな習慣や行動を正常と見なそうとする運動を起こしています。それについて、神の掟(おきて)は明らかです。時流を見て判断するのではなく、真理に照らして考えるべきです。神の御言葉をもってすれば、教会の現代化(アジョルナメント)はありえません。パンクー氏の件ですが、現在捜査中です。彼が恥ずべき性癖に屈したのであれば、法廷のみならず、神の前で裁かれるでしょう。ご存じのとおり、神は罪人の死を望まず、生きることを望まれますから、彼は悔い改めなければなりません。党では幹部出席のもと、大司教に大聖堂でミサを挙げていただくことにしています。今回の件で、全党員に説明が求められることになります。迷える子羊のために、わたしたちは絶えず祈らなければなりません」

――なぜ告訴しなかったのですか？

「わたしは国父たる大統領が内務大臣を通じて命じられた任務を全うするのみです。アクリバという都市のトップに立つことはひじょうにエキサイティングではありますが、業務は日々多忙を極めています。時間の無駄使いはできません。時間ができれば、それは家族のために使います。金で動くようなジャーナリストの悪質な記事にいちいち反応しているヒマはないのです。驚かれるかもしれませんが、誹謗中傷など、わたしは屁とも思っていません」

――なぜ、いまになって、インタビューに応じることにしたのですか？

「わたしは公人であり、攻撃の的になるのはいたしかたのないことです。こちらが口を閉ざしていれば、自分や家族の名誉が汚されることはないと思っていました。結局、この沈黙は新聞を名乗るに値しない報道側の愚論を煽ったにすぎませんでした。わたしの信用を貶めようとする者がいることは理解していますし、実際そのとおりになっています。しかし、娘たちが学校で侮辱され、自分たちの父親について、男のクズだとか、風紀を乱している、などとろくでもないことを聞かされていると知ったとき、わたしは、ここで歯止めをかけなければならないと感じました。これ以上は許されません。越えてはならない一線を越えています。おもしろがって、わたしについていまだにくだらないことを書き連ねている三文記者に警告してください。あなたがたのしていることは犯罪行為だと」

カトメはラ・ヴォワ・デュ・ザンブエナ紙を手に、県庁に乗りこんだ。

「何回同じことを言わせるんだ。この事件で、標的にされたのはわたしであって、サミュエルではない！　彼はそれほどダメージを受けていない。きみも読んだんだろう？　また出たあのくだらん記事を」

タシュンがほのめかしたのは、最近《知事買収疑惑、同僚に口止めか》という見出しでトロピック・マタン紙が報じた記事のことに違いない。

「娘たちが学校で侮辱されたですって？　みんなサミーのことを知らないのに？」

「まあ、まあ。あれはちょっと大げさだったかもしれない。それは認めるよ」

「よくも娘たちのことを巻きこんでくれたわね！　ちょっと大げさだったですって？　角の立たない言い回しは、お得意中のお得意だったんじゃないの？」

トロピック・マタン紙が放った第一弾は、もしや夫の手引きによるものだったのではないか？　サミュエル・パンクーという目の上のたん瘤をブーメラン代わりに使い、自分のキャリアが傷つくような形をとりながら、その実、出世に利用する……。百戦錬磨の日和見主義者の夫ならやりかねない。カトメの脳裏にふとそんな考えがよぎった。《神の掟は明らかです》《神は罪人の死を望まず、生きることを望まれる》ママ・レシアでも、これ以上のごたいそうなセリフは吐けないだろう。ミサにしても、夫は、日曜十一時に大聖堂でおこなわれるミサを欠かさない。〝かつての重鎮〟や〝現在重要な立場にある人〟や〝いずれ要職に就くと期待される人〟が集うことをはじめから知っているうえで参加しているのだ。お勤めが終わると、大聖堂前の広場では、ガボン・ムビグー産の石を使った巨大十字架のもと、参列者たちは挨拶や抱擁（ほうよう）を交わし、些細なことから重要なことまで、情報交換をする。大司教はといえば、接吻（せっぷん）を与え、挨拶をし、多額の献金をした人々のそばでいつも長居をする。共和国大統領はカトリック信者であることをひけらかしている。土曜の夕方六時には、大統領宅の私設のチャペルに十人余りの選ばれたメンバーが集まる。アンブロワーズおじもメンバーのひとりだ。タシュンは自分もいつかはその中に入りたいという思いに取りつかれている。夫は大言壮語を吐くご立派なクリスチャンであり、父親の名に値しない男。器の小さい男だ。せこくて、狡猾で、外面がよくて……。

「どうせわかることだし、もう伝えたほうがいいだろう。サミュエルが昨日中央刑務所に移送されたよ」

カトメは脚が震えるのを感じた。

「いま、なんて……なんて言ったの、タッシュ？」自分でも聞き取れないほど小さな声だった。

「だから、サミュエルは昨日中央刑務所に移送されたと言ったのだ。今日の新聞にわたしのインタビューが掲載されたのはそれが理由だ。で、きみはなぜそんな目でわたしを見るのか？　きみがどう思おうが、彼はきみの兄ではないし、わたしの義理の兄でもない。それに、まるできみはわたしが記者にサミュエルは実際に同性愛者だと話したかのような口ぶりだが、わたしはそうは言っていない。では、彼は同性愛者ではないのかといえば、彼は同性愛者だ。そうなんだろう？　きみはそれを知っている。そして、わたしがそれを知らないと思っていた。きみたちふたりには問題があった。知らなかったか？　それは、きみたちがわたしをなにも気づかない間抜けだと思っていたことだ」

カトメは突っ立ったまま、座っているタシュンと向きあっていた。心臓が激しく鼓動を打っている。意識が遠のきそうになり、カトメは来客用の椅子を引き寄せると、深く腰かけた。二週間。サミーと会わないでおいた二週間。〝事件と距離を置く〟ための二週間。なにも気づかずにいた二週間。のんきで、無知で、話にならないくらい愚かだった二週間。タシュンが間抜けだとしたら、自分はさらにその上をいく大間抜けだ。そう、タシュンはサミーが中央刑務所に送られることを数日前から知っていた。しかし、自分にはすぐに知らせないほうがいいと判断した。

——きみがこの一件をすっかり悲劇的に捉えていたからね。それで、必要以上に不安にさせたくなかったんだ。中央刑務所に移送されること自体に意味はない。地区の警察署の留置所が満員なんだろう。サミュエルは夜間に移送されたから、彼の家族はまだ知らない。

「いま、公正な手続きが進められているはずだ」

「公正ですって？　なにが公正よ！　あなたがくだらないと断じた新聞の戯言(たわごと)のせいで二週間も

勾留されたあげく、刑務所に収監されたのに、公正なんて言える？　有罪判決を下されたら終身刑かもしれないのに、それでも、公正だというの？　このままサミーを放っておくわけにはいかないわ！　アンブロワーズおじさまに、サミーを釈放してもらうように頼んでよ」

「サミュエルが有罪になる心配はない。まったく！　とにかく待つんだ。急(せ)いては事を仕損じる。リスクを冒すつもりはない」

「でも、証拠がないのよ！　まったく！　刑法第十六条を読んだわ。現行犯でないと逮捕はできないのよ。カフカの小説じゃあるまいし。恣意的な逮捕に、不当な投獄じゃない！」

「おっと、これは、これは……さっそく知識のひけらかしか。どうやら第十六条を最後まで読んでいないようだな。現行犯、告発、一連の状況証拠。今般の逮捕は告発によるものだ。指示は変わらない。この件とは距離を置け。ママン・キャラメルのデブはわたしの息の根を止めたがっている。容赦なく二の矢三の矢を放ってくるだろう。アンブロワーズのおやじさんがわたしを次期オー＝フェン州知事候補に推していることを知っているからな」

「なんの話？　オー＝フェン州知事ですって？　あなたが？　どういうこと？」

タシュンは挑みかけるような表情で腕組みをした。

呆然(ぼうぜん)として、カトメは椅子の中で脱力した。

タシュンと結婚してそろそろ十二年になる。人生の雪辱を果たそうとする夫のあくなき欲望には慣れていた。

「わたしの父が政治路線においてきみのお父さんと同じ選択をしていれば、わたしは泣きを見ることもなく、政治家の道を歩むことができたんだ」しばしば彼はそうこぼした。

民主化を求める運動が始まった頃、タシュンの父は財務経済大臣の職を辞し、新たな政党を立ち上げた。ついに政権交代のときが到来したと確信してのことだったが、結局は、寄宿学校時代の同級生で三十年来の友人だった大統領から追放されてしまうという憂き目を見た。そして、アッピアの姓は、裏切り者の代名詞となった。ザンブエナ行政学院を首席で卒業したものの、ある時点までタシュンはなかなかキャリアを積む機会に恵まれなかった。そんな彼が、十年以上にわたって野党勢力の支配下にあった北部州の小さなしがない地方都市マボマの副知事に就任したのは市議選の少し前のことである。彼はこれを好機と捉え、選挙運動に奔走した。必要と思われることはすべてやってのけ、その結果、誰もが驚いたことに、与党のMPAが過半数を大きく超える議席を獲得した。マボマはもはやしがない都市ではなく、シンボルそのものとなった。タシュンはこのときはじめてメディアに登場した。タシュンのゴッドファーザーでかつての父親の盟友、元国土大臣で現幹事長のアンブロワーズ・ベマは、〝造反〟の際にアッピア家とは袂を分かっていたのだが、再びよりを戻し、名付け子の庇護者となった。その一年半後、三十三歳になったタシュンは、多くの者たちの憧れの的、首都アクリバの知事に就任した。それからまだ一年しか経っていない。すでに、それでは飽き足らなくなったのか、アンブロワーズおじはオー＝フェン州知事の職を彼の目の前にちらつかせている。その先はなにを目指しているのだろう？

オー＝フェン州では、《シマウマとヘビに遭遇したら、シマウマを殺してヘビを生かせ》という言葉をよく耳にする。この地においてタシュンはいわば希少種のシマウマのような存在だ。二十年ほど前にはじめて複数政党制で選挙がおこなわれたときからずっとオー＝フェン州は野党が掌握している。こちらに勝ち目はありそうもない。

「現州知事は病床に伏している。復帰は無理だろう。いまが狙い目だ。あの州は、党から指名を受けても、誰も候補に立ちたがらない。あそこでは勝てる見込みがないと、みんな敬遠してしまうんだ。もし、党がわたしを指名するなら、娘たちの首をかけてもいい、きみに誓う。オー＝フェン州で勝ってみせるよ！　きみのお母さんの葬儀を皮切りにキャンペーンを張る。例の保健センターが開設されたら、地元住民とのつながりも生まれるだろう」

「わたしの身内のプライベートなイベントに地域中の住民を呼ぶつもり？　それがあなたの当選に役立つとは思えないわ」カトメは冷ややかに言った。

「プライベートなイベントだと？　白人の真似なんかして、個人主義にでもかぶれたかね？　CAZの白人のご婦人がたとつるむようになって、洗脳されてしまったのか？　きみも、わたしも、この国に生きるこの国の人間じゃないか。まったく、なさけない。少しは本来の自分の姿を見せたまえ」

「本来の姿？　わたしが仮面をつけているとでも？　あなたこそ、選挙の妄想に取りつかれているんじゃなくて？　とにかくサミーを中央刑務所から出してあげて。彼はなにも関係ないんだから」

「なあ、カット、大統領が目をかけてくれているんだ。わたしは中央委員会に迎えられ、オー＝

フェン州の知事候補の打診を受けることになるだろう。全部が全部、こんなふうに（タシュンは親指で中指を弾いてパチンと鳴らしてみせた）うまくいくわけじゃない。サミュエルのために、すべてをおじゃんにするつもりはない。彼は男としてこの試練に耐えるべきだ。なにも死ぬわけじゃない。わたしが正式に州知事候補に指名されたら、彼を釈放させよう」

カトメはCAZのメンバーと連れ立って、中央刑務所を訪問したことがある。〝貧困からの脱却〞の一環として。悪臭を放つ中庭。シミだらけの壁。体調を崩した囚人たちが懇願する。「腹ペコなんだ、助けてくれよ、マダム」「ここに家族の連絡先がある、生きていると伝えてほしい」「マダム、俺は病気なんだ、薬を買ってきてくれないか」マダム、マダム、マダム……。同房者に誘いをかける声も聞こえた。「そのトウモロコシ粥をよこせば、ケツを差し出すよ」「豆の煮込み一杯で、一発やらせてやるぜ」……。そんな中にサミーはいるのだ。

カトメは彼がカミングアウトをした日のことを思い出した。最終学級の隣の席で彼は言った。「ぼくはほかの男子とは違う」一緒にゴミ捨て場を突っ切って近道をして下校した日々。他人には通じない笑い話で盛り上がった。楽しかった映画クラブ。カトメには胸襟を開き、頭に思い描いた空想世界や、悩み事を打ち明けてくれた。五十九歳で眠ったまま亡くなったという父親の話。男子を好きになって失恋したこと。手厳しいフォルコッシュに嫌気がさして家出した苦い思い出。「異性を好きになれたなら、きみみたいな子に恋をするだろうな」と言われたり、「ぼくがぼくでいられることがどういうことか、カット、きみにはわかりっこないよ」と言われたり……。「かけがえのない魂の片割れ」と認めあっていた日々。センケがレデンプトリスチン会のシスターになるために家を出ていったあとの孤独感。必ずいいことがあると信じて、妥協を続けてきたあの頃。お互いが相手にとって〝空港〟のような存在だった。いつでも着陸可能なたった一本の滑走路。彫刻家になる夢がかなったときの喜び。有頂天、失意、放心、望み、孤独、高揚（こうよう）……どんなときでも、お互い相手にもの足りなさを感じたことはない。教養があり、哲学に通じ、彫刻や芸術について熱く語るサミーはカトメを魅了し、とてつもないやさしさで包みこんでくれた。カトメのほうも、年下の母親のような、お気に入りの妹のような、慈しみ、見守り、保護する後見役の姉のような存在として振舞い……。

サミーの釈放が遅れていることに、カトメは自責の念を感じた。

だから、夫に懇願した。

法務大臣のジャン・タフェンに電話して、いますぐサミーを釈放するように頼んでほしいの。あなたの言うとおり、標的になっていたのはあなたなのよね。サミーはおとりにされただけ。あなたのせいで、あなたがたのせいで、おとりにされた人間が中央刑務所に収監されているのよ。このままほっとくわけにはいかない。サミーには少なくても禁固二十五年、罰金八百万フランを言い渡されるおそれがある。終身刑になる可能性だってある。サミーの人生を判事の手に委（ゆだ）ねるわけにはいかないわ。サミーが釈放されたら、一生恩に着ます。そして、選挙活動に専念します。本当よ。嘘じゃないわ。オー＝フェン州中の民家という民家をしらみつぶしに戸別訪問して、「夫は正しい人です。立派な知事になるでしょう」と支持を訴えて回るわ。あなたのサポートをします。党のカラーのブーブーやカバ・ンゴンド〔カメルーンの伝統衣装〕を仕立てさせるわ。大統領の肖像も縫いつけて。ええ、選挙を勝利に導いてくださるかたですもの！　あなたの勝利の妨げになるものはなにもない。だから、お願い、タッシュ、サミーを中央刑務所から出してあげて。

――カトメは夫が表情を硬くして、目を曇らせ、こぶしを握り締めるのに気づかなかった。夫は椅子をうしろに引いて、立ち上がった。「それじゃあ、きみは……」それを三度繰り返す。「……わたしとともに、地域中の民家という民家をしらみつぶしに戸別訪問し、票を得るために、直に支持を訴える準備ができていると言うんだな。だが、それはわたしのためではない。娘たちのためでも、われわれの将来のためでもない。サミュエルのためだ」夫は悔しそうな顔をした。「こっちは仕事中なんだ。カット、きみは公邸に戻りたまえ」

　こんどはカトメが立ち上がる番だった。夫は動いてくれないのか？　このままサミーを刑務所に入れたままにしておくつもりなのか？　ならば、けっこう。カトメはさっさと知事室を出ていきかけて、ドアの前で振り向いた。

「サミーが精も根も尽きてしまうのを手をこまねいて見ているわけにはいかないわ。いまからジャン・タフェンに会いにいきます。サミーの釈放に協力してくれそうな人を全員あたるわ。あなたのお気に召そうと召すまいと！」

　タシュンはカトメが部屋を出ていく前に腕をつかんで中に引きずりこみ、乱暴にドアを閉めた。そして、手荒にカトメの背中を押して先ほどの椅子まで連れていくと、両肩をぐいと押さえつけて座らせた。「一分間、考えさせてくれ」彼は自分の椅子に戻り、ウールのジャケットの袖口をまくって腕時計を見つめた。「チッ、チッ、チッ、チッ……よし、一分だ！　いいか、もう一度言うぞ。これが最後だ。きみのボーイフレンドのためにリスクを負うつもりはない。わたしが動くのを手ぐすね引いて待っている連中が大勢いるんだ。釈放に手を貸したら、一巻の終わりだ。獲物を待ちかまえるワニどもにわたしの立候補を認めさせるために、おやじさんがどんな離れ業をやってのけたのか、わかっているのか？　わたしが党公認候補になれば、あのママン・キャラメルのデブ女もその取り巻きも、もう手出しはできまい。ずっと義理の兄だと思わされてきた芸術家のオタマジャクシごときのために、わたしの将来が台無しになってもいいのか。彼はお得意のラテン語を引用しながら、ひとりで切り抜けることができるさ」

母も父も妹もいない淋しさを思いやり、なだめてくれたサミーに、カトメは家族に近い情愛を抱き、夫にはサミーを兄のような存在だと紹介していた。それで、タシュンもサミーのことを妻の実の兄のように思って接していた。なにより、サミーの存在はカトメのしあわせの一部であり、カトメがしあわせでいることはタシュンにとっても大切なことだからだ。もちろん、タシュンはカトメがサミーのアトリエの家賃を払い、仕事の材料を買ってやっていることも知っている。知りつつ、目をつむっていた。いっぽう、愛すべき兄は浮世離れしているところがあったとはいえ、腐敗した野心家の知事の金によって支えられていることになんの抵抗も感じていなかったのだ。

「タフェンに会いにいくのか？　やれるものならやってみろ！　きみのソウルメイトのために交渉するがいいさ、カトメ。ああ、そうだ、こんどはきみが交渉しろよ。もし中央刑務所にでも行ってみろ、ただじゃおかないからな。おやじさんがいなければ、彼の逮捕がわたしにとってどれほどのダメージとなっていたか、わかるか？　彼の身に起きたことについては、わたしも同意しかねる。しかしだ、法律で禁じられていることは周知の事実なのに、同性とやったりすれば、痛い目に遭うのはしかたがなかろう。残念だが、彼はその代償を払わなければなるまい。彼は法律を知っていたんだろう？　一般大衆（ヴルグム・ペクス）がなんと言っているか知っているか？　厳しくとも法は法（ドゥーラ・レクス・セド・レクス）、ほら、ラテン語だぞ！　きみのサミュエルはそれを知っていたはずだがね」

　夫がいても、はじめての世界では彼女は些細な存在にすぎず、夫がいなければ、彼女は何者でもない。タシュンの言いつけに背いて、刑務所のサミーに会いにいくか？　法務大臣に面会を願い出るか？　――大臣夫人のマミトン・タフェンなら、公邸のディナーに招待したことがあるし、ＣＡＺのメンバーでもある。弁護士に相談しようか？　あるいは判事にかけあうか？　刑務所の所長に談判するか？　保釈金はどれくらい積めばいいのだろう？　キジトは安月給の大学講師だ。看護師の妻とのあいだに子どもが六人いる。シタ・フェリシは、退職年金の支給が当てにならず、編み物で糊口（ここう）をしのいでいる。フェリックス・エブエ中学で非常勤講師をしているサミー自身は、稼ぎをすべて彫刻につぎこんでしまっている。そして、カトメはといえば……公立高校の教員だったが、休職中の身で無給である。

父は？　そうだ、父がいる！　イノサン・パトンからタシュンに話してもらおう。舅と婿同士、ふたりはすっかり意気投合し、いまでは政治談議から、高級服や高級靴、葉巻の話までするような間柄だ。なにしろ、タシュンは父の影響で、以前は吸わなかった葉巻を吸うようになったくらいだから。イノサン・パトンはタシュンにフェンの名士たちを紹介すると約束していたし。サミーがカトメにとってどんな存在であるかも知っている。個展の話をしたときに、わかってもらえたはずだ。父なら娘に味方して、タシュンに対し、サミーを助けて釈放するように頼んでくれるだろう。そう、父なら夫を説得できるはずだ。

「なにを血迷ったことを！　婿殿の将来とおまえたち家族の将来がかかっているんだぞ、カトメ。それくらい理解できなくてどうする」

「サミュエルの人生がかかっているのよ、パパ。それくらい理解してもらえませんか？」

「いまの婿殿とおまえは、競馬でたとえるなら三連単か、あるいは四連単が当たったといったところだろう。五連単が当たるかどうかは、おまえたち次第だ。五連単を当てれば、人生は大きく変わる。おまえたちにとって無理なことではない。おまえは首都の知事夫人だ。あのサミュエルとかいう男には見込みがない。賭けの対象にもならん。おまえにとっては過去の人間だ。ザンブエナ競馬場の古参の酔っ払いたちのあいだではこう言われている。《今日の洗濯物は、昨日のお天道さまでは乾かせない》とね」

　マドレーヌの墓の移転について知らせる必要があり、アホウドリとウミウの群生する町に父を訪ねてからは、父は週末をタシュンや孫娘たちと公邸で過ごすようになっていた。父は、娘の我慢強いところやしゃくれた顎は自分ゆずりであると力説した。ことに指、細くて長い指は自分そっくりであること。ふたりとも疲れているときにr音を飛ばしてしゃべる癖があること（たとえば、電車（トラン）は〝タン〟、樹木（アルブル）は〝アルブ〟、壁画（フレスク）は〝フェスク〟とか）。どちらも興奮すると早口になり、口が回らずにつかえてしまうこと。過去を蒸し返したり、昔を偲（しの）ぶことには興味がないこと、などなど……。父親なら、娘を抱きしめ、タシュンの言いつけを破ってサミーの個展に行ったことに感心し、娘の誠意と友情を褒めるべきだった。娘がもう期待していない言葉、その年齢のその世代の男がなかなか口にしない言葉をきちんと言うべきだった。娘が疑問に苛まれつづけた年月や、父が自分たち姉妹の前から姿を消した理由を理解しようとした侘しい夜や、風に震える木の葉を自分に重ねた惨めさが消えてなくなるためには。父はカトメの人生に舞い戻ってきた。おしゃれな服や靴、高級時計を好み、その日に乗る車の色をその日に着るスーツの色に合わせ、靴はトカゲ革である。「トカゲ革のコンサルを履く人はデキる紳士と、相場が決まっていますよ」とタシュンに言わしめた靴だ。朝食にはヴィンテージのシャンパンを用意させ、オムレツは卵白のみで作らせ、パンはクラストの部分しか食べない。コーヒーはブラックで、レモンの皮を削って浮かべる。ソース・ゴンボとキャッサバのフフが出されない限り、なにも食べた気がしないという。父は鏡を見ながら自分で髪を切った。笑うときは人差し指で鼻を叩き、靴は自分で磨き、部屋係のモットーがそばに寄ると、文句を言う。食事の席では、嘘のような実話を好んで披露した。父が公邸で夕食をともにするときは、食事が終わるのはいつもよりも遅い時刻になった。父は見上げるくらい身長があり、座っていても背が高かった。双子の名前をすぐに忘れ、センケのことは一度も触れず、マドレーヌの葬儀の準備の進み具合については丁寧に尋ねる。公邸には手ぶらでやってきて、帰るときは、ピートの効いた日本のウィスキーやコイーバをどっさり持ち帰った。父から電話してくることはなく、彼女のほうから様子うかがいの電話をした。タシュンに対しては、父は自分から電話をかけていた。

イノサン・パトンが助けてくれるなんて、どうしてそんなバカなことを考えたんだろうか？

カトメは逃げ出すことにした。首都から逃げ、無力な自分から逃げよう。イライラする母親を前にして落ち着かない娘たちから逃げよう。逃げて、新居や納骨堂の工事に没頭しよう。ジマント亭のジャカランダの花模様の部屋を予約して車のハンドルを握るよりも先に、カトメは無意識のうちにアレクサンドル・フォルテスに電話をかけ、これからそちらに向かうと伝えていた。

第九章

あれは、そろそろ日が暮れようとしているときのことだった。サミーとカトメは丘のふもとでフォルテスにばったり出会い、うちで一杯やっていかないかと誘われた。フォルテスの家は集落の長老が住みそうな円錐形の茅葺き屋根の小屋を現代風に改築したものだったが、内部はお世辞にも客を歓迎するようなしつらえになっているとは言えなかった。ソファーに錬鉄の肘掛け椅子が二脚、すかすかの竹製の飾り棚、ダイニングテーブル。二脚の木の椅子にはタカラガイと真鍮のコインがはめこまれている。唯一しゃれっ気があるとすれば、壁に真っ直ぐに掛けられたラフィアの手織りのタペストリーくらいだろうか。カサイ・ベルベットと言われているものだ。だが、ふたりの目を引いたのは、リビングの壁二面の下半分を覆いつくす膨大な数のＤＶＤだった。結局、ふたりはいてもたってもいられず、もっと近くで見せてもらってもいいかと尋ね、フォルテスは、それならしばらくここにいて、どれか一本観ていかないかと提案した。キジトを交えて村長宅で食事をしたとき、リセ時代の映画クラブの話題が出たことをフォルテスは覚えていたのだ。フォルテス自身も、パリで育ててくれた白人の祖父から映画愛を受け継いでいた。水曜の午後は、ラ・パゴッド、ノルマンディー、セット・パルナシアンと映画館をハシゴしたらしい。大人になってからは、パリで上映される希少なアフリカ映画を観るようになり、二年に一度、ブルキナファソのワガドゥグで開催される国際映画祭フェスパコに足を運んでいるという。午後七時、あたりはすっかり暗くなっていた。宿でふたりを待つ人がいるわけでもない……。そこで、フォルテスは『キャンプ・ド・チアロワ (Le Camp de Thiaroye)』〔一九八八年／セネガル／センベーヌ・ウスマン監督〕をケースから取り出した。

サミーがフェンに同行してくれるときは、フォルテスの招きに応じ、三人で夕食を取るようになった。フォルテスの家はタム・タム地区に建築中の新居と納骨堂から四百メートルほどのところにある。食事と映画鑑賞の夕べ。宿の食堂の赤いネオンの薄明りが照らすテーブルで、アクリバに戻るまでの時間をトウモロコシやサフォーとともに消化する味気ない夜とは別格だった。フェンに滞在するあいだ、フォルテスの家で映画を観る夜は、それとなく控えめに相手に心を開くいい口実となった。三人は芸術や政治、高速道路の建設工事、建築中の納骨堂、保健センターの開設について語りあった。結局、タシュンとカトメは若い母親の授産施設を作るという構想を諦め、地域に保健センターを作ることにしたのだ。フォルテスはアクリバの公邸の夕食会にミヴァル社の社長とともに二度招かれていた。タシュンがフェンに来ることはめったになかったが、来たときには村長や副知事の自宅に招かれた。タシュンはフォルテスを誘ったが、たいていの場合、フォルテスは先約が入っていると言って断った。カトメにはフォルテスが副知事や村長の家で決まって繰り広げられるつまらぬ自慢大会から逃げているのがわかっていた。リビングルームで映画を観終わると、三人はハーブティーやワインを飲んだ。とくにワインはたくさん飲んだ。

サミーははばかることなくエティの話をし、カトメはなりゆきからやむをえずマドレーヌの話をし、フォルテスは悟りきったような、自虐的な寂しげな口調で、コートジボワール人の母親の話をした。フォルテスの母はパリのポール＝ロワイヤル産院で彼を出産し、その三日後に姿を消したという。「母親が私生児を育てるのは並大抵のことじゃない」スクリーンに『マルチニックの少年』〔一九八三年／フランス／ユーザン・パルシー監督〕のクレジットが流れるのを見つめながら、彼はそうつぶやいた。

アクリバで仕事があるとか、パリにいる子どもたちに会いにいくなど、フェンを離れることがあると、フォルテスは、自分が留守のときは家政婦のインガから鍵を借りてキッチンやプロジェクターを好きに使っていいと言ってくれた。夜の時間は映像に凝った作品やザンブエナでは未公開の作品を観て楽しみたいけれど、カトメはジマント亭で過ごすようにした。フォルテスの留守中にフォルテスの家に行ったところで意味はない。あの寒々しい空間に彼の存在がなければ、居心地がわるいだけだ。といっても、彼の緑色の目や口唇裂の痕が残る上唇、虫を呑みこんだヤモリのように不意に下唇をなめまわす癖、滑稽で謎めいた顔立ち、それに、ガンジャのにおいには、なかなかなじめなかった。なかでもガンジャは彼の家で食事をするたびに服ににおいがしみつくので、アクリバに帰る前に宿のクリーニングに出した。においといえば、彼が必ず食事に出すピーナッツソースのかかったライスにしてもそうだった。愛車を運転せずにタシュンのお抱え運転手セレスタンに乗せていってもらうときは、フォルテスの家でご馳走になるのはやめておいた。一抹の寂しさを覚えても、遠慮をしておいた。

最近購入したばかりだという大きな櫛形のランプシェード越しの光が妖しくフォルテスのリビングルームを照らし出していた。彼はカトメにレモングラスとジンジャーのハーブティーを淹れてくれた。陶製のカップを両手で包みこむように持つと体が温まり、カトメはさらに手に力をこめた。クッションがなく、座り心地のわるい錬鉄の椅子が腰を圧迫した。もしフォルテスが留守にしていたら、興奮して堂々めぐりをするばかりの胸のうちを誰にも吐き出せずにいただろう。サミーが中央刑務所でネズミやナンキンムシとともに無期限の勾留を強いられている。こちらは面会にも行けず、手も足も出ない。そんな話を聞いてくれる相手は、フォルテス以外に考えられなかった。フォルテスはカトメの話に耳を傾けた。なにもできない無力感。怒り。裁判にかけられるのかと思うと不安でならないこと。屈辱感、有罪になる可能性。フォルテスはひたすら話を聞いていた。いきなり警察が来て連行され、勾留状が出されたこと、タシュンが全然取りあおうとしないこと。フォルテスは黙って聞いていた。CAZのメンバーやママ・レシア、かつての職場の同僚、フェリックス・エブエ中学の校長のように「トロピック・マタンの記事は本当なのか、デマなのか?」と尋ねることもなく、聞いていた。彼らはその答えが重要であるとばかりに尋ねてきた。まるで、それだけでサミーが磔刑に値するかどうかが決まるかのように。まるで、新聞のひどい記事には問題がなく、腐敗と退化が進み、あらゆる点で非難されるべき国家が一介の市民のプライベートに踏みこむことにも問題がないかのように。

　フォルテスはチャコールグレーのアバコストの袖をまくり上げ、片足をもう片方の膝に乗せ、それまでつぐんでいた口を開いた。

「検察が起訴に踏み切ったのは知っています。現行犯でなければ逮捕できないと思っていましたが……」

「この国の法律では……この種の事件は警察に匿名で通報するだけで、つまり、告発によっても起訴できるんです。だから、新聞で公表されたともなれば……」

「しかし、相手はサミュエルに恨みがあるわけではないのでしょう？　その、つまり……サミュエルが……」フォルテスは少しためらいを見せた。「大っぴらにしていたとか？」

カトメは首を振って否定した。

「でも、サミーを予審判事のもとに送り、勾留状を交付させるには、警察や検察によってサミーの振る舞いが」カトメは指で強調するような仕草をした。「男性らしくないと判断されるだけで十分なんです。公判の正式決定が下されるまでに、どれくらい勾留が続くのかはわかりません」

「最低でも禁固二十五年、罰金八百万フラン、終身刑の可能性もある……。同性愛者というだけで……。あなたがたの国は人権を踏みにじっている……」

「以前からこの手の犯罪は、告発するのが一番簡単に決着がつくらしく……」

「あなたは〝犯罪〟とか〝事件〟という言いかたをするんですね……」

「どういう意味ですか？」

「あなたの親友が刑務所にいるのは、同性愛者だと告発されたからですよね。あなたは一度もその言葉を口にしていない。それが妙だなと思って……。それだけです」

「妙なのはそちらの指摘のほうよ。正直言って、失礼だと思いますけど……」

フォルテスはカトメに鋭い視線を向けた。

「すみません。ちょっと気になったもので。それだけです。もうこのへんでやめておきましょう」

重苦しい沈黙が漂った。

自分は間違っていたのだろうか？　フォルテスに打ち明けたのがまずかったのか？　なぜ彼は、彼女を内省の沼に追いこんで疑問を持たせるようなことを言ったのか？　黙りこくっているのは、彼女には口にできない言葉があることを見抜いてしまったからなのか？　それとも、彼もまた同じように慎重になって特定の言葉を使わないようにしているのか？　その言葉については、聞いたり読んだりはしても、口にしたことはない。ベッドでタシュンにそれらしき行為を無理強いされたときを除いては。もちろん、彼女はサミーから話を聞いていたし、もちろん、彼の秘密を守っている。しかし、タシュンに身をゆだねるまで彼女の両脚をきつく閉じさせてきた宗教教育や、ハーレクインロマンスやバーバラ・カートランドを読みつづけてきた年月が恥じらいを育み、それは結婚十二年目でふたりの子を持つ身となっても完全に消えることはなかった。サミーの恋愛の対象は男性だ。それでもカトメはサミーを愛している。それはサミーの生きかたであり、欲望であり、選択なのだ。彼女はそれを受け入れている。なにをわざわざ口に出す必要があるだろう。頭の中で模索しても実体のつかめない、その抽象的で現実離れした言葉を口にすることで、彼女のサミーに対する気持ちがさらにゆるぎないものになるとでもいうのか？　サミーがなにをしようと、その行為が非難されようと、気にしない。たとえ彼が殺人を犯したと聞かされても、彼女は変わらぬ保護本能で彼のことをかばっていただろう。聖歌ではないけれど、〝越えられぬほど高く、届かぬほど深く、測れぬほど広い〟愛でもって、彼のことを愛しているから。ただ、サミーは誰も殺してはいない。彼が愛する対象は同性であり、ザンブエナの法律からすれば、それは罪になる。それで、彼女は同性愛者(ホモセクシャル)という言葉を口にすることができずにいるのだ。

そんなカトメの思考の動きを追っていたかのように、フォルテスは再び口を開いた。

「さきほど言ったことはどうか忘れてください。あんなことを言うべきではなかった。サミュエルにはいつ会いにいくつもりですか?」

「さっきも話しましたけど、タシュンに行くなと止められているんです」

「本当にサミュエルに会いにいこうと思うなら、誰も禁じることはできませんよ。人はつねに選択の自由があります」

「つねに選択の自由があるとは、ずいぶん安易ですね。夫の指示に従って工期の変更をしなければならなかったとき、あなたがたには選択肢があったのでしょうか? 公共事業大臣の業者名簿に載るために、いろいろと譲歩しなければならない場合でも、選択の余地はあるのですか?」

「ええ、ミヴァルは選択することができます。工期の変更については、ノーを言うこともできたのです。わが社は国際基金と契約を結んでいます。プロジェクトに出資しているのは国際基金です。特殊な要請があれば国際基金のほうと交渉してもらいますし、わが社が相手国政府と直接取引をしたり、指示を受けたりすることは考えられないのです。わたしはそれを主張する立場にありました。ですが、本社のほうは合理的に利益を追求するために、利己的な計算をしたわけです。本社はこの国でほかの事業の契約も獲得したいと考えていますから、要求を飲むことは目に見えていました。でも、あなたの場合は違いますよ、カトメ。まったく違います」

「サミュエルを釈放させれば自分の利益につながるのだと諭して、タシュンを説得しなければなりませんね。〝とんでもない誤解のあとで正義が勝つ〟とかなんとか、うまいことを言って……」

「ご主人がサミュエルの釈放を約束してくれるなんて、本気で思っていますか？　あなたはもっと賢い人のはずだ」

「わたしがサミュエルといるところを見られたら、どんなことになるか……」

「……失礼、言わせてもらいますが、カトメ、はっきり言って、あなたの身にはなにも起きていません。恐ろしい目に遭っているのはサミュエルです。あなたがしっかりしないと、彼の助けにはなりませんよ」

フォルテスは膝に乗せていた足を下ろすと、なにかに弾かれたかのように勢いよく席を立ち、いたずらっぽい表情を浮かべてカトメの前に立った。

「なんとしてもサミュエルに会いたいですか？　それなら、変装すればいい！」

「どういうことですか？」

「刑務所に入りこむために変装するのです。この国は買収天国ですからね。ばれないように変装した写真を使って身分証明書を偽造してくれる人を見つけてください。状況が変わるというわけにはいきませんが、少なくとも、サミュエルには会えます。精神的な支えにもなれますし、助言もできます。それだけでも違うのではありませんか？」

変装か……。肩の力が抜けた。ハーブティーを飲み干すと、彼女はフォルテスに話を聞いてもらったお礼を言って、ジマント亭に戻った。

エスパドリーユも、黒いジーンズも、パンプキンオレンジのブラウスも（フォルテスを訪ねるために選んだコーディネートだった）脱がず、カトメはドサッとベッドに身を投げた。そのままで夜を過ごすつもりだった。部屋の花柄の壁紙をじっと見つめているうちに、朝もやが立ちこめる時刻になるだろう。フォルテスの家に寄る前、カトメは建築現場で作業員たちとセメントと鉄筋について意見を戦わせ、電気工事士が壁に取り付けたスイッチの数を勘定し、ならず者の親戚の現場監督と口論してきた。自分のことをアメリカンと呼ばせているその男は、〝血縁者をクビにする権利はない〟と主張して、解雇を拒んだ。カトメは一刻も早く、冷え冷えとした太陽から逃れたくなった。昼間の色彩を呑みこんでしまいたかった。宵闇（よいやみ）が降りたら、フォルテスに会って、抱えこんだ心の重荷を軽くしたかった。――変装をするのね。で、そのあとはどうするの？　やはり、一緒に『Muna Moto［他人の子ども］』〔一九七五年／カメルーン／ジャン＝ピエール・ディコンゲ・ピパ監督〕を観たり、『Chef！［シェフ！］』〔一九九九年／カメルーン、フランス／ジャン＝マリ・テノ監督〕でともに憤慨したり、ピーナッツソースをかけた炊（た）きすぎのライスをシェアしたりするだけではもの足りなかった。どうせフォルテスは外国人だ。勤務先はミヴァル社、外国の企業だ。長くてもあと二十ヵ月くらいで、彼は荷物をまとめて、彼女の人生から、サミーの人生から消えてしまう。堰を切ったように言葉が溢れ出し、親友に相談するかのように、彼女はフォルテスに自分が置かれた状況について打ち明けた。もはや周囲を欺くことくらいなら、自分にもできそうである。サミーの刑務所行きは、フェンの映画鑑賞会の終わりを告げるものでもあったようだ。

第十章

キャバレー歌手のユーラリー・ナナになりすましてはじめて中央刑務所に行ったとき、最初の検問所の守衛は険しい目つきで彼女をチェックした。ドレッドヘアーに、たっぷりと襞をとったカラフルなジャージーのスカート、洗いざらしのカーキ色の綿のシャツ、大ぶりの長方形の眼鏡。唇は黒く塗り、頬骨に紫のシャドーを入れ、年季の入ったブーツを履き、体型はやや太めで、足取りがぎこちない。守衛はその娼婦のような女に見覚えがあるような気がした。本物の娼婦ではないことはわかるが、相手は袖の下を握らせようとする様子もない。守衛は彼女を懐不如意の家族の面会者のグループに振り分けた。賄賂をよこさず、身体検査の列を長くするだけの連中だ。中庭はその役に立たない面会者たちと大勢の囚人たちで足の踏み場もないほど混雑していた。中央刑務所の看守が面会に来た家族たちの貧困に同情を寄せることはほとんどない。相手の貧しさが自然と看守のいじめを助長させていた。カトメはサミーに近づくため、看守が前に立ちはだかるたびに紙幣を握らせた。五千フランか、一万フラン。ＶＩＰエリアの囚人の家族でも三千フランを超える額を手渡すことはめったになく、一般の雑居房の囚人の家族だと、せいぜい三百フランから二千フランというところである。「たかが従兄に会うために、こんなに金を積むとはなあ……」翌週から、彼女は中央刑務所で旧知の間柄のような待遇で迎えられた。

週に二回、彼女はエティの家まで車を走らせた。そして、ガレージに駐車させてもらうと、車内でパンツとシャツとモカシンから、ユーラリー・ナナのくたびれた古着に着替えた。狭い空間でアクロバットさながらの身のこなしで扮装する。滑稽ではあるけれど、夫や、夫と同じくサミーひとりで問題を解決させるべきだと考える人々の警戒の裏をかくためにはぜひともやらなければならないのだ。タシュンからはさんざん釘を刺されていた。「サミーに会おうとしたり、事件に首を突っこむような真似をしたら、どんな目に遭うかわかっているな」刑務所に入ってから出てくるまでが四十五分。家を出て、エティの家まで運転し、着替えて、タクシーに飛び乗り、面会中は、高い塀で隔てられた刑務所の道路を挟んで向かい側の空き地にタクシーを待たせておく。それだけで三時間強かかる。面会を終えると、エティの家に戻り、メイクを落とし、服を着替え、自宅に帰る。その衣装の発案者はエティだった。ガードルを穿いて腹部と臀部に詰め物をするのも、異様に長いドレッドロックスも、派手なメイクも、エティのアイディアである。刑務所では、当然ながら守衛が偽造紙幣でも調べるように身分証を検査する。それを見越して、エティはジョワ地区の税関界隈に足を運んだ。その界隈ではあらゆる偽の公的証明書が買えるのだ。エティがジョワ地区のルポルタージュの連載を担当したときに、情報を提供したブロンという男がいて、彼がキャバレー歌手に扮したカトメの有権者カードを手配してくれた。

サミーは彼女を見ると、かつらが脱げはしないか、眼鏡を落としはしないか、誰かにばれやしないか、ひやひやした。「少なくともその格好なら、看守長になにかされることはない」と彼はつぶやいた。看守長のタジ・ジャマンは、陰で〝しゃぶらせオヤジ〟の異名を取り、美人で貧しいという二重の不幸を背負った家族を持つ囚人に限り、特殊な代償を払えばムショ暮らしに手心を加えてくれることで知られていた。面会者がオヤジのペニスを二分間口に含めば、所持品の検査を免除され、囚人には食事がきちんと割り当てられた。五分しゃぶりつづければ、面会者は囚人と個室で誰にも邪魔されずに会うことができる。口内射精を受け入れれば、囚人は一週間雑役を免除され、さらに、精液を飲みこめば、洗い立てのシーツを敷いた清潔なベッドのある独居房で二晩続けて眠ることができた。それがいやなら、払うべきものを払わなければならなかった。

彼女は払うべきものを払い、しかも、たっぷり払ったので、サミーは一般雑居房からVIPエリアに移されて、医師の診察を受けられるようになり、肛門の裂傷、疥癬や湿疹の治療薬を処方され、足の指のあいだにできた水疱の水を抜いてもらったりした。だぶだぶのシャツとズボンをまとった体は痩せて、薄い唇はかさかさに乾き、目からは輝きが失われ、皮膚全体が白っぽいフケで覆われて、サミーはまるで腑抜けた案山子のように見えた。唇にメントールを塗るのも、肌をヤシ油で潤すのも、ひび割れたかかとにカカオバターをすりこむのも拒んだ。彼は小豆の煮たのをスプーンでふた口食べ、バンビリが作ったバナナのベニエをひとつ口に入れると、「お腹がいっぱい」とつぶやいた。まだ季節には早かったが、シタ・フェリシはバッタやシロアリやコガネムシを見つけてきて、ニンニク、塩、トウガラシ、白コショウ、ジンジャー、バジルと一緒に漬けこんでからフライパンで炒めたもの（コガネムシは油を引かず、バッタとシロアリは油を数滴垂らして炒める）を差し入れた。ほかのときであれば、サミーはヤシオサゾウムシの幼虫を食べさせてもらえないなら、毒でも盛られたほうがましだなどと、わがままを言っていたかもしれない。しかし、このときの彼は二匹か三匹をつまんで、ゆっくりと、ひどくゆっくりと咀嚼し、永遠に近い時間が流れてから、「お腹がいっぱい」とつぶやいた。

中央刑務所に移送される前の日、婦人科医がサミーの肛門に二本の指を突っこんで触診し、直腸の変形や括約筋のゆるみを調べ、リングをはめて肛門内腔(ないこう)の円周を測定した。捜査官室では、彼の前で売春婦が裸になり、体を揺らしながら手淫(しゅいん)をしてみせた。その場には署長や司法警察員らがいて、彼らは定規で彼のペニスをペチペチ叩き、けしかけた。

「さあ、セガレよ、目を覚ますか？　本物の男なら、自分のアソコをこすってよがっている女の前では勃起(ぼっき)するものだ。おまえも勃起するよな」

プレッシャーから〝セガレ〟はピクリともせず、彼らはコイントスをおこなった。

「裏がホットコーヒー、表がブランコだ」

コインは側面で立ち、サミーはどちらの権利も獲得した。手首を拘束され、足首を括(くく)られ、ブタの丸焼きのように鉄棒に吊(つ)るされてから、警棒で殴られる。

「男のペニスをしゃぶったのか？　何回やった？　好きなのか？　答えろ！　神秘主義の修行のためか？　生まれつきか？　生まれつきそんなやつはいない！　金をもらってやっているのか？　答えろ！　金をとるのか？　金をもらわずになぜそんなことをする？　仕事で成功したいと思っているんだろ？　仕事のためにそんなことをしているのか？」

中央刑務所行きが決定して一時間後の午後八時、彼は囚人たちの輪の中央にいて、早朝まで男たちに犯されつづけた。
痩せた太もものあいだで両手を組み、頭をこくりこくりさせながら、彼はカトメに「投獄されてからずっと同じ夢を見ている」と話した。子どもたちの像を作るためにアトリエの隅で粘土をこねていると、青い脚のパンサーが歌を歌うのだという。

わたしに会いたいかい？　ならば、わたしはここにいる。
だから会いにくるがいい！　ジマント亭に！
わたしはパンサー、右にバッタリ、
わたしはパンサー、左にバッタリ、
わたしはパンサー、もうお手上げで、
だから、わたしはここにいる！　ジマント亭に！

それから、パンサーは彼のそばに寄り、ぐるりと回って、粘土の脚を上げて床に寝そべり、歌いつづける。
「パンサーは歌っていて、ぼくは子どもの像を彫っている。本当は子どもの形にするつもりじゃないんだけど、全部子どもになっちゃうんだ。ジャコメッティのインタビューを覚えている？両手が意志を持っていて、勝手に作品を作り上げていくって話。彼は現実的な人物の彫像を作ったが、彼の手にかかると、彼の意思に反して人物は小さくなっていって、針金のように細長い人体になる。肉眼で見たとおりに再現しようとしても無駄で、最終的に、あのよく知られたスタイルに収束していく。肉のそぎ落とされた、頭の小さな人体。思い出した？　夢の中のぼくもそんな感じなんだよ！　最初は別の造形に取りかかるんだが、最終的には子どもの小さな像になっている。近所の子どもたち、ジョワ地区の子どもたち、キジトのところの子どもたち、この前の夜は、アクセルとアリックスだった。フェリックス・エブエ中学の生徒たちなんか、しょっちゅうだよ。夜ごとあの子たちを見るんだ。何度も、何度も。気が変になるよ。気が変になる。カット、夢だとわかっていても、気が変になる。歌にもまいっている。いつも、頭の中で流れていて、昼間、口ずさんでいることもある」

わたしに会いたいかい？　ならば、わたしはここにいる。
だから会いにくるがいい！　ジマント亭に！
わたしはパンサー、右にバッタリ、
わたしはパンサー、左にバッタリ、
わたしはパンサー、もうお手上げで、
だから、わたしはここにいる！　ジマント亭に！

「アンセニャン署にいるときは夢を見ている暇もなく、アトリエで作品を仕上げている自分を想像していた。雑居房に入れられてからは、ずっと起きていた。うるさいし、臭いし、またレイプされるかもしれないと思って怖かったから。天の助けか、お腹は空かなかった。腹ペコだったら、ほかの囚人たちみたいに、ネズミとかゴキブリを食べていたかもしれない。看守は母やキジトに食べ物の差し入れを禁じた。さいわい、あまりお腹が減らないから、トウモロコシかマメかライスがお椀(わん)に半分もあれば十分だった。みんなが、九月だったらバッタがいたのにって言うんだ。みんなで中庭に出て外灯の下で捕まえるんだって。囚人たちはそれでケンカになるらしい。ぼくがこの図体(ずうたい)で、ほかの囚人たちとバッタを争っているところを想像できるかい？　最終的には、ぼくが彼らの餌食(えじき)になっただろう。あの記事が九月に掲載されなかったのはラッキーだった。ぼくはゴキブリが怖いし、ネズミも食べないけれど、バッタがどんなに好きかは知っているよね？　だから、バッタのためにぼくはとどめを刺されていたかもしれない。とどめを刺すというのは、指を目の中に突っこんで目玉を抜き出すことを意味している。ここでは、バッタのために目玉をくりぬかれるんだ」

「朝、目が覚めて手を見ると、汚れの跡もなくてきれいなんだ。夜のあいだは粘土と踊り、粘土を撫でまわして、命を吹きこんだのに、朝になると、ぼくの手は無気力で、役立たずで、死んでいる。この世になにも生み出せないのなら、手があったところでなんになるだろう？　彫刻ができないのなら、この手をなにに使おう？　アトリエにいることができないのなら、なんのために生きているのか？　お尻を拭(ふ)くとか、便を拭き取るとか、そういうことに手を使うんだ。かゆいところをかき、マスターベーションをし、鼻をかみ、ときには自分のことをひっぱたく。両手で自分をひっぱたくんだ。この手を見てくれ。数分だけ、ほんの数分でいいからアトリエに戻って、力と元気を取り戻したい。母なる大地に触れることで力を得るアンタイオスのように。そのためなら寿命が一年縮んでもいい。心臓が破裂しそうだよ、カット、魂が窒息しそうだ。この手を通して飛び立つことができないのなら、ぼくの魂は死ぬだろう。気が狂いそうだよ、カティネトゥ。気が狂いそうだよ、ビンディ」

マミトン・タフェンが突然訪ねてきた日、カトメは闇に一条の光が差しこむのを見た。夫のタフェン法務大臣は、MPAの一部の党員が判事に指示したサミュエル・パンクーの未決勾留の継続を認めなかった。大臣みずからがサミーの釈放を引き受けるという話だった。——正確な日時までは教えられません。でも、もうまもなくです。このことは他言無用ですよ。アンブロワーズ・ベマや党内保守派とお付き合いのあるご主人には、くれぐれもご内密に。あの人たちは、大統領に対するどんな些細な批判に対しても猛反発しますからね。時代は変わったんです。あの人たちはそれに気づいていないんですよ。この国は植民地化のくびきから解放されずに、最後までアンブロワーズ・ベマとその一派の支配下で生きていこうとしています。クリエイターの居場所は塀の中ではありませんよ、まったく！　彼のようなアーティストの〝大胆な発想力〟こそが、この国には必要なんですよ！

つい最近、ローマ教皇がザンブエナを訪れたが、その二ヵ月前に、ジャン・タフェン法務大臣はストリートチルドレン、精神障害者、物乞いを一斉逮捕して、首都から追放していた。反体制派のメディアは、精神障害者は処刑されたのち、まとめて墓穴に投げこまれ、ストリートチルドレンや物乞いは首都から六百キロメートル離れた収容施設に移送されたと主張している。ＣＡＺの昼食会で、この件について問いただしたアリーヌ・デュボワに対し、マミトンは答えた。

「たとえ事実だとしても、どこに問題があるのでしょう。非生産的な者たちが排除されたわけですから」

数日後の晩餐会の席で、マミトンはカトメに再びこの話を持ち出した。

「ああ、あの白人たちにはうんざりよ！　彼女たちにはもっと憤るべきことに憤りをぶつけてほしいものだわ」

カトメはそのかすかに記憶に残る雑音を払いのけた。十全十美の人間なんているわけがない。とにかく、ジャン・タフェンはサミーを釈放させようとしてくれているのだ！

第十一章

月曜から金曜まで、執事とふたりでおこなう午前の日課の最後を締めくくるのは帳簿付けである。現在の残高はいくらか、前日の入金からいくら減ったのか、いくら補充したらいいのか。足したり、引いたり、掛けたり。週に五日それをやる。カトメの目は帳簿を左から右へ、上から下へと移動した。帳簿は毎日きちんと、執事が学校の先生のような字で記帳している。収入、支出、小口現金、在庫表。カトメは金や在庫数を数えて、計算し、間違えて、頭がこんがらがった。ばかばかしい計算をするうちに、心が虚ろになっていく。中央刑務所では囚人たちがお椀に半分のライスかマメで空腹をしのいでいる。彼女は計算した。サミーは夢にまたパンサーが出てくるのを怖がって、夜のあいだもずっと目を見開いている。彼女は吐き気を催すまで再計算した。長く公邸の管理に携わってきたＣＡＺの先輩たちからは、スタッフに日用品を盗まれないようにする方法を伝授されている。在庫の抜き打ち検査をし、米袋や肉の目方、洗剤のパックの重さを量り、瓶や缶の油などの消耗品の量をペンでマークし、帰宅の際は警備員にスタッフの鞄を調べさせ、警備員の鞄は執事が調べ、執事の鞄は彼女が調べ、食料品倉庫の鍵の束は常に持ち歩く。慣れていようと、いまいと、フルタイムの仕事であることには変わりない。彼女はいまだにこの仕事に慣れずにいた。

執事との日課が終わると、これも週に五日、午前のルーティンになっていることだが、「知事とママンが頼みの綱です」と泣きつく十人ほどの陳情者の相手をした。彼女のように気前よくポンポン金を出すATMと化した知事夫人はこれまでにいない。公邸のスタッフからはカリタス〔ラテン語で人類愛を意味する。チャリティー（慈善）の語源〕とあだ名を付けられている。公邸の一角に設けられた自分専用の小さなオフィスで、彼女はひとりの男と向きあった。角張った顎をしており、コーラナッツで歯が黄ばみ、密生した頬髭（ほおひげ）にはヤギの糞（ふん）がからまっている。この男とはひと月前にも面会している。妻の出産予定日が来たが難産だと訴えていた。産着（うぶぎ）やら手術代（帝王切開だと言う）やらで、なにかともの入りらしい。カトメは男に封筒を手渡した。そして、カトメという女の子が生まれた。こんどは、終身にわたって小作料を払わなければならないのだと言う。知事夫人、ママン、あなたが最後の望みです。ママンが助けてくださらなければ、誰が助けるというのでしょう。ママンはおやさしい。いつくしみ深き神の子の心をお持ちです。ママンは母親のような存在です。知事夫人、ママン……。繰り返し現れては、新たな要求が加わる。気持ちがくじけそうになった。これではきりがない。カトメは父が実の弟を寄生虫呼ばわりし、腕を曲げて勃起する様子を真似て軽蔑する姿を思い出した。「誰もあちこちで子どもをはらませていいとは言っていないのに、なぜわたしがあいつの尻（しり）ぬぐいをしなければならないのかね？」そのとき、マドレーヌは笑っていた。マドレーヌはイノサン・パトンがなにか言うたびに笑っていた。決して叔父のようなことになってほしくないが、カトメは、朝から晩まで公邸の門を取り巻く生活困窮者に〝寄生虫〟を見る思いがした。サミーはなんと言っていたか？「MPAのお偉いさんの富の再分配をやめさせて、国民にまわせばいい」カトメは机の引き出しを開け、紙幣を数えた。オフィスのドアが少し開いて、バンビリが顔をのぞかせた。彼女に少し待つように手で合図すると、カトメは紙幣を封筒に入れ、若い父親に渡した。

男がオフィスを出ていくと、バンビリはクーナからの伝言を告げた。「ギャラリーまでいらしていただきたいそうです」

ターコイズブルーのフリンジが付いた赤いワンピースを着たクーナは胎児のような姿勢で丸まり、歯をガチガチ鳴らしていた。頭からつま先まで、悪臭を放つ深緑のペースト状のものに覆われている。カトメは鼻と口を手で押さえた。乾いた便のにおいだ。聞けば、リュックを背負い、ジーンズにスニーカー、Tシャツ姿の二十代と思しき若者八人の訪問を受けたのだという。モラルの請負人を標榜する彼らは〝芸術的なオレ〟を表現するためにやってきた。彼らはクーナに激しいビンタを食らわせ、シャッターを下ろしてギャラリーを閉めるように命じた。クーナが同情心から雇った六十代のガードマン二名は洗濯ロープでぐるぐる巻きにされ、雑巾で猿ぐつわを噛まされ、倉庫に閉じこめられた。モラルの請負人たちは、展示写真に小便をかけ、ビデオ・インスタレーションやコラージュ作品をハンマーで叩き壊したあげく、彫刻の上で脱糞し、食品用ラップフィルムで包んで、『ウンコの石棺』というタイトルの作品に仕上げた。

「そのあと」とクーナは話した。彼女の説明によると、こういうことだ。グループのリーダーらしき若者が壁に突進し、ほかの七人が口々に唱える文句を書きつけた。リーダーは筆を排泄物に浸し、筆圧をかけずに細い線でスローガンを書き連ねていった。《同性愛の決定論に反対！》《人はホモセクシャルに生まれない、ホモセクシャルになるのだ》《ホモセクシャルよ、おまえに勝つ！》《同性愛なき社会の回復万歳(ばんざい)》（彼らは〝回復〟にするか〝到来〟にするかで迷った）《ホモセクシャルとは退廃的なブルジョワジーのアヘンである》《白人の変態は勝ち札にならない》（ここでも〝白〟か〝悪〟かで意見が割れ、ひとりが「メッセージは直接的で強く訴えかけるものであるべきだ」と言って、〝白〟が選択された）。塗料が足りなくなるとすぐに誰かひとりがズボンを下ろし、しゃがんで材料を提供した。命じられるままに排便できるなんて……。カトメには考えられないことだった。書道家気取りのリーダーは唇を軽く噛んで一歩下がり、人差し指を顎に当てて作品の出来栄えを評価した。そして、自分が書いた文字を自分なりの解釈で、EとHに翼を付け加え、Iの上に雲を描いた。「スカトロジー芸術のパフォーマンスの真っただ中にいるって感じだぜ。ほら、みんなの目の前でピエロ・マンゾーニ〔イタリアの鬼才と言われる芸術家（一九三三―一九六三）〕が『芸術家の糞』を披露しているようなもんさ。それとも、俺たちをタブーなんてものともしない現代のバロック芸術家集団と見なしてもらってもいいんだぜ」ギャラリーの壁を糞尿(ふんにょう)で派手に飾りたてると、リーダーはクーナに言い放った。「個展の目玉、主役はあんただ。服を脱げよ、アバズレ」クーナは歯の根も合わないほど震えていた。「おい、なぜそんなに震えているのさ。俺たちにまわされると思っているわけ？」彼らは大笑いした。「ほんものの芸術作品とはなにかを教えてやるよ。あんたがパンクーとやっているお遊びは芸術なんかじゃないからな。アンテ・モルテムなんて知らんわ。あんたは本物の芸術を知る。俺たちには感謝してもしきれんよ」

彼らは各自手袋をはめ、クーナを折りたたみ椅子に座らせた。クーナは目をつむった。尻を撫でまわされているのがわかった。「どこから始めようか」という声が聞こえた。「胸もペッチャンコ、尻もペッチャンコで、紙みたいにぺらっぺら。スキンヘッドで髪もない。骨だけだ、骨しかない。こんなんで、なにができるかね？」――「ママ！」別の声が叫んだ。「アタシのここを見て！　ほら、ツルッツルなの！」――「そいつはヤバイ！　お子ちゃまじゃあ、手が出せねえな。パイパンか？」――「白人の奥さまみたいだぜ」誰かが横から口を出した。「そういうのと結婚するなんて、白人てのは、本当に変態だよな」その声はリーダーだ。「なぜ泣く？　アレが怖いか？　されたくないか？」――「え？　アレをされたくないって、なんのこと？」別の若者がすっとぼけ、淫らな笑い声を上げる。彼らはかわるがわる残りの糞尿をクーナに塗りたくり、胸をもみしだき、太ももの内側に手を突っこみ、クリトリスをくすぐった。「気持ちいいかい？濡れちゃうかい？　こうされるの好きかい？」そして、最後に署名する代わりに、ズボンのファスナーを下ろし、ペニスを取り出して、クーナに小便をまわしかけた。作品タイトルを『アタシはアバズレ』にするか『糞まみれの画廊オーナー』にするかで意見が分かれ、くじで決めることになった。

「ほら、そこにあるわ」クーナは足もとに置かれたA4の紙を指さした。「それに書いてあるわよ。糞まみれの画廊オーナー。わたしを見れば、なにがあったか一目瞭然でしょう。あいつらは、この国の性の倫理と道徳に反する薄汚いホモ野郎の展示をやめさせなければまた戻ってくるって脅してきたわ。性の倫理と道徳ですって。それをあのクソガキどもが口にするとはね」

　クソガキどもが去ってしまうと、クーナは服を着なおして、ガードマンたち（雇い主の体のあれこれや陰毛を剃っていることまで、もはやすべてを知られてしまった）を解放してやると、公邸に電話を入れた。逮捕以来、はじめてカトメはサミーが刑務所にいてよかったと思った。作品をダメにされ、展示会場を荒らされているのを見たくはないだろう。サミーの作品の糞便まみれの別バージョン『ウンコの石棺』は、もしかしたら一部のマニアにはうけるだろうか？　頭のてっぺんからつま先まで糞尿の洗礼を浴びて打ちのめされた、やせっぽちの犠牲のトーテム、異教のヴィーナスと化したクーナのことを、カトメは可能な限り同情をこめた目で見つめた。それにしても、なんてバカなことを考えたんだろう！　アクリバには経験豊富な警備会社がいくつもあるのに、ひ弱な老人ふたりをガードマンに雇うなんて。

「なんでわたしにこんなことが起きるのよ？」クーナは嘆いた。「このギャラリーで。このわたしに。自分の国なのに。なにもかも捨てて、この国で暮らすために戻ってきたのに。このクソみたいな、ドブみたいな、掃きだめみたいな国に！　グザヴィエが学校だったことが不幸中のさいわいだったわ。もしあの子がここにいたら、わたし、どうなっていたかわからない。警察に行っても無駄だと思う。どうして、あいつらはこんなことができるのかしら？　このわたしに対して！　このギャラリーで！」

「みんな、いろいろなところで攻撃されているのよ」カトメはそっとささやくと、ぞっとする気持ちを抑えこんで、クーナの手を取った。

サミュエル・パンクー事件の流れを受け、ランソラン紙の週末版に〝国内同性愛者リスト〟なるものが掲載された。そこには、閣僚、州知事、企業の役員らの名前が挙げられていた。記事の編集者は逮捕され、新聞は回収され、社屋は封鎖された。現行のザンブエナのゆがんだ司法制度に憤慨しているのは、田舎（いなか）の人間や法学部の学生、妙齢の娘たちやキジト・パンクーくらいのものだった。キジトは二本の記事を書いた。一本は《太陽の国のスケープゴート説》と題した論説で、自身が編集人を務めるルベル誌で発表し、もう一本は《独身者という罪、疑いの時代》という見出しで、エマンシパシオン紙に掲載された。弟についての言及はなかった。キジトの文章を読む人々はその行間も読んだ。数日後、キジトはあえて《政治における同性愛――ヤヌス・ビフロンスあるいは双面の怪物》というタイトルで、三本目の記事を発表した。この記事は前回の二本よりも大きな反響を呼び、彼は大学の学長から呼び出しを受けることになった。民主主義国家だからという理由で容認され、毎度のごとく公然とものおじせずに国家を批判する人間は、自由と勝手気ままを履き違えてはならず、節度と慎（つつし）みを身につける必要がある。さもなければ、辞職せざるを得ないとのことだった。キジトは司法や既成の秩序と剣を交える熱意を抑えるかわり、サミュエルの弁護を引き受けてくれる弁護士を探すことにエネルギーを集中させた。とはいえ、これまでのところ、全戦全敗だった。弁護士のほうも顧客を失うわけにはいかないからだ。

国営ラジオ放送では、フェリックス・エブエ中学の校長による声明が発表された。造形美術の講師サミュエル・パンクー氏に対し、二十四時間以内に職務に戻るよう要請し、それができない場合は辞職したものとみなすというものである。その七十二時間後、二回目の声明が出され、一般大衆、私立・公立校、教員、父兄、フェリックス・エブエ中学の後援会や卒業生に向けて、サミュエル・パンクー氏が造形美術の臨時教員の職を解かれたことが伝えられた。

　カトメがその弁護士の顔をはじめて見たのは、ＺＡＭ2放送で放映中の『ただいま鉄板炎上中』という番組内だ。夜七時から週一で放送されていて、ブラジルのテレノベラ〔ラテンアメリカを中心に制作・放映されるメロドラマ〕の裏番組にあたる。番組冒頭で、司会者が鉄板、つまり俎上に載せられるゲストを紹介し、続いて、視聴者が電話で番組に参加する。つまり、ゲストは二度にわたって料理されるというわけだ。普段からＺＡＭ2の番組は見ることはないのだが（タシュンには「きみには低俗すぎるものな」と冷やかされている）、このときばかりは、セシル・ブソンゲ弁護士を見るためにチャンネルを合わせた。カトメは自分が抱いていたイメージと違うことを知った。サミーの弁護を引き受けた女性は四十代で、小分けにした髪を三つ編みにし、丸縁の眼鏡をかけていた。がっしりとした顎で、痩せ型。黒のパンツスーツにタバコ色のブラウスを合わせている。彼女は法律や背信行為や不正についての話題に耳を傾けていた。シェフ兼司会者は五十代。花柄のピンクのネクタイを締め、黒いジャケットを着て、やさしい父親のような笑顔で、同じような質問ばかり繰り出した。「サミュエル・パンクーは同性愛者です。イエスですか、ノーですか？」セシル・ブソンゲは、裁判に影響があることを述べるのは避けたり、はぐらかしたりしたが、司会者はそこにはまったく突っこもうとしない。番組に電話してきた視聴者がわめきたてている。「ブソンゲ先生、わが国にこの悪魔主義をもたらしたのは白人であることをご存じですか？　先生は神を信じますか？」「ブソンゲ先生、金のために引き受けたんですか？　親御さんもお気の毒にね。もうあの世にいらっしゃるのならいいんですけど」「ブソンゲ先生、ホモ・サミュエルは自分の行為を悔いていますか？」「ブソンゲ先生、先生はなぜあのようなモラルのない人間の弁護を引き受けたのですか？」弁護士は胸の前で両手を組み、答えるのを諦めている。司会者は愉快でたまらないといった様子だ。電話がピコピコせわしなく鳴り、受話器のむこうでまた攻撃が始まる。「ブソンゲ先生、あんた自身結婚していないようだが、旦那がいないということは、レズビアンであるということかね？　ホモ・サミュエルと同じく同性愛者なのかね？」「ブソンゲ先生、先生はホモ・サミュエル教の信者ですか？」「あんなやつの弁護をするなんて、ブソンゲ先生、あんたは女の恥、社会の恥だ」「ブソンゲ先生、神を畏れていますか？　神がソドムとゴモラを滅ぼしたことを知っていますか？」この手の番組がこの手のチャンネルで放映されるとおりに、番組は進行した。弁護士はライオンの前に連れてこられた古代ローマのキリスト教徒のように見えた。なにを覚悟しているのだろうか？　本人は気づいていないようだが、電話のむこうで怒りと憎悪に震える視聴者にとっては、彼女――〝同性愛者サミュエル・パンクー〟の弁護を引き受けた弁護士こそが猛獣なのだ、とカトメは思った。

　番組が終了する五分前には、街頭インタビューの様子が映し出された。「同性愛者の逮捕は正しいと思いますか？」とレポーターが尋ねる。「逮捕するだけか？　あいつらのケツの穴を引き裂いて、苛性ソーダを注入してやればいいいんだ」上半身裸で汗をかきながら人力車でプランテンの束を運んでいた青年がきっぱりと言う。「息子が同性愛者だったら、警察に通報しますよ」タクシーの後部席に乗りこもうとしていた婦人が立ち止まり、社会通念に貢献するべく断言した。「ああいう人たちはね、ああいう人たちはガンみたいなもんだから、根絶しないといけない。生殖器に化学療法を施すのがいいよ」オレンジ色の蝶ネクタイをした男がそう推奨する。「同性愛者は魔法使いだよ。黒魔術を実践しているんだ。お祓いが必要だね」と、別の男が説く。「もちろん、なにを訊いてくれてもいいわよ」酔っているらしい若い女がからんでくる。ただひとり、言葉を濁そうとしたのは、ブーブーを着てスカーフを巻いた女性である。「わたしたちに裁きを下すのは、天にまします神さまだけです。でもね、あの人たちに子どもを近づけるわけにはいかないわ」

　カメラがスタジオに切り替わると、司会者は笑顔で「ウォクス・ポプリー・ウォクス・デイー」と気取って、街頭インタビューを締めくくった。

「〝民の声は神の声〟ですか？」セシル・ブソンゲは苛立たしげに言った。「いまの街頭インタビューは、地域性や社会性という点から見て、住民がこの種のコメントをする傾向が強い地域で実施されています。これでは民の声がきちんと反映されているとは言えず……」

「われわれがインタビューした人々の社会的レベルでは、このテーマについてまともに語ることもできないということですか？」と、司会者がさえぎった。「さきほどの同胞たちは、自分たちがなにに賛成で、なにに賛成できないのかを知るために、十分学んでこなかったということですか？　ものごとの善し悪しは生まれた環境によって変わるということですか？　暮らしている場所によって変わるのですか？　金持ちはなにが善かを知っていて、貧乏人は知らないということですか？　博士号を持っていない人にはインタビューをするべきではないということですか？」

　セシル・ブソンゲはうんざりした表情で首を横に振った。カトメは愕然としていた。やっとのことでサミーの弁護を引き受けてくれる弁護士が見つかり、キジトはやむなく依頼したのだ。番組の最後、司会者は社会問題に関心を寄せ、忌憚のない意見を述べ、厳しい質問を投げることを恐れない、親愛なる〝意識の高い視聴者のみなさん〟に感謝を述べ、次週鉄板の上で料理されるゲストについて、ヒントを出しつつも誰なのかは明かさなかった。エンドロールが流れると、司会者はネクタイピンの傾きを直し、彼女にサミュエル・パンクーは裁判で無罪を主張するのかとさりげなく尋ねた。イン・カウダ・ヴェネヌム——尾には毒がある。サミーならそう言うに違いない。

「公判の日にわかるでしょう」弁護士は謎めいた口調で答えた。

　カトメは弾かれたように椅子から立ち上がった。ブソンゲは「いいえ、彼は同性愛者ではありません」と断言するどころか、ただひたすら言葉を濁している。どんな答弁をするのかわからないし、パフォーマンスも控えめだ。裁判で彼女にサミーの弁護をさせたら、判事たちに金を渡したところで、有罪判決が下されてしまうかもしれない。弁護士と話したくてカトメはいてもたってもいられなかった。とはいえ、公然と会うわけにはいくまい。アクリバ県の知事夫人がサミュエル・パンクーの弁護人に会うにはどんな理由をつければいいだろう？

第十二章

サミーの中にヒーローになろうという欲望が眠っているのをカトメはまったく気づかずにいた。彼女は独房の扉のほうに目をやった。面会中は開け放しておくことになっている。かつらの下で、地肌が無性にかゆかった。狭い房内でも外からの好奇の視線が届かない一番暗い場所に行くと、彼女は壁に背中をつけ、絡まりあった毛束を掻き分けて、分け目の部分をボリボリ掻いた。中庭からはサッカーの試合の喧騒が聞こえる。ブラインド越しの太陽がサミーの脚のあいだに短い影を作っていた。ふたつのチームに分かれた囚人たちが、支援団体から寄贈された新しいボールを追いかけ、奪いあっている。中庭に着いたとき、通れそうな通路が一本だけあったが、それでも試合の見物人で混みあい、カトメはなかなか前に進めなかった。看守が群衆を押しのけて道を空けさせたので、もみくちゃにされたり、ハンドバッグをひったくられたりすることはなかった。サミーは厳かな顔をして、藁のマットレスの上に背筋を伸ばして座り、両手を組みあわせ、周囲を見渡しても惨めな塀が続いているだけという現実をもはや諦観しているようだった。エティやシタ・フェリシ、キジトや彼女をこの壁がぼろぼろの独房に毎週通わせていること、本や食品や衣類を差し入れてもらっていること、それを心苦しく思っていること、彼らが看守やしゃぶらせオヤジに袖の下を渡していること、囚人たちの卑猥な冗談ややっかみを我慢すること。しかたのないことばかりだ。

広場に続く薄暗い廊下で、カトメは外の作業から戻ってきた囚人の姿を認めた。相手は彼女に気づくと、歩をゆるめた。「姐さん、あのやせっぽち以外に、いいことをする男はいねえのか？あんた、自分の従兄とやっているんだろ？　本物の硬くて立派なバナナが欲しけりゃ、俺のところに来いよ。あんた、金があるんだろ？　俺のを見てえだろ？　触りてえだろ？　どうして俺たちみんなには金を落とさねえんだ、この淫売女」いつものことだ。彼女が通りかかると、看守や囚人たちのあいだで、とたんに飛び交う猥褻な言葉の数々。彼女は耳をふさいで聞かないようにした。「あんな女があいつの従妹なら、おいらは法王さまのズボン下だ」「なあ、きっとあの女はやつにアナルを開発されているぜ。うまいこと慣らされて、それで、あの女は地獄だろうとどこだろうと、やつに会いにいくんだ」「どこが地獄だよ。天国だよ、兄弟。ＶＩＰエリアはパラダイスじゃねえか！」おもてでどっと歓声が沸き起こった。どちらかがゴールしたらしい。どよめきの中には口汚い文句も交じっている。

自分ばかりか家族たちまで、生活から自由が奪われていることも、サミーはしかたがないものと受け止めているようだった。

「みんな、必死で駆けずり回っているわ。あなたが公判で勝てるようにね。あなたが自由になるにはそれしかないから。キジトは真剣に手がかりを探しているところ。お母さんもキジトも、個展のせいであなたが逮捕されたと思っているのよ。ふたりにはなんて説明するつもり？　ふたりにとって、わたしたちの人生にとって、それがどんな意味を持つか考えている？」

「きみはどう思っているの？　もちろん、それについてはぼくも考えているよ。十一歳のときから考えている。自分にゾッとして、自分がまともじゃないことがいやでたまらず、カテキズムを読み、天を仰ぎ、《神さま、善良な神さま、男の子を好きになりませんように。どうかアントナンに恋をしませんように》と祈ったあの日から、ずっと考えている。もう誰にも脅迫させはしない。あのアントナンのやつみたいに。善良なる神がぼくの願いを聞き届けてくれなかった以上、ぼくは法廷で本当のことを話そうと考えている」

カトメは独房の奥のざらざらした壁にもたれ、猛烈な勢いで地肌を掻きながら、ここ最近の出来事を振り返り、なぜサミーが〝無罪を主張〟しないことにしたのか、その表情から読み取ろうとした。彼の顔には決然とした表情が浮かんでいた。

「キジトは弟が望むならそうでいられる権利を擁護するためにあんな記事を書いたんじゃない。弟はそうではないと確信しているから書いたのよ。あなたはここから出られるわ。彫刻や写真を再開し、中学校生徒や地元の子どもたちに教えたり、アクセルとアリックスに会ったりするの。そうしたいなら、また個展を準備して、エティと一緒に暮らせばいいわ。やりたいようにやればいい。もうちょっとの辛抱よ。わたしが求めるのはそれだけ。裁判の日取りが決まったら、すぐに判事や司法関係者にお金を届けるから。あなたはその日のうちにアトリエに戻れる。すぐに、ふつうの生活に戻れるわ。約束する」

「ふつうの生活だって？」サミーの目が怒りに燃えた。「いつ、ぼくがふつうの生活を送っていた？　きみでさえ、最初は一緒に司祭のところに行こうと言っていたじゃないか」

「あなたが助けを求めているんだと思っていたのよ！」

「わかっているよね？　裁判なんて、どうでもいいんだ。ぼくはもうとっくに断罪されているんだから！　知らないふりをしないでくれ」

「ヒーロー気取りで勝手に自分を断罪しているのはあなたのほうじゃない！」

　彼はベッドから離れると、彼女の前に立った。警棒で殴られた跡は消え、その顔は静かな闇を湛えていた。左手の人差し指はこの先も曲がったままだろう。警察で暴行されたあと、適切な手当てを受けてさえいれば……。

「社会的にはぼくはもう死んでいるんだ、カット。きみもそれはわかっているよね。わからないとは言わせない」

「あなたにはアトリエがある。才能がある。未来がある。誰もあなたからそれを奪うことはできない、誰も」

　カトメは内心、面会に行く人たちに、ギャラリーが襲撃され、作品が破壊されたことを内緒にしておくように口止めしておいてよかったと思った。

「この国で、この先なにをしようと、ぼくは死んでいる。毎晩、パンサーが現れる。ぼくのことをそっとしておいてくれないいんだ」

わたしに会いたいかい？　ならば、わたしはここにいる。
だから会いにくるがいい！　ジマント亭に！
わたしはパンサー、右にバッタリ、
わたしはパンサー、左にバッタリ、
わたしはパンサー、もうお手上げで、
だから、わたしはここにいる！　ジマント亭に！

「きみにパンサーの声が聞こえていたらなあ。夜は夢の中に現れる。昼間は頭の中にいる。パンサーの鎮魂歌。教えようか、カトメ？　パンサーの夢を見れば見るほど、悪いことが起きるような気がするんだ」

「ああ、サミー。そんなに悲観的にならないで！　その夢に深い意味はないわ。逮捕されたとき、あなたはパンサーを作っていた。あの記事は、ヴィタ福祉会の孤児たちに関するものだった。それ以上の意味はない。毎日、大勢の人が刑務所に送られているけど、その人たちの人生だって終わったわけではないわ」

「愛しくて美しいこの国で、メディアの攻撃を受け、投獄されたあと、日常に戻ることができた同性愛者が何人いる？　名前を挙げられるの？　統計でも取っているわけ？　ぼくはもう終わっている。この話をするのはもうよそう。このクソも同然の人生をほかの人たちを救うことに使えるのなら、試してみないと。ぼくがぼくでいられることがどういうことか、きみにはわからないだろうね。うん、きみにはわからない」

彼は裸足で入口のほうに向かうと、ドア枠に両手をついて仁王立ちになり、カトメに横顔を向けた。カトメはかつらを被り直した。ジャマのような女性たちはかつらを着けているときにどうやって我慢しているのだろう。それが知りたくてたまらなかった。カトメは壁から離れると、ベッドに腰を下ろした。サミーはカトメのほうを向き、そのまま、こんどは背中を外に向けた。レフェリーが鋭くホイッスルを吹き、ブーイングを浴びている。

「試合終了後、乱闘にならないことを願うよ。この時間、医務室は閉まっているんだ」

「サミー、そんなことをしても、誰も救えないわ。よそで人生をやり直すこともできるじゃない。地球上にザンブエナしかないわけじゃないんだし。CAZにはあなたのファンで、あなたの逮捕にショックを受けている人がたくさんいるの。あの人たちなら、ビザの発給に手を貸してくれるわ。外国でゼロから出発して人生をやり直せばいいのよ」

「村八分にされたぼくがよその土地で生きていくためのビザ？　同性愛者にとって天国みたいな場所なの？　ありがとう。でも、遠慮するよ。ぼくはもう逃げも隠れもしない。ぼくのような人間にとって、楽園なんて地球上のどこにもないよ」

「また、そんなふうに悲観的になって。だったら、異性愛者にこの世の天国があると思う？　あなたのような人を迫害しない国に行くためのビザを取得するのはむずかしいことではないでしょう。あなたは新しいスタートを切ることができる。チャンスに賭けるの。チャンスを無駄にしないで。あなたはアーティストなんだから、どこで仕事をしようが、暮らそうが大丈夫よ。わたしはあなたの空港じゃなかったかしら？　ねえ、お願い、わたしを信じて」

「亡命生活を送れと言うの？　ここではない場所で、ぼくはなにをすればいいんだろうか？　ぼくのインスピレーションの源泉はここにある。ぼくが生きたいのはここなんだ、この腐りきった国なんだ。きみがいまもなおぼくの空港であるなら、わかるはずだ。亡命のためのビザなら、ごめんこうむるよ」

ビザを確保しようとして、カトメはかなり前から動いていた。ＣＡＺの西側諸国のメンバーたちは、アーティスト、サミュエル・パンクーの熱烈なファンであり、夫の大使たちは法務大臣と懇意にしている。しかし、ザンブエナは人権の普遍性に対し、門戸を閉ざしていた。彼女たちからは、サミュエル・パンクー事件に口を出せば内政干渉になるため、残念ながら手を貸すことはできない、と言われた。――信頼関係の上に成り立っている外交関係ですからね。一朝一夕で築けるものではないし。この事件に関与すれば、国内外で首脳陣の不興を買うおそれがあるわ。言い換えれば、つまり……その……ザンブエナって、国民の多くが差別行為に走りやすいうえに処罰感情が強く、明らかに法律や文化における相対主義を問題にしない社会でしょう？　それでも、平然と、よけいな感情に流されずに事態を直視して、国の法律が国民の願望に応（こた）えるものであるのに、それを覆し、外部の意見を導入して、国外脱出という既定路線に持ちこもうとするのは、よろしくないわね。結局、法律って人民のために作られていて、民意に逆らって作られたわけではないのよ。そう言いつつも、ＥＵ大使夫人のジュリアナは、夫のほうから法務大臣夫妻にひとこと言ってもらうようにする、と約束してくれたのだった。


「もうあとにはひけないんだ」とサミーが言い、カトメの思考は中断された。

カトメは彼の前に立った。

「決心は変わらないの？　答えてよ！」

彼は目を逸らした。

「みんなにはあなたを兄として紹介しているのよ。あなたは娘たちのゴッドファーザーでもあるし。あなたが法廷で自分の性的指向を主張したら、わたしや、わたしの夫であり、アクセルとアリックスの父親であるタシュンがどうなるか、わかっているの？　あなたは隠し立てをしようとせず、わたしたちが知っていたことを話すでしょう。わたしたちは通報しなかった罪に問われるわ。わたしがあなたのお友だちやエティと知り合いだったことも、エティを自宅に迎え入れたことも話すわよね。そしたら、わたしは共犯の罪に問われるのかしら？　少し前までのあなたが望んでいたのは、彫刻をすること、アトリエのドアを開けて、粘土のにおいを嗅ぐこと、粘土をこねることだった。その望みはかなえられるわ。それなのに、サミー、ひどいじゃないの。そんなふうに自己中心的にならないで、冷静になってよ！」

「ぼくに冷静になれだって？」彼は冷ややかに笑った。「それこそきみが恐れていることじゃないのかな。きみの社会的地位が危うくなって、きみの特権が崩れ去る。ホモセクシャルのボーイフレンドのせいで」

「ああ、サミー、ずいぶん辛辣（しんらつ）なことを言うわね。まるで、わたしに報いがあればいいと思っているみたい。なにもこれはわたしだけの問題じゃないのよ、サミー。あなたの家族、シタ・フェリシやキジトの身にもふりかかってくることなの。あなたの人生に関わることなのよ。あなたはもうどうでもよくても、わたしにとって、あなたの人生はすごく価値あるものなの。あなたに有罪判決が下されたら、わたしたちは全員磔（はりつけ）にされるしかないわ。それがあなたの望みなの？」

「もうなにもできない人間のまま生きているのはたくさんだよ、カトメ。妥協に妥協を重ねていくと人生が立ち行かなくなる。いいかい、考えてもみてくれよ。事の発端となったのはママン・キャラメルじゃないか。そもそも彼女がタシュンを貶めようとしていたんだよね？　なのに、なぜ、ぼくが刑務所に入っているの？　なぜ、タシュンはぼくをここから出してくれないの？」

「あの人が公認候補になったら、ここから出してくれるわ！」

「本当にそんなことを信じているの？　ぼくには信じられない。もう自分にも、他人にも、きみにも負担はかけられない。いい歳（とし）をして、きみに養ってもらうなんて。きみも、キジトも、母さんも、ここで金を浪費している。母さんなんて、気温が三十八度もあるクソ暑いなか、毛糸で新生児の産着を編んで編みつづけて、そのせいで最後は視力を失うかもしれないというのに。そんな状況に甘んじているわけにはいかない。きみがいなければ、ぼくは雑居房に入れられていた。このままずっと木偶（でく）の坊（ぼう）みたいに生きつづけるわけにはいかないんだ、カトメ」

「あなたが木偶の坊だなんて、誰も思っていないから。わたしが言いたいのは……」

カトメは彼の両肩に手を置き、真正面から顔をのぞきこんだ。ふたりの顔はいまにも触れあわんばかりだった。彼は目を逸らさずに、カトメをじっと見返した。彼がなにを考えているのかカトメには見当がつかなかった。

「わたしが言いたいのは、もう少しの辛抱だってこと。わたしたちはお金にものを言わせたいわけじゃないってこと」

大歓声のなか、試合終了を告げる長いホイッスルが途切れ途切れに聞こえ、怒号が飛び交った。試合に参加していたVIPエリアの囚人たちがそれぞれの独房に戻ってきても、カトメはまだサミーの肩に手を置いたままだった。彼らのうちのひとりが、ふと、ふたりの前で足を止めた。背中を向けているサミーにはその姿は見えていない。カトメはゴールキーパーの格好をしたその囚人が元スポーツ大臣であることに気づいた。前回のサッカーワールドカップの出場選手に支給する報奨金が入った鞄を愛人宅に隠した容疑で逮捕された人物だ。その金をトラベラーズチェックに替えて、アメリカに高飛びするつもりでいたらしい。ふたりはほとんど体を密着させたような状態だったため、傍(はた)から見れば、恋人同士だと思われてもしかたがなかった。サミーはカトメの目の動きを読んで、うしろを振り返った。元大臣はふたりと握手を交わしてから、サミーを手招きし、「ちょっと失礼」と言って、彼を外に連れ出した。

カトメはベッドの縁に腰かけた。サミーは十字軍を演じようとしている。この国で。判事が「双方から同額の金を受け取れば公平な裁判をすることができる」と言うことが許されるこの国で。彼女がサミーに理性を取り戻させることができなければ、ほかに誰ができるだろう？　エティか？　いや、むずかしいだろう。キジトか？　シタ・フェリシか？　だめだ、ふたりに話してしまったら、サミーを何重にも裏切ることになる。彼は起訴事実を認めようとしている。《ぼくがぼくでいられること》のために。

　あれは、彼がいつものように悩んでいたときのことだった。彼女は彼をエヴァリスト神父のところに連れていった。神父は彼女の精神的な父である。〝石の板〟〔モーセの十戒が記された石板〕と同じくらい妥協のないエヴァリスト神父は日曜日の教会の説教壇から叫んだ。「子どもは川です。川が流れるには向かいあうふたつの川岸が必要なのです」神父がわがもの顔で唱える聖書の言葉のように、その文句もどこかからの引用であることをカトメは知った。「祈れば治ると思っているの？　不治の病（やまい）を治すように？」サミーは憤慨して言った。女性が陰にあたり、男性が陽にあたるという思想をサミーはなにかの本で読んでいた。「ぼくの場合は陰が優勢で、だから男に惹かれる。きみも陰が優勢だから、男に惹かれる。でも、きみは女だから異性愛者だ。もし、陽が優勢なら、女に惹かれるから、同性愛者になる」――「わたしの理解が正しければ、あなたの性的アイデンティティは女性であり、だから、男子に興味があるということね。つまり、外見上は男子だけど、実際は女子ってこと？　つまり、あなたの論理に従えば、あなたは異性愛者で、外見が意にそぐわないということかしら？」――「きみがそれでよければ、ぼくは、男の体つきをした異性愛者で、頭の中では男に興味を持っているということにしよう」ふたりはサミーの部屋の茣蓙（ござ）の上に座っていた。暑かったので扇風機は最強に設定してあった。サミーの両親はリビングにいた。思春期を迎えても声変わりをせず、カストラートのような声で、腰つきも華奢で、花や料理や編み物を好む傾向はあるものの、女の子とつきあい、彼女を自分の部屋に連れこみ、鍵を二重にかけ、一緒に午後の時間を過ごしている。みんながそれで満足し、それでつり合いがとれていると思っていた。ただし、ママ・レシアだけは別で、タールのように浅黒くて、スパゲッティのようにひょろ長い少年と姪がつるんでいることをよく思わず、彼に不純な下心があるのではないかと疑っていた。

サミーが独房に戻ってきた。彼は硬い表情でベッドに横たわり、ウサギの形をしたベージュの枕を抱えた。彼の二十五歳の誕生日にカトメがふざけてプレゼントしたものである。彼はそれを頭の下に差しこんで枕を高くした。

「ブソンゲ先生はあなたの決意をどう考えているの？　弁護士がそんな危険な行為を奨励するとは思えないけど」

彼は肘をついて体を起こした。

「先生はぼくの考えを尊重すると言ってくれている。みんなが疑問を呈することもできずに、右へ倣えになっている、結局、その人たちは自分が同性愛者の立場にないからだ、と先生は言うんだ。先生は法律を変えさせるために戦うつもりでいる」

「あの人が？　法律を変えさせる？　笑わせないでよ。つまらないテレビ番組でこてんぱんにやっつけられていたくせに、法律を変えることができると思っていたとはね。ここはザンブエナよ、サミー。法廷でうまく立ち回らなければ、おしまいよ。お・し・ま・い！　もちろん、わたしたちもそうするつもりだけど、なにより、あなたよ！　お願いだから、サミー、目を覚まして！」

サミーの目に躊躇（ちゅうちょ）の色が浮かぶのが見えた。カトメの中でポッと希望の灯が点った。サミーはパチパチッと両手を叩いた。

「カトメ、いつかきみにこんな質問をするとは思ってもいなかったけど。なにがあっても、そばにいてくれるかな？」

この男はもはやそんなことくらいしか言えないのか！　モンスーンが灯を吹き消した。

「サミュエル、いつかあなたにこんなことを言うとは思ってもいなかったけど、ザンブエナの、全世界の同性愛者のことなんてどうでもいいの、なんとも思っていないの。いい？　聞いてる？」カトメの声は怒りで震えた。「わたしはね、同性愛者の権利を認めさせるとか、同性愛を処罰の対象から外させるとか、そんなことのために戦っているんじゃないから。自分の体で、誰がなにをしようが、気にしない。でも、起訴事実を認めるなんてとんでもない、自殺行為よ！　わたしは、あなたをこの臭くて不潔な穴倉から救い出すために戦っているの！　毎週来るたびに、見る影もなくやつれていくあなたの姿をもう見ていられないから、戦っているの！　なにかの主義のために戦っているんじゃないの、サミー。あなたのために戦っているの」

「《人々はうとうとしていたが、運命が彼らを眠らせないように注意を払った》――ヘルダーリン〔ドイツの詩人、思想家（一七七〇－一八四三）〕。これはぼくの主義でもあるんだ、カット」

「サミュエル・パンクー、昔の人の言葉を引いて気取るのはいい加減にして。そんなの、どうでもいいから！」

彼は正気を失いかけていた。脳が機能していないらしい。頭の回路がショートしたのかなんだか知らないが、とにかく壊れている。ひと月にわたる刑務所生活で壊れてしまったのだ。カトメはもうセシル・ブソンゲ弁護士に報酬を払うつもりはなかった。弁護士の理想とする正義がどれほどの利他精神に基づくものかがわかるだろう。サミーは弁護士抜きで出廷せざるを得なくなる。それが唯一の解決法、彼に正気を取り戻させる唯一の方法だ。公判の一週間か二週間前に彼は保釈され、アンセニャン地区の空気を吸い、アトリエで粘土に触れ、新しい作品に没頭する。青い脚のパンサーの製作は再開され、仕上げを施され、磨きをかけられる。サミーにザンブエナの立法府に対する聖戦を諦めさせるにはそれ以外に考えられない。《ぼくの主義でもある》がどうしたって？　金なら用意できる。必要な金は保健センターの口座にある資金をあてればいい。注射器や薬、診察台、白衣の購入は急がなくてもいいだろう。それより、サミーのほうが大事だ。保健センターのオープンはいますぐというわけではない。タシュンに説明するのはサミーが保釈されてからにしよう。そう、彼女は卑怯者だ。そう、彼女は無力な自分のまま生きている。十三歳のとき、母の墓を前に理解したのだ。人生は多くを期待させておいて、ごくわずかしか与えない。そのわずかに得られたものを支えに踏ん張らないといけない。彼女はそうするつもりだった。

第十三章

カトメは公邸の毎月の予算を見直し、葬儀用の封筒代、新居と納骨堂の工事費などの支出を減らして金を工面した。予算を削って捻出した金は、キジトを介して、サミーの保釈に有効な手やコネがあると豪語するわずかな人々に流れ、彼らの懐を肥やした。なんとしても公判前にサミーを保釈させようとするカトメの並々ならぬ熱意に、キジトはおとなしく従った。「裁判の日程が決まったら、判事にお金を払わなければならないわ。あの人たちはそれなりの金額を要求してくるはずよ。みんなで力を合わせないと。わたしたちの財布は底なしではないもの」カトメは父に金を借りようとしたが、父は困った顔をした。「わたしの財産はおまえの兄さんたちに譲ってしまったからね、わたしは文無しだ。毎月、息子たちから葉巻代とシャンパン代を恵んでもらっている。婿殿はアクリバの知事なのに、おまえは金に窮しているのか？　わたしが話をつけてやろう。女房を大事にできない男は男ではない」そういう父自身はマドレーヌに対してどれほどの男だったのか、とカトメは思ったが、口にするのは控えておいた。アレクサンドル・フォルテスは金を用立てると言ってくれたが、カトメは断った。親身になって話を聞いてくれ、必要なときは肩を貸してくれるやさしさがあるというだけで十分だった。これまでにそのやさしさに甘えたことはない。ときどき、彼とはどんな関係にあるのかよくわからなくなることがあるし、金の問題で関係が悪くなるのは避けたかった。ママ・レシアが複数のトンチン〔カメルーンの頼母子講（営利を目的とせずに金銭を融通する民間互助組織）〕に参加しているので、思いきってサミー（伯母は〝息子〟と呼んでいた）が助けを必要としていることを伝えた。伯母はカトメが自分の貯えに頼ろうとしていることより、その使い道に対してショックを受けていた。「ああいう輩は神のみ国へは入れませんよ。もしサミュエルがソドムの住人なら、彼のために祈り、彼には近づかないようになさい。よい麦と毒麦を一緒にせず、自分と娘たちの魂のことを考えなさい」公邸の玄関には施しを求める人々の列が絶えず続いていたが、多くの人が手ぶらで帰っていった。クーナは販売手数料を取らず、芸術家気どりのモラルの請負人たちの襲撃を免れた彫刻の売上金をすべてシタ・フェリシに渡した。カトメは週に一度だけ中央刑務所に本と食品を持って面会に行き、十五分で引き揚げるようになっていた。サミーと彼女のあいだでは、なにかが壊れてしまっていた。いっぽう、エティはサミーの勇気を称えた。投獄されてからは、アトリエの作業にもう邪魔されることもなく、ふたりは関係を深めた。エティが持ちこんだセントポーリアの鉢のおかげで房内は花の香りで満たされた。サミーは目を閉じ、アトリエの外階段の下にいる自分を想像した。「法廷では」エティはカトメに語った。「サミーは誰の名前も出さず、誰のことも告発せずに、起訴事実を認めるだろう。この手の裁判で起訴事実を認めた者はこれまでにいない。サミーが先陣を切れば、あとに続く者が出てくる。あの法律は変えないといけない。ぼくらは犯罪者なんかじゃない。この国は、ぼくらを無法者扱いしている。誰かがあの法律を否定する勇気を持たなければならないんだ」

カトメの中央刑務所潜入に終止符が打たれたのは、サミーの誕生日で、国民の祝日でもある四月三十日のことだった。「今日は祝日で、みんなはお仕事がお休みなんだ。だって、おじちゃんの誕生日だからね」かつてサミーは幼いアクセルとアリックスにそう信じこませていたものである。国中でお祝いをするこの日、黄色のブラウスに茶色のスカート、緑のネクタイという制服姿の双子は、厳しい日差しが降り注ぐなか、警察、公務員、政党や市民団体の代表者らに続き、クラスメイトとともにトラント゠アヴリル大通りを行進した。アンブロワーズおじのおかげで、カトメとタシュンは通り沿いに設営されたトタン屋根の観客席で不快な思いをせずに済んだ。ふたりは大統領席の最後列に座ってパレードを見物した。パレードが終了すると、ジャマとアンブロワーズおじは大統領庭園で午後六時からおこなわれる大統領主催のカクテルパーティーに先立ち、自宅で祝日を祝う恒例の昼食会を開いた。

カトメたちが昼食会から戻ってくると、娘たちがキッチンに立っていた。おそろいのフリルの付いたコットンのワンピースを着ており、ひとりは空色、ひとりはクリーム色で、どちらも腰にエプロンを巻いている。ふたりはバンビリに手伝ってもらって、ゴッドファーザーのためにハート形のマンゴーケーキを作っているところだった。「ママ、サミーおじちゃんは何時に来るの？」とアクセルが尋ねた。マミトン・タフェンが訪ねてきた翌日、カトメは娘たちにサミーは遅くても誕生日には出張から戻ってくると説明し、自分もそう信じていたのだ。カトメはタシュンと視線を交わした。以前からタシュンには「子どもたちには本当のことを教えたほうがいい」

と注意されていた。

「ママ、誕生日までには帰ってくるって言っていたじゃない」アリックスが言った。「おじちゃん、もう遊びにきてくれないの？　わたしたちのこと、怒ってるの？」

「そんなことないって。おじちゃんは遠い国に出張しているって話したじゃない。時間がかかっているのよ。むこうでものすごく大きな彫刻の注文を受けて、それが完成したら帰ってくるわ。そしたら、おじちゃんに特大のケーキを作ってあげましょうね」

「よーし、おじちゃんがいないから、そのケーキはパパがご馳走になろうかな？」タシュンが言った。「パパはヤキモチを妬いちゃうよ。だって、きみたちがはじめて作ったケーキが、パパのためのケーキじゃないんだもの。さあさあ、そんなふくれっ面をしないで……。ナイフはどこかな？」

双子は顔を見あわせた。

「ママ、ケーキを冷凍しておいてもいい？　そうすれば、おじちゃんが帰ってきたときに本当のバースデーケーキとして出せるでしょ？」とアクセルが言った。

タシュンに手伝ってもらって、ケーキをアルミホイルで包み、冷凍庫にしまうと、双子は手をつなぎ、うなだれてキッチンを出ていってしまった。バンビリがあとを追いかけた。

「なぜ子どもたちに誕生日までに戻ってくるなんて言ったんだ？」ふたりきりになると、タシュンはさっそくカトメを問い詰めた。

カトメは肩をすくめた。

「なにか理由をつけなきゃならなかったのよ」

「出張しているなんて、嘘くさい。出張中なら電話くらいよこしてもいいはずだろ？　学校の人間やここのスタッフがきみの言いつけを破って、ポロリと漏らしたらどうするつもりだ？　あの子たちだってもう十歳だから、いつまでも隠しておくわけにはいかないぞ」

「わたしだって、嘘をつきたくてついているわけじゃないわ。そちらの裏工作が終われば、サミーは刑務所から出てこられるんでしょう？　誰にもあの子たちの夢を壊す権利はないわ」

「そうやって先延ばしにするつもりだな？　きみさえよければ、あの子たちの夢は不公平な制度の哀(あわ)れで罪のない犠牲者なんだと、教えてやったらどうだ。ちくしょう、サミーは囚人なんだと正直に言ってやれよ。嘘をつくのはよくない。間違っている」


アクセルとアリックスが引き下がらずに駄々をこね、手を焼かせるようなら、カトメはぴしゃりとはねつけていただろう。小さい子みたいにうるさく訊かないの。おじちゃんが遠くで仕事をしているからといって、誰がわるいわけでもないでしょ。いつまでもめそめそしないの。目を潤(うる)ませて大理石の階段の下に座り、母が嘘をついて期待を持たせたことを責めもせず、悲しみをこらえて笑顔を見せようとした娘たちの姿を見たとき、カトメの心は乱れた。ユーラリー・ナナの変装をするようになってから一度も気を抜いたことはなかったのに、今回ばかりはつい警戒心が緩んでしまった。タシュンは二階に行って昼寝をしている。彼女は時計を見た。二時間ほど猶予がある。夫が目を覚ましたとしても、大統領主催のカクテルパーティーに出発するまで階下に降りてくることはない。中央刑務所までは二十分、往復で四十分、渋滞を考慮して六十分は見ておいたほうがいい。むこうで用事だけを済ませて二十分か三十分。ざっくり計算して、一時間半で戻ってこられる。祝日の刑務所を訪れる人の数はいつもの三倍になる。大量の差し入れや食料品、四列になって手荷物検査を待つ面会者たちの群れ。守衛たちはてんてこ舞いで注意力が散漫になり、カトメとは気づかないだろう。誰が一番欲張りで、誰が一番親切か、全部頭に入っている。一刻も無駄にできないから、すぐにジャンヴィエに封筒を渡そう。今日は水曜だから、ジャンヴィエが外の検問所に立っているはず。紙幣を二、三枚多めに入れておけば、すぐに面会者バッジをよこすだろう。着替えるためにエティの家に寄る時間はない。髪を結んで、ターバンを巻き、老眼鏡をかければ、大丈夫だ。身分証明書は家に忘れてきたと言おう。相手を説得することにかけては自信がある。あとは金を払えば、大丈夫。

誰にも気づかれず、不愉快きわまる「知事夫人」という言葉をかけられずに済んだカトメはサミーの前に立つと、質問されるよりも先に、手に持ったバスケットを少し開けてみせながら言った。「ユーラリー・ナナは今日来られないので代理で来ました。あなたの名付け子たちが作ったバースデーケーキです。静かな場所を見つけて、写真を撮ったら帰ります」彼女はユーラリー・ナナのように身分証明書を所持していなかった。独房の中に入るには、しゃぶらせオヤジに特別パスを発行してもらわなければならない。

ケーキを食べるサミーの写真を思いどおりに撮るには、ほかの人間がフレームに入らないように慎重に撮影する必要があった。すぐ横では、グレーのパンツスーツに磨いた革靴、脱毛症の進んだ女性が、脚全体に虫刺されができている男に説教をしている。男はどうやら彼女の息子らしかった。中庭にはカトメが持ってきたような籐のバスケットがあふれかえり、クリスマスか元旦のような騒ぎである。場内に食べものと汗のにおいが充満していた。来たことに後悔はない。むしろ、来て正解だった。周囲には大勢の人がいたが、誰もカトメを気に留めない。「危険だよ。正気の沙汰じゃない」サミーがとがめた。「そこまでするほどのことか……」

カトメは不安げにあたりを見回した。

「独房に入れる？」

サミーは首を横に振った。

「やっぱり……。どこかいい場所はないかしら？　あまり時間がないの」

サミーはひとりの看守に近づいた。カトメはそれがオーギュストだとわかった。毎回彼女から少しでも多く巻き上げようとする男である。オーギュストはほかの六人の看守とともに、銃を握って群衆を監視していた。サミーはオーギュストの耳もとでささやき、ポケットに紙幣を一枚滑りこませた。五分後、洗濯室の中で、ふたりは空のビールケースに腰かけ、ジャヴェル水のにおいがぷんぷんするつぎはぎだらけの黄ばんだシーツに囲まれていた。

「ケーキはきみのアイディアだね？」

「違うわ。わたしは知りもしなかった。午前中、娘たちはパレードに参加して、わたしたちはそれを見物していたの。そのあと、アンブロワーズおじさんの昼食会に呼ばれて、娘たちはバンビリと一緒に帰ったの。で、家に戻ったら、ケーキができていたというわけ」

「自分たちで考えたの？　ぼくみたいなみじめな人間のためにケーキを焼いてくれるなんて」

サミーは目を潤ませた。カトメはバスケットからケーキのプレートとポラロイドカメラを取り出した。そして、なるべく破れの少ないシーツを見つけ、サミーの手にケーキを持たせた。背景に余計なものが写りこまないようにして、場所が特定できないようにし、もっともらしい、信じてもらえそうな話を作り上げ、娘たちだけに写真を見せて、内緒にしてもらう。彼女はカメラのシャッターボタンを押した。サミーは久しぶりに笑顔を見せた。


「あなたが出張中だと娘たちに信じこませたことをタシュンに責められたわ。たぶん、あの人の言うことが正しいんでしょうね。あなたは娘たちの生活から突然いなくなったんだもの。自分たちはあなたにとってもうどうでもいい存在なんだと思いはじめているわ、あの子たち」

「それなら前にも話したじゃないか。勘弁して。あの子たちにはなにも言わないで」彼はすがるような声で言った。「さもないと、保釈されても、あの子たちにもう会えなくなる。合わせる顔がないよ。もう会えなくなってしまう」

彼女は再びシャッターボタンを押した。

「木偶の坊のままで生きるわけにはいかないから、あなたは公判でカミングアウトをする。そしたら、わたしは娘たちに、あなたは木星にいると言いつづけることになるのかしら？」

「カット、頼むから、今日は勘弁してくれ……」

「筋を通してほしいだけよ」

ドアが開く音がして、ふたりは飛び上がった。

「オーギュストから許された十分が経過したんだ」とサミーは言った。


中庭に戻ってきてちょうど五十六秒後、彼女はハート形のマンゴーケーキを作ったバンビリを恨んだ。サミーを牢獄で衰弱させたタシュンを恨み、小細工をした腹黒いクソ女ママン・キャラメルを恨み、クソみたいな記事を書いたトロピック・マタン紙を恨み、最後に自分のバカさ加減を思いきり恨んだ。サミーに別れを告げたところで、カトメは面識のある元大臣ふたりにいきなり声をかけられた。ふたりは政党を立ち上げるために架空取引をおこない、国庫金を横領した容疑を持たれていたのだが、逮捕前、タシュンとカトメは公邸でこのふたりと何度か夕食をともにしたことがあったのだ。

「おや、カトメ・アッビア、アッビア知事夫人ではありませんか！　知事夫人じきじきに面会に来られるようなお相手がこちらにいるのですか？」

知事夫人が刑務所に来ているという噂は、瞬く間に中庭を突っ切り、廊下を伝い、鉄柵を抜け、塀を越えて、国民の祝日でも職務についている公邸の執事の耳に、息せき切った声を通して伝えられた。さっそくしゃぶらせオヤジが駆け寄ってきて敬意を表し、〝知事閣下〟の近況を尋ね、ご機嫌伺いをした。彼女の周囲にはＶＩＰエリアの囚人たちの人だかりができていた。元通信大臣、ヤシ油の製造会社の社長、社会保険組合の理事長（シタ・フェリシのような退職者の年金をちょろまかし、バカンスをコート・ダジュールで過ごしていたという御仁で、大統領の中傷ばかりしていた）。その様子を離れた場所から見ていたサミーは困惑しきって、関節の曲がった手で頭を抱えた。


「ママ、パパが探していたよ」

カトメが公邸の石段の前に車を停めると、アクセルとアリックスが出迎えた。

「いま、二階の寝室で待っているよ」

カトメは急いで階段を駆け上がった。ふたりがすぐあとに続く。これからの展開を予想して、カトメは部屋の中に入ると、娘たちの鼻先でドアを閉め、施錠して中に入れないようにした。ドアの閉まる音を背中で聞いて、タシュンが振り向いた。

「どこに行ってきた？」

釈明する間もなく、頰に夫の右手が飛んできて、返す手で反対側の頰を張られた。

「なにするのよ、タシュン、どうかしてしまったの⁉」

カトメは腕をかざして顔をかばった。

「どうかした？　どうかしているのはどっちだ！　そっちだろ！　おまえはいかれている！　中央刑務所に行ったのか？」夫は吼えながら、何度もカトメに平手打ちを食らわせた。「答えろ！

中央刑務所に行ったのか？」

　カトメが両腕で夫を押しやると、夫は左手で彼女の両手首をつかんで逃げられないようにし、右手で容赦なく打ちすえた。

「どうすればわかる？　わたしはおまえの夫だ！　おまえの夫だぞ！　いいか！　その頭からサミュエル・パンクーの野郎を追い出してやる！　あんなウジ虫ごときのためにわたしを危険にさらす気か？　最低のクズ。この性悪女。頭がおかしくなったか！　わたしを破滅させるつもりだな？　おまえの行為はアクリバの知事の妻としてあるまじき行為だ！　もう一度やってみろ、目にもの見せてやる。いいか、こんどやったら、地獄を見るからな！」

　カトメの頭が右に、左に、ぐわん、ぐわんと揺れる。タシュンは何度も頬を張った。容赦なく、力いっぱい。彼女は喉の奥にぐっと力を入れ、悲鳴とこみあげる涙をこらえた。娘たちがドアのむこう側の廊下にいるかもしれない。頬が燃えるようにカッカとする。あとで軟膏を塗ったほうがよさそうだ。バンビリなら、どんなときになにをつけたらいいか知っているから。ああ、それよりか、アリックスがプランテンの揚げ油で親指を火傷したときに買ってきた塗り薬があったはず。薬品庫の棚だ。期限は切れてないと思うからそれを塗ろう。よくママ・レシアが塩を塗るといいなんて勧めていたけど、いいわけがない。塩なんか塗ったらあとで腫(は)れてしまう。《傷口に塩》か。おかしいけれど、いまは笑えそうにない。あとでなら、きっと笑える。この頬の熱が引いたら笑えるだろう。火事みたいに熱いから、いっそ消火器でも使ってみようかしら。そしたら、笑えるかもしれない。そんなバカなことを思いつく自分のことも笑えるかもしれない……。

そして、彼女は失神した。

翌日の午後、公邸の青いソファーでは、ジャマがランソラン紙を手に扇いでいた。紙面にはカトメらしき人物が刑務所にいる風刺画が掲載されている。カトメはトップレスで、腰周りにバナナをつけて扇情的なダンスを踊るジョセフィン・ベーカーそっくりに描かれ、バラフォン奏者のサミュエルがペニスを勃起させ、陽気な表情の執事や囚人たちから拍手喝采を浴びているという構図だった。

「カトメ、あなたはいま、Bランクにつけている。BがCやDに降格してはいけないわ。手の内にあるカードを使えば、いずれあなたはAランクに昇格します。前にも話したけど、《ムカデは一匹で歩いていると道を誤る》というのが、父の口癖。あなた、分別をどこに落としてきたの？自分が誰であり、どこを目指そうとしているのかを忘れてはならないのに……。よくも、わたしたちをこんな目に遭わせることができたものね。あの男があなたの愛人だという噂が流れていることを知っているの？　タシュンには言っておいたわ。怒りにわれを忘れて、あなたのことを殺していたかもしれないのよって。あの子、あなたに刑務所に行くことを禁じていたんでしょ？」

カトメは壁に飾ってある八十×百二十サイズの写真を見上げた。その唇の端にふっと笑みが浮かんだ。ジャマの説教がBGMのように流れている。写真はCAZの昼食会のときに撮ったものだ。〝国母〟と呼ばれる大統領夫人がニコリともせずに写真の中央に収まり、それを取り巻く女性たちはひとりを除きエレガントなドレスを身にまとっている。カトメだけが白のジーンズにミッドナイトブルーの半袖ブラウスという装いだった。そもそも国母はCAZの集まりには参加しない。しかし、突然降臨して、参加者たちを驚かせることがあった。このときのホステスを務めたEU大使夫人のジュリアナは、国母を超越した存在とみなし、感謝をこめ、よどみのない声で「降臨」と言ったものだ。カトメの観察によれば、西側諸国の大使夫人がホステスを務めるときに限って、国母は降臨した。タシュンは写真を額装させ、国父の写真の隣に飾ったが、来客が写真を凝視するたびに、妻はドレスコードも国母が出席することも知らされていなかったのだ、知らされていれば正装で参加したに決まっている、と必ず言い訳をした。軽装ではなく、正装で。夫にとって、このような場でこのような服装をすることは、裸であるに等しいのだ。ふん、いまいましいタシュンのやつめ。カトメはジャマがいることをすっかり忘れて席を立ち、壁のほうに寄っていった。

「なにしてるの！　人の話を聞いているの！」ジャマが大声を上げた。

カトメはビクッとして、席に戻った。アンブロワーズ・ベマ夫人の前で粗相をして叱られた女の子のように、小さくなりながら。

「Dランクにも入れない男のために、家族の名誉、夫のキャリア、子どもたちの将来を危険にさらすつもり？　ランク外の人間は持たざる者、無価値、下の下です。下の下が存在することは神に感謝しないといけません。そういう存在が周囲にいれば、なにかしら役に立つことがある。つまり、必要な存在ではある。でも、ただそれだけのこと。神さまだって、理由もなく階層を設けたわけじゃないわ。父なる神、イエス・キリスト、聖母マリア、大天使、天使、聖人、使徒、あとは思いつかないけど、序列がありますす。ええ、序列があるんです。そして、それは偶然ではないの。あなたは若いし、子どもたちはまだ小さい。あなたが専念しなければならないのは、子どもたちのことでしょう。子どもたちの教育とか幸福についてしっかり考えなさい。いずれ、そのときが来たら……。あなたのお母さんがまだ生きていたら、そう言うでしょうから、わたしも言っておくわ。わたしくらいの年齢の女性は〝体を癒してくれる人〟なんて遠回しに言ったりするんだけど、そういう相手がほしくなるときが来るでしょう。そのときはAランクの男を選びなさい。下のランクはダメ、ありえないわ。誰にも言わず、誰にもわからないように、Aランクの相手を選ぶのよ。まったく、新聞のこの友情を誇示したような絵はなんなのかしらね？　意味がわからない。まったく、わたしの理解を超えているわ。それにしても、仕事を全部こなしたうえで、あなた、よく刑務所まで出かける時間があったわね。とにかく、わたしたちには党内も含めて大勢の敵がいます。それはわかるでしょう？　あなたは夫やわたしたちの靴の中の小石であってはなりません。あなたの夫は、イメージを守りながら選挙活動をする必要がある。あなたにも同じことが言えるわ。タシュンには欠点もあるけれど、あの子は信じて大丈夫よ。あの子は既婚者ですもの。まともな既婚者ですもの。まともな既婚者なら、町で女の尻を追いかけたりはしないものよ」

午後も遅い時刻になって、ママ・レシアが訪ねてきた。バンビリが頰の熱をとる湿布薬を調合しており、それを手伝いながら、伯母はぶつくさ言った。

「結婚すれば、女は誰しも人生で一度くらいはこんな経験をするものだから。騒ぎたてるほどのことでもないよ」

その五日後、ユーラリー・ナナは腫れあがった顔をスカーフですっぽり覆って、刑務所のサミュエルを訪ねた。

「おい、ユーラリー・ナナに言っておけ。いいか、二度と中央刑務所に足を踏み入れるな。キャバレーの歌手はやめろ、これで最後だ。そう伝えておけ。まったく、油断も隙(すき)もあったものじゃない」

タシュンが怒りに顔をゆがめて帰ってきたのは、キッチンでカトメが双子と夕食をとっているときだった。

彼は天井の照明を見上げた。

「あのオレンジの明かりはクリスマスパーティーのときのままだな！　中央刑務所にお出ましになる以外にやることがあるんじゃないのか！　自分の家の手入れをするとか！　今後は、囚人の面会者の名簿を県庁に提出させることにする。それで誰がサミュエル・パンクーと面会したか確かめてやるからな」

「パパ、サミーおじちゃんの話をしているの？　なぜ囚人なんていうの？」アリックスが尋ねた。

カトメは夫と目を合わせようとした。

「あのね、パパが言おうとしたのは……サミーおじちゃんが……」

タシュンはそれ以上言わせなかった。

「パパが言おうとしたのは、おじちゃんが牢屋(ろうや)に入っているということだ」

「おじちゃんは牢屋にいるの？」

「出張中じゃなかったの、ママ？」

カトメをじっと見つめるふたりの瞳に不安の色が見てとれた。母が黙っているので、ふたりは父のほうに顔を向けた。

「きみたちのおじちゃんは牢屋に入れられたんだ」

カトメはテーブルに肘をつき、乱れ打つ動悸を抑えようとした。

「ママ、本当なの？」アクセルとアリックスの声が重なりあい、泣きだしそうに震えているのがわかる。「牢屋に入るのはわるい人だって、ママ、言ってたじゃない。サミーおじちゃんはわるい人なの？　おじちゃんはいい人だよ。なぜ牢屋に入れられたの、ママ？」

カトメは顎の下で結んだスカーフをほどいた。息が詰まりそうだった。父親の手が頬に残した跡を娘たちに見られることになってしまうが、しかたない。彼女はキッチンのオレンジの照明が肌の凸凹を目立たなくしてくれることに気づいていなかった。

「なぜ、わたしたちに嘘をついたの、ママ？　いつも、嘘はいけないって言ってたじゃない。嘘をついても神さまにはわかるって。それも嘘なの？」

カトメは大きく息を吸った。

「双子ちゃん、……ママはね……あのね……。サミーおじちゃんはいい人だから、これからもずっといい人だから……。おじちゃんはね……ええと……」

カトメはすがるような目でタシュンを見つめた。娘たちのためにすがった。良識に反して、彼は妻の休戦の申し入れを無視し、腕組みをして椅子にふんぞり返っていた。彼もまた、カトメからの説明を待っているように見えた。平手打ちされるよりずっとこたえた。今回、彼は体には指一本触れず、彼女の一番痛いところをついてきたのだ。

「ママ、パパの話は本当なの？　パパ、サミーおじちゃんのことを怒っているの？」

アクセルとアリックスは泣いていた。

タシュンは席を立ち、テーブルをまわって娘たちの席まで行くと、ふたりのうしろにしゃがみこみ、肩を抱き寄せて、内緒話でもするような口調で語りかけた。

「ほら、きみたちの本当の叔父さんは、アンリ叔父さん。パパの弟だ。で、本当の叔母さんは、修道院にいるセンケ叔母さん。ママの妹だ。叔母さんにはおばあちゃんのお葬式で会えるよ。サミーおじちゃんはいけないことをしたんだ。きみたちには、パパがもっといいゴッドファーザーを見つけてあげよう。ふたりとも、もう大きいんだから、泣かないよ。パパのことを信じてくれるかい？　さあ、もう泣かないで。もう子どもじゃないだろう？」

彼は立ち上がると、カトメに憎しみのこもった視線を投げてから、キッチンを出ていった。

第十四章

サムディ（土曜日）という名の冴えない風采の男が披露する話に、カトメは口もとを緩ませた。サムディは指物師で、フランス現代文学の学士号を持っているが、教育方面には職を得られなかった。石工やペンキ塗りや錠前屋といった仕事より、自作の話を人に話して聞かせることに長けていて、さまざまな声色を使い分けては思いがけないオチをつけ、聞き手をすっかり作り話の世界に引きこんでしまう。職人たちは中庭にいて、何人かは返却し忘れたビールケースの上に腰を下ろしていた。時刻は正午をまわり、太陽が地上を攪乱する。カトメのまぶたはピクピクして、痙攣が止まらなかった。オム・キャパーブル医院のアッバ医師からは良性筋線維束性攣縮症と診断され、マグネシウムの錠剤を処方されている。朝昼晩と二錠を二回に分けて、白い小さな菱形のタブレットを舌の下に入れて溶かしているというのに、両のまぶたがベンド・スキン〔カメルーン発のポップ・ミュージック〕のファンキーなビートを刻みながら痙攣する。サムディは、翌週から彼女が使うことになる寝室の戸棚の取り付けを終えていた。それをもって、新居の建具の取り付け工事は完了となり、この日は彼にとって最終日だった。現場を去る前、彼は税関職員の叔父の話をしてくれた。七〇年代のこと、彼の母親の弟だというその叔父は、半年間のスイス研修を終えて帰国すると、家族や親族の若い娘たちをぎゅっと抱きしめ、口の中に舌を入れてキスをするようになったのだという。叔父曰く、「白人の国では、礼儀をわきまえた人はこうやって挨拶するから」というのが理由らしい。カトメは地面に膝をついて、手袋をはめ、植えたばかりのトウヒの根元を麻布と養生シートを使って保護していた。「現在、ヨーロッパで教会に通うのはどんな人種か?」サムディは悪態をつく叔父の口真似（くちまね）をした。叔父は自宅にある宗教関連のものを捨てさせ、教会に行ったら首をはねると妻子を脅したそうだ。「われわれ、愚かで哀れな黒人だ！　いいことのない国に生まれたわれわれと、それ以外の第三世界の人間たちだ！　ツェツェバエと魔術に打ち勝っても、まだ神を信じるのか！　誰かの言うとおり、《神が存在するなら、姿を見せるはずだ。神はみずからの存在を証明できない》。だから、ローマ教皇のお護（まも）りは全部捨てろ。うちに不運をもたらすだけだ」スイスで半年暮らした叔父は好色な無信仰者となって戻ってきたのだった。カトメは心の底から笑い、欧米帰りの親族のばかげた振る舞いについて、それぞれエピソードを披露する職人たちの話の輪に加わった。

いまでは、彼女は週に三回フェンに通い、一番乗りで現場に入り、日中はゴム長靴に作業ズボン、脇の黄ばんだTシャツ姿で過ごすようになっていた。最後に現場をあとにするのも彼女だった。職人全員の名前と家族の状況を把握し、ときおり「ひと休みしましょう」と声をかけ、彼らとともにビールで喉を潤し、井戸や池から水を汲（く）んで彼らのもとに運び、ブロック塀作りに興味を示し、たったひとりで家の周りにつぎつぎとモミの木を植えこんでいく。職人たちも彼女を「知事夫人」とは呼ばずに、「ママン・カトメ」と呼んだ。職人のそばで働くうちに、タシュンに殴打され、刑務所に出入りできなくなってから悩まされていた金属音のような耳鳴りがやんでいた。たまに村長が様子見に来ることがあると、カトメはとくに必要なものはないと答えた。県知事などは、ぜひうちの家族と、と言って夕食に招待した。村長も知事も、新聞の風刺画ではバナナの腰巻姿を見せていた女性が、現場監督や職人たちと熱く議論を交わすのを目の当たりにして、舌を巻いた。彼女は砂利と砂とセメントを運んできてコンクリートを作る準備をし、型枠が作られる工程をじっと見つめたり、型枠を湿らせて外すのを手伝ったりしていた。村長は思いきって、母親の墓参りに行ったかどうか尋ねた。カトメはわざとゆっくり顔を上げ、いかにも面目なさそうな表情を作った。

次週、フェンに来るときは、ジマント亭には宿泊せず、新居の二階の寝室で休むことになる。グレーの木目模様のタイルが敷きつめられたバスルーム付きの寝室である。隣には小さなリビングルームとミニキッチン。テラスからは、池に映る夕日やユーカリの林、モミの若木、伝統的な建築様式のフォルテスの家、その円錐形の茅葺き屋根や裏庭が見えるだろう。フォルテスは子どもたちとポルトガルで休暇を過ごしていた。彼が留守にしていることは、カトメにとって都合がよかった。サミーの誕生日から数日のうちに起きたことを、彼に――そもそも誰かに――話すなど考えられなかった。それどころか、彼女自身、いまだに信じられずにいた。刑務所から出入りを禁止されたこと、エティが彼女には近づかないように命じられたこと、身分証の偽造および使用の容疑でブロンが逮捕されたこと、ジョワ地区で身分証の闇取引(やみとりひき)をしていた組織が解体されたこと、ジャマがすっとんできて、タシュンが大目玉を食らったこと、アクセルとアリックスが工作用の粘土で手足がねじれたひょろ長い人物を何体も作ってベッドの下に隠していたこと、アクリバに戻ったとたんに頭痛とまぶたの痙攣が始まることを。おまけに、ベッドでタシュンがまるで何事もなかったかのように「一回やれたら、わたしは眠れるんだ」とささやいて挿入してくることも。

カトメは養生シートがめくれないように上から土をかけ、トウヒに負担をかけないように根元に麻布を巻いて固定した。サムディが別れの挨拶をしにきた。明日から彼はもう来ない。彼女は立ち上がると、手袋を外し、彼と握手した。退職する同僚にまた会おうと約束しながら、もう会うことはないとわかっているときのような名残惜しさをこめて、力強く相手の手を握った。またお願いすることがあったら、連絡するわね。彼女は膝をつき、トウヒの根元で作業を続けた。最初のフェン行きのあとでサミーから贈られた『かしこいモミの木』という本によれば、菰には保湿効果があり、菰を被せると雑草が生えにくくなり、木の生育が促され、植えてから二年で三年分の生長を遂げるという。アクリバで心が深い闇に閉ざされてしまうと、彼女は再びこの本を手に取って最初から読み返し、苗木がすこやかに、美しく、早く生長するのに必要なことがきちんとできているか見直した。本を読んだだけでは闇が晴れないときは、アクセルとアリックスを椅子に座らせ、結ってやったばかりの三つ編みをほどき、娘たちが抗議しようが(憤慨するあまり泣いた)、猛然と髪を梳いて編み直した。ふたりを置いてフェンに出かけるときも、娘たちはやはり抗議した（こんどはいやがって泣いた）。カトメは口から唾を飛ばしながら説得し、あなたたちには感謝している、あなたたちのことは大切に思っているとつぶやくと、帰ってきたときにわが子を抱くのを禁じる法律が発令されていたらどうしようとばかりに、きつくふたりを抱きしめるのだった。娘たちは手紙を書いていた。ゴッドファーザーが変わるのはいやで、サミーが釈放されるのを待つつもりらしい。「ママ、おじちゃんはいつ牢屋を出られるの？」タシュンはすべてを冷ややかに見つめ、カトメが刑務所の出入り禁止令に背いていないか、シタ・フェリシやキジトやエティと接触していないか、多数の情報提供者を通じて監視していた。

　ある日などはいつにも増して闇が深く濃く、カトメはたまらずに車のハンドルを握った。クーナに会いにいこう、話をしよう、と思ったのだ。あの日、モラルの請負人たちの襲撃の話を聞いたあと、カトメはギャラリーのビルの最上階にあるクーナの自宅で風呂の支度をし、レモングラスとハチミツとレモンをブレンドしたハーブティーを淹れてやった。それから、息子のグザヴィエを中学の教室の出口まで迎えにいき、連れて帰ってきた。クーナがガタガタ震えながら感謝するような顔をしたとき、お互いの距離はさらに近づいた。まあ、それはいいとして、クーナに会って、なにを話すのか？　タシュンが彼女の顔でパーカッションの腕試しをしたことを？　カトメは軽々しく心の中を打ち明けられるタイプの人間ではない。他人の入りこむ余地のない焼畑農業のようなサミーとの友情のおかげで、周囲と親密になろうとか、おしゃべりをしようという気持ちはこれっぽっちも生まれなかった。サミーが投獄されるまでは、彼以外の人間に胸襟を開くなど想像もしていなかったから。ところが、フォルテスに対し、少しずつありのままの自分を見せることで、彼女は一歩を踏み出し、そんな自分に驚いている。それなら、クーナはどうだろう？　カトメは腹心の友を増やそうという気にはならなかった。クーナなら、きっと話を聞いてくれるだろう。だが、ママ・レシアのように、《結婚すれば、女は誰しも人生で一度くらいはこんな経験をするものだから。騒ぎたてるほどのことでもない》などとは言わないはずだ。こちらの話を聞いて同情し、「この世はそういうものだから、男とはそういうものだから、深刻に考えないように」と説き、結婚とは忍耐であることを証明してみせたり、こちらが生きかたを変えるつもりがなく、ただ親身になって話を聞いてくれる相手を求めているだけだ、と知っていて、おそらく自身はさほどうらやましくない境遇にある女性……。そういった女性からほど遠いところにいるのがクーナだ。モラルの請負人たちの襲撃後、クーナはギャラリーを閉め、うつ病を患っていると公表した。「少なくともひと月くらいのあいだね」実際にうつ状態にあったのは四十八時間である。クーナは業者を呼んでギャラリーを隅々(すみずみ)まできれいにしてもらい、セキュリティを強化し、アクリバ一の警備会社と契約を結んだ。さらに、メディアでの告発も忘れず、エマンシパシオン紙の中で、堂々とギャラリーの襲撃者たちを《チキン野郎のチンコども》呼ばわりした。ヘビースモーカーでウィスキーはストレート、怖いものはなし。そんな強者のクーナに、夫を訴えて離婚しろと説得されても無駄だろう。クーナとしては、カトメのように教育を受け、学士号を取得し、教員となり、稼ぐ能力のあるまだ若い女性がおとなしく夫婦生活を続けることなど、容認できないに違いない。夫を愛しているかといえば、しばらく前から愛せずにいる。だが、ためらうことはない。カトメとクーナは同種の人間ではないのだ。トラント＝アヴリル大通りをブビンガ・プロジェクトに向かって車を走らせながら、カトメはその都度自分を合わせながら妥協を重ね、我慢強く上手に立ち回らないと、自分もほかの女性も、生きづらくなると考えた。自分は完璧だと胸を張れる者がいるだろうか？　《ぼくたちはみな、ずっと不自由な足を引きずりながら生きつづける》とは、サミーが好んで口にしていた言葉だ。《妥協に妥協を重ねていくと、人生が立ち行かなくなる》とサミーが言うようになる前の話である。平手打ちをされたからといって、自分の生活や自分と関係のある人たちの生活を覆すわけにはいかない。生理痛や早漏と同じで、折り合いをつけていけばいいのだ。そう考えると、彼女はギアをバックに入れ、方向転換した。

太陽が隠れているにもかかわらず、カトメの顔は汗だくになっていた。少なくとも、これは汗だ、とカトメは自分に言い聞かせた。だぶだぶのアルパカのズボンのポケットを探ったが、ハンカチが見つからない。ときおり、両目から大粒の汗がとめどもなく頬を伝って流れてくる。さすがに、鍵職人のディユヌドールが心配そうに声をかけてきた。

「ママン・カトメ、大丈夫ですか？」

第十五章

ポルトガルから戻ってきたフォルテスはなにも訊こうとしなかった。カトメの頰はまだスカーフで覆われており、まぶたは絶えず酒飲みの手の震えのように痙攣していた。フォルテスはいつもと変わらず、映画鑑賞を勧めた。マグネシウム錠では痙攣を抑えられなかったのに、『Bal Poussière［ダンシング・イン・ザ・ダスト］』〔一九八八年／コートジボワール／アンリ・デュパルク監督〕のドゥミ・デューと六人の妻たちのおかげで、彼女のまぶたは八十八分のあいだに正常を取り戻していた。ついに彼女は笑い、そのたがが外れたような屈託のない笑いにつられて、フォルテスも笑った。フォルテスのほうはどちらかと言えば平凡な映画だと感じていたので、彼女がそんなに笑うのに驚いた。それは、彼女とサミーが村長の案内で土地の下見に行き、悪質な土地の売り手から罵声（ばせい）を浴びせられた日に見せたあの笑いそのものだった。

サミーもここにいたらよかったのに、とカトメは思った。三人で一緒に映画を観られたらどんなによかったことか。サミーはずばぬけて記憶力がいいから、映画の中の特におもしろいセリフを覚えていて、それを真似して笑わせてくれたに違いない。リセの映画クラブで月に二度開催されるセリフから映画タイトルを当てるクイズ大会では六回連続で優勝していたサミーのことだから……。カトメは筋線維束性攣縮が突然消失したことに気づいた。ひとしきり笑うと、彼女はスカーフをほどいて肩の上に滑り落とし、タシュンの指跡が生々しく筋をつけるやつれた顔をフォルテスの前にさらした。

　フォルテスの家が郵便中継所になった。カトメが資金を預け、キジトはそれを回収し、サミーがエティに託した手紙を持ち帰る。フォルテスからは「すみません、今夜は食事や映画をご一緒する時間がとれそうになく」とか「キジトと受け渡しをしている余裕がないので」などと断られたためしがない。フォルテスはいつ来てくれてもかまわないと言い、カトメがサミーのことに触れて怒ったり愚痴ったりするのをいやな顔ひとつせずに聞いてくれた。ふたりは、サミーと一緒にDVDを鑑賞した夕べのひとときや、作品の好き嫌いについて意見を戦わせたこと、ワインを四杯も飲んでとりとめもなく駄弁ったこと、個展のオープニングパーティー、ほかにもこまごまとしたことを思い返した。どんなつまらないことでも、カトメにとっては大切なことばかりで、フォルテスと自分の心の中にはいつもサミーがいるのだと思うと、カトメは元気が出た。連絡せずにいきなり訪ねても、フォルテスの家で誰かに（つまり、女性の影とか？）出くわしたことはなかった。「いまはまだ禁欲中なんですよ」彼女がそのことについて尋ねたとき、彼はそう話した。彼には二度の結婚歴があった。二回でもうたくさんだと言う。フェンの外国人コミュニティでの付きあいからはすっかり身を引き、いつもアバコストを着て出かける。村人の家に呼ばれて郷土料理をご馳走になったり、洗礼式や結婚式に招かれたりするときも、彼がアバコスト以外の服を着ているところは見たことがなかった。

ある晩、彼はカトメが声をかけて入ってきたことに気づかなかった。カトメは作業机の前に座る彼の姿を見た。脚を組み、眼鏡をかけ、一心不乱にコンピューターのキーボードを叩いている。はかない光景。無慈悲なくらいはかない光景だ。いつかフォルテスがあんなふうに足を組んでコンピューターの前に座っていない夜が来るんだわ、と彼女は思った。フォルテスがもうこの世に存在しない夜が来る。マドレーヌのように。埋葬され、腐乱して、骨だけになって。

フォルテスはいつか死ぬ。

その点に、カトメはいつも照準を合わせる。

そうやって、相手に対する愛着の度合いを判断するのだ。彼女の身近にいた人物で、たとえば、彼女のもじゃもじゃの縮れ毛をとかすのに四苦八苦し、「すみません、神さまもお手上げだそうです」と音を上げたなじみの美容師。美容師がいずれは死ぬことに不安を覚えたその日を境に、カトメは美容院を敬遠するようになり、この髪質はもう変えられないのだと悟った。カトメにとって生者とは、自分の脚で立つ死者のことだった。何年かのあいだ、呼吸し、笑い、身振り手振りを交えて話し、セックスをし、議論をし、愛したり憎んだりする力を備えた屍。彼女は人を見ると思ったものだ。あとどれくらいの寿命かしら？

不倫をするなら、どう始めるのだろう？　ギャングのように、犯行現場や武器を選んだりするものなのか？　どれくらい嘘をついて、はぐらかさないといけないのだろう？　フォルテスの口唇裂の痕。そのふくらみ、その厚みや硬さを感じ、彼の薄い唇に唇を寄せ、口づけて……鉄の蝶（ちょう）の羽のように、もろくも、圧倒的な幻想。はじめての男から、第二の男に乗り移るには？　夫から愛人へと。ふたりのあいだでどんな立ち回りを演じるか？　今日はこっち、来週はあっちとか、会う日を振り分ける？　公正を期すなら、同じ日に両方と会うほうがいい？　その場合はどのくらい時間を空ける？　ヘマをしでかさないか？　もし、見つかったら？　モラルがないって言われる？　罪は？　軽い？　重い？　そんなバカなことは本気で考えているわけではないけれど、ありがたいことに、二千年前、あのイエス・キリストは、姦淫（かんいん）した女性を石打ちの刑に処すことをとがめたではないか。アクセルとアリックスはどうなる？　ああ、悲惨だ！　タシュンならこんなふうに自問することはないに決まっている。フォルテスはあいかわらずスマートに、あきれかえるほど辛抱強く迎え入れてくれるが、いまではそれにイライラした。この人はわたしのことを映画鑑賞仲間くらいにしか見ていないのかしら？　ついそう考えてしまう自分がいる。それでも、フォルテスは、彼女がたまに髪形を変えれば気づいてくれるし、出迎えと見送りのときは肩を抱いて頰にキスをする。それでふたりの体の距離が縮まりはしても、密着というにはほど遠い。アバコストの下の肉体は、《二度の結婚でもうたくさん》で《禁欲中》ですって？　それって、普通なんだろうか？　こういう話は誰とすればいいだろう？　この手の話ができる間柄の女性――年上で経験豊富なジャマのような、でも、ジンジャー・ジョーンズ演じるキャラクターのように意地悪くない女性がいい。クーナはどうかと言えば、贋金（にせがね）と模造皮革からできているような印象を拭いきれない。

「なぜ離婚したの？」と、思いきって尋ねてみたことがある。カトメの周辺では、離婚したシングルマザーで、ひとりで子育てをしていて、おおっぴらに喫煙し、おおっぴらにウィスキーやドライジンをあおるような女性は希少動物にも等しかった。

「オーレリアンが見た目ほど賢くなかったし、金をせびってばかりの男のペニスなんかしゃぶりたくないからよ」クーナはシガリロをふかした。「わかる？　真昼間から他人(ひと)の手を借りて自慰行為にふける以外なにもしないあいつは、力でわたしに勝っていた。ある日、わたしは息子を抱きかかえて逃げ出したの。朝と夜、わたしはへとへとだった。仕事に行く前と、帰宅してからと。言わなくても、どういうことかわかるでしょ」

わからないんだけど、とカトメは思った。

「わたしたち、なにかにとりつかれたかのようにやりまくっていたの。もう、最高だった！　わたしたちをベッドから引きずり出すには、命にかかわる緊急事態が必要だったくらい。あいつはやりたがっていたし、わたしもそうだった！　《お願いだから、もう一度くわえてよ、四(よ)つん這(ば)いになってよ》なんて、そんなことをいつまでも続けていたらダメだって気づいたときには、まわりから人がいなくなっていた。わたしたちは結婚し、わたしは妊娠した。あいつは、忙しすぎるとか、自分には役不足だとか、いつも理由をつけて、仕事が長続きしなかった。こっちは子どもを保育園に預けて、職場に遅刻しないように七時五十五分のＲＥＲに乗らなきゃならないっていうのに、あいつは毎朝チンコを取り出して、口に押しこもうとするの。想像できる？　わたしはマレ地区のアートギャラリーに勤めていた。マレ地区ってどの辺だかわかる？」

わかる、とカトメは答えた。パリのマレ地区はタシュンの弟が住んでいるところだ。タシュンとローマに行ったとき、立ち寄ったことがある。

「わたしは、サハラ以南のアフリカン・アートのキュレーターをしていたの。なにがあろうと、生活費を出すことになるのはわたしか、あいつのパパとママ。あいつもそれをわかっているのよ。あいつはひとり息子で、親は子離れしていない。いまだに、息子が手もと不如意になると、待ってましたとばかりに駆けつけてくる。パパもママも、頼ってくれてありがとう、くらいに思っているのよ。親離れのできないオーレリアンに夫や父親が務(つと)まるわけがない。わたしが別れを切り出したとき、ベソをかきながら、あいつ、なんて言ったと思う？《クーナ、もうぼくのことを愛していないの？》だって。こっちは《わたしは自分のほうがかわいいの！》って、言い返してやったわ。十ヵ月後、わたしは祖国に戻り、フランス大使館で八ヵ月間さんざんな思いをしたあげく、クビも同然で辞め、一年後にブビンガ・プロジェクトを起ち上げたってわけ」

パートナーもなく、独(ひと)り身(み)でいることに不安はないのか、カトメは訊かずにはいられなかった。

「不安どころか、自由を満喫しているわ。義務を負った関係の束縛から解放されてね」

無力な自分に甘んじて生きる。妥協に妥協を重ねていくと、人生が立ち行かなくなる……。クーナは自分の力で生きていた。それは確かだ。

鏡の前で裸になると、カトメは起伏に富んだ全身を容赦のない目でくまなくチェックした。以前はこんもりと丘のように盛り上がっていた乳房は、いまや地盤沈下を起こしている。腹と尻にいく筋も道をつけている妊娠線。台地のように平らな臀部。腰が大河なら、腕は小川か。白いものが交じるぼさぼさの恥毛はまるで森だ。土くれのようにボコボコしたセルライトで埋め尽くされた脚。タシュンが寄り道をしてくる女性たちの体は、なににたとえることができるだろう？腹部は平地のようだろうか？　バストはきれいな稜線(りょうせん)を描いているか？　ヒップは平野か、丘陵地か？　三十三歳、二児の母親。肉体的な魅力の衰えについて、自問自答する。熱狂的な信者のママ・レシアと同じ屋根の下で生活していた頃、子どもたちはそれぞれ、自分の魂の手綱を精神的な父である神父の手にゆだねなければならなかった。当然ながら、エヴァリスト神父は禁欲を説き、婚前交渉などもっての外だと断じた。数年後、教会で挙式の準備をしているときに、タシュンと彼女は神父から繰り返し念を押された。「わが子たちよ、心に留めておきなさい。結婚において、あなたがたは神を敬(うやま)うように交わらなければなりません」と。タシュンは浮気をしていたが、彼女は目をつぶるしかなく、復讐したくても、それすらできなかった。彼女にじっと注がれる、夫以外の男性（たとえばアレクサンドル・フォルテス）の視線を意識しても、なにもできなかった。つまり、彼女ははじめて愛を交わした唯一の男性、神と大勢の人々の前で結婚の契りを交わした夫に貞淑であれ、と宣告された身なのだ。だが、契りを交わしたその夫のことはもはや愛せなくなっている。自分の体を愛せなくなっているせいで。処女ではなくなってしまったから結婚を急ぎ、乳房がしぼんだから、不倫には走らない。決して褒められた理由ではないけれど、神さまはそれで満足なさるだろう。罠(わな)に掛けられた本来あるべき姿の女性。神の輝きに目が眩んでいた本来あるべき姿の女性は、貞節とは諦めであり、束縛であると知った。なぜなら、心の奥底ではフォルテスのことを欲していたから。原始的で野性的な欲望。魔が差したとか、そういうこととは違う。これは熱病の一種だ。どんな熱病かはうまく言えないが、とにかく、同じような問いかけがいくつも、頭の中をぐるぐるとめぐっている。夫婦のベッドを抜け出してはじめてアバンチュールに走ろうとしてためらっているのだと思う。それで、月並みな文句を一言一句正確に繰り返しているのだ。


いつから、ふたりはどうでもいいことを口にするようになったのだろう?

「わたしたちって、ファーストネームにKが入っているのね」

「わたしが何歳かわかっていますか?」

「あなたが何歳に見えるかはわかるわ」

「あなたはわたしにとって大切な存在になりそうだ」

「それが吉と出るか凶と出るか……」

「わたしの夢を見ることはありますか?」

「わたしの夢にどんなに興味があっても儚(はかな)いものだわ」

ある映画について彼女が意見を述べたとき、フォルテスはそれを覆してみせた。

「あなたなんて、大っ嫌い」

「わたしもあなたが嫌いです」

ふたりは、フォルテスのオフィスではじめて口論したときのことを思い出した。フォルテスは彼女が〝弾切れ〟になったことをからかい、あの日の彼女の話に興味を持って、この人だったら隣人になってもいいかもしれないと思うに至ったのだと力説した。彼女はフォルテスに恩義を感じていることをひとつひとつ思い返し、彼の家を出る際に書き置きを残したが、それに対し、フォルテスはこう返事をしたためた。《あなたは現れるはずのなかった存在で、砂漠の真ん中を照らし出す月明かりです》。

彼女が、色のついた目が苦手で、ザンブエナではそういう目には用心せよという言い伝えがあることを明かすと、フォルテスは聞き返した。

「色のついた目?」

「黒や、茶色や、ハシバミ色じゃない目のことよ」

フォルテスはおかしそうに笑った。生まれたときから、目だけはきれいだとさんざん褒められてきたのだという。そして、中学のときのエピソードを話してくれた。クラスメイトの女の子をからかったら、激怒した相手から「あなたのいいところは目がきれいなことだけ。あとは醜くて、意地悪ね」となじられたそうだ。

フォルテスの唇が彼女の指をパクッと捉えたとき、カトメはハッとした。何度も想像の中で繰り返していた行為を、まさにいま、自分はしていたのだ。ふたりはキッチンのテーブルで向かいあって座っていた。メニューはお決まりのピーナッツソースのかかったライス。外では野生動物が鳴いている。フォルテスは目の色のエピソードで笑っていた。彼女は手を伸ばし、人差し指で相手の上唇の傷痕(きずあと)をなぞった。フォルテスの舌が指にからみつくと、黒いサテンのブラウスの下で、乳首が硬くなった。

第十六章

いつだったか、ママ・レシアの七人の息子のうちのひとり、アメデが宣言していたことがある。「結婚したら、子どもを作るときだけ妻と交わる。子どもは三人ほしい。だから、妻とは三回交わる」

フォルテスの場合、従兄のアメデとは天と地ほどの差があった。ひと晩に二回、ときには三回、彼は彼女の奥深くに入った。彼の唇は彼女のどの部分をなぞっても、めくるめく悦(よろこ)びをもたらした。「なにかにとりつかれたかのようにやりまくった」とクーナが言っていたが、カトメは三十三歳のいまになってはじめて、それがどういうことかを理解した。フォルテスは独裁者のようにカトメを抱き、進撃する将軍のように、勝敗のカギを握る司令官のように彼女を愛した。敵を包囲し、支配下に置き、焦(じ)らしの拷問にかけ、「許して」と懇願させる。夫から手ほどきを受けた愛の遊戯(ゆうぎ)はぎこちないものだったが、フォルテスは彼女に愛の悦びを教えてくれた。悦びはゆるやかに、仮借なく上昇し、彼女を失神寸前にした。

「あなたがグリーンランドのサメでなくてよかった」と彼は言った。

「なにそれ？」

「グリーンランドのサメの寿命は二百年から四百年と言われている。百八十六歳あたりで性的に成熟するんだ」

「どう受け取ればいいのかしら?」

「お世辞じゃないが、あなたはみるみる開花していく」

同じく、みるみるうちに、カトメはめくるめく欲望の虜(とりこ)になり、悪びれることなく不貞を都合のいいように捉え、ときにはぎりぎりのところまで危険を冒そうとした。

夫が上で腰を振るあいだ、彼女はフォルテスのことを思い浮かべ、思わず漏れそうになる喘(あえ)ぎ声を押し殺した。タシュンとしているときは、快感をおもてに出さないようにし、声を上げたり、うっかり変なことを口走ったりしないようにしている。本来あるべき姿の女性として。結婚して一年も経たないうちに、夫は彼女に行為の最中に喘ぎ声を上げるのをやめさせた。それは、彼女がいつもより大声で喘ぎ、支離滅裂できわどい言葉を口にしたときのことである。彼女は夫がよその女性のもとに通うのは、自分が未熟なせいだと思い、もっと学習する必要があると考えていた。結局のところ、彼女は教師であり、真剣に学ぶことに勝るものはないと知っている。だから、実戦経験が足りないところを、理論を頭に叩きこんで補おうとした。夫を驚かせたい思いでいっぱいだったのだ。夫にはもうほかの女性のところに性欲を満たしに行ってほしくなかった。古本屋で入手した『閨房(けいぼう)で殿方を手なずける方法』が彼女の家庭教師となった。六〇年代末に出版されたこの教本のなんだかよくわからない冒頭文によれば、性交は語彙(ごい)力、しぐさ、ため息、隠語と卑語、ささやき、絶叫、体位に尽きるとのことで、そのスキルを身につければどんな殿方も抗えないという。ところが、タシュンは抗った。憤慨して、彼女からさっと離れた。「なんだ、その下品な真似は。ジョワ地区の女がわめきたてているのか」わめきたてている、なんて言われるとは……。モーモー、ブーブー、グアーアアー……カトメの耳に家畜たちの啼き声が聞こえた。ベッドの上で背中を丸めて小さくなっている彼女に、夫はこんこんと説教をした。慎みや、自己のイメージや、敬意や、既婚女性の品位について。少なくとも夫はエヴァリスト神父の戒めに従い、神を敬うように彼女と交わった。歌う人は、倍祈ることになる。彼女が通っていた〈聖体青年運動〉ではそう教えていた。妻に対しても敬虔な気持ちで愛しあうこと。言うまでもなく、『閨房で殿方を手なずける方法』は第一章を読んだだけでゴミ箱行きになったが、彼女は捨てる前にページを細かくちぎった。

フォルテスは彼女の体と対話した。ささやいてごらん。頭に浮かんだことを思いきり叫んでもいいんだよ。大声で喘げばいい。ふたりそろって歓喜の声を上げよう。そう言ってフォルテスは彼女を促した。彼女のヴァギナは彼にずっと一緒にいてほしいとせがんだ。彼が身を離すと、ドーパミン、セロトニン、エンドルフィン、コリンが欠乏し、自分がダメになるような気がして、トイレにも行かずに横たわり、うしろから抱きしめて挿入してほしい、夜が明けるまで生まれたままの姿で結合していたいと訴えるほどだった。彼女の中のなにかがいかれてしまったのだろうか？　満腹感が得られない理由はどこにあるのか？　色情狂になってしまったのか？　いきつけの美容院に置いてあった雑誌に、母親がガンで死にかけているさなかにセックス依存症になったという四十代の女性のインタビュー記事が載っていた。《母が入院しているというのに、複数の男性とセックスしていることに罪悪感を覚えました。わたしは四六時中セックスがしたくてたまらず、なんというか、獣のような本能がずっと目覚めたままだったんです。当時のパートナーだけでは飽き足らず、ほかに何人も相手を見つけました。いま思えば、肉体的な快楽があったから、母に付き添うあいだも、気をしっかり持つことができたのです。おかげで、穏やかな気持ちで母を見送ることができましたし、夜の相手をさんざん務めてくれたパートナーが、仲違いをしていた母親と再会するきっかけにもなったのです》マドレーヌが亡くなってから二十年が経つし、サミーが刑務所で死にかけているわけでもない。比較することはできなかった。

ある晩、タシュンを相手に、彼女は出過ぎた真似をしてしまった。フェンに発つ前、彼女が生理中だったので、夫は「自然にまかせよう」と言って、セックスはお預けにした（反対に、フォルテスは生理中でも彼女の秘部を舌でまさぐる）。彼女がフェンから戻ってきた日、夕食が終わり、アクセルとアリックスが寝てしまうと、夫は寝室のドアを閉め、飢えたオオカミのように彼女に飛びかかってきた。結婚したての頃は、夫が貪欲に求めてくるのがうれしかった。夫がよそで遊んでいない証拠だと思ったからで、夫の激しい欲情に安心したものだった。彼女は感謝をこめて夫に応えた。夫が彼女を欲しがるのは、誰よりも彼女がいいからなのだ、と。だから、その晩も、深く考えず、夫の足もとにひざまずき、ズボンのファスナーを下ろした。

「ほかに男がいるのか？」夫はうしろに飛びのいて尋ねた。

彼女はもごもごと哀れっぽく許しを請い、おろおろしながら涙を浮かべてみせて、疑惑を打ち消した。しばらくして行為を終えると、夫は彼女の横にドサリと倒れこみ、儀式のように「よかったか？」と尋ねた。彼女はうなずいて微笑んだ。夫は微笑み返すと、むこうを向いて寝てしまった。タシュンにとっては、妻が感極まって叫ぶより、静かに満足するほうがはるかに好ましいのだ。

「わたしたちの関係にはなにも期待していない」予めフォルテスはそう断った。

「本当になになにも期待できないのならね」カトメは言い返した。

赤い壁の寝室を出たら、つぎは錬鉄の椅子に座りながら。キッチンの作業台の上で。バスタブに浸かって。バスルームのタイルの床で。池のほとりの芝生の絨毯で。真夜中、風防付きランプに照らされ、月の光を浴びて、ユーカリの木立のそよぎとヒキガエルの合唱の中で、激しく愛しあった。彼女が願うように、このままフォルテスと別れずにいるわけにはいかないだろう。そもそも自分がなにを願っているのか彼女はわかっているのだろうか。さしあたって、いまは、彼の唇、彼の手、彼の肌、彼のペニスが彼女の体を熱く燃え立たせている。これまで想像もしたことがないくらい熱く。そして、彼女にはそれが、それこそが重要だった。

第三部

第十七章

歩くといっても、田舎道を散策するのとは大違いだが、一行は一歩一歩進んでいった。湿った大地の土のにおい、朝露、木々の枝葉から聞こえるコマドリのさえずり、われもわれもと咲き誇る花々の美しさが、悪路に苦しむ彼らの気持ちをやわらげた。まだ地べたにへたりこむ者がいないのは奇跡に近い。濡れた草が露出したくるぶしをくすぐり、枝葉が剝き出しの腕を引っ掻く。つまずき、よろめきながらも、みながどうにかこうにか、歩を進めている。右へ、左へとナタが振るわれ、草の切れ端が雲母のように煌めきながら舞い飛び、惨めな姿になって地に落ちる。ガイドの若者は地面を踏みしめ、振り上げた手を確実に振り下ろし、朝露に濡れた茂みを切り裂いた。野生の灌木、カカオやバナナの木、アラゲジリスやヘビ、つる植物の中を突き進んでいく行為は、ガイドが事もなげな表情をしているにもかかわらず、敵の潜むジャングルを探検するのとなんら変わるところがなかった。誰も文句を言わず、それぞれが自分のできる限りを尽くしている。ときおり、うめき声が上がりはするが、それだけだ。枝にしがみついたり、前を行く人の肩につかまったり、自分の腰や膝で体を支えたりする。ナタを手に、筋肉質でどっしりとした体格のガイドは絡みあう枝やつるを叩き切りながら、藪の中の道を切り開いていった。一ヵ所を何度もナタで叩いているのを見ると、カトメはため息を漏らさずにはいられなかった。まさかこんなことになろうとは……。彼女やママ・レシアのカバ・ンゴンド、センケの青いシスターの外套、そのほか、茨の中をマドレーヌの墓まで歩く人々のドレスやブーブーやズボンは、棘だらけであちこちが破れていた。身長百九十八センチ、七十六歳のカトメの父は、金糸の刺繍を施した純白のバザン〔地織り模様のあるアフリカの生地〕のガンドゥーラ〔頭からかぶる丈の長い伝統的な民族衣装〕をまとい、杖もつかなければため息もつかず、従者を引き連れて領地を巡回する領主さながら堂々と威厳たっぷりに立っていた。イノサン・パトンの風格の前では誰もが小さく見えた。二十年余りも足を踏み入れていないこの藪の中心でここまで気合の入った格好をするには、相当な自信と覚悟が必要で、彼でなければできないことだ。それに比べると、黒のスーツに黒のシャツを着こんだタシュンは、行列のしんがりを務めるデルニエール・スーリール葬祭社のスタッフに似ている。時刻は午前九時。空気は爽やかで、風があった。日差しは少なく、空は煤けたような色で、どんよりしている。ガイドは空を見上げ、雨の心配はなさそうだと言った。今日と明日の二日間は、曇ったままであってほしい。雲行きがあやしくても、雨さえ降らなければいいのだ。雨を遠ざけるため、ママ・レシアは出かける前に火床の薪のそばにナイフを柄まで深く突き立ててきた。

　墓の掘り起こしに立ち会うのは、家族に限られている。タシュンはつる植物に足をとられ、これさいわいとばかりに、怒鳴り散らした。イノサン・パトンはもちろん家族の一員だ。だが、それ以外の人間、エドゥアール・リミュー村長（カトメが睨んでいたとおりMPA党員となり、州知事候補に指名されたタシュンの応援演説をすることになっている）や、県知事、デルニエール・スーリール葬祭社のスタッフ、墓掘り人として動員された囚人たちやそのお目付け役の看守までは勘定に入れていなかった。招待客は大勢いるが、彼らは夕方か翌朝のミサの前に来ることになっている。タシュンは墓を掘り返すところを、旧知の仲でもない友人たちには見せたくないのだろう。選挙キャンペーンの準備に追われ、知事の業務でへとへとの彼は、おりを見ては、妻のほうの準備の進捗状況について報告を入れさせていた。カトメのフェン訪問には、選挙スタッフを拡充し、票につながる応援演説者を選任し、イノサン・パトンの肝いりで地元の名士や一流人に面会することが宿命づけられていた。カトメは以前サミーが引用したラテン語の諺を思い出そうとした。用意周到であることは……えーと……カウテーラ……ノン……えーと、なんだったかしら……。彼女が藪を切り開いて墓まで行けるようにしておくつもりだったことを誰が信じてくれるだろう。彼女はまだ時間があると思っていた。時間があると思っていて、そのあと、頭からすっぽり抜けてしまったのだ。キジトと一緒にサミーを釈放させる道筋をいろいろと探っていたので、マドレーヌの墓までの道筋を作るのを忘れてしまったのもしかたない。サミーの背後で牢屋の錠が下ろされたその日から彼女の中の優先順位が入れ替わっていたのだ。タシュンが望む盛大な葬儀は、再び当初からなんら変わることのない、逃れることのできない重荷となった。

それまでは冷静で、さも高邁な人物のように振舞っていた彼女の父は、ガイドを叱りつけた。

「われわれは世界の果てまで行くのかね？　少なくとも三十分前から、おたくはもうすぐ着くと繰り返している。坊や、われわれはおたくのような健康体じゃないんだ！」

カトメはママ・レシアが下唇をギュッとかみしめるのを見た。最大級にイライラしているしるしである。イノサン・パトンの参加を知らされていなかったことにひどく腹を立てているに違いない。

「もうまもなくですよ、旦那さん」とガイドは言った。嘘ではないという証に、ガイドは右手を上げ、親指と人差し指で丸を作って、ＯＫのサインをした。

「もうまもなくというのは、あとどれくらいだ？」

「あと十分もかからないです、旦那さん」

父を睨みつける殺気だった伯母の視線がさらに厳しくなった。久しぶりに父と会うママ・レシアがなにを考えているかは容易に想像がつく。おそらく思っていたよりも歳月の流れを感じさせない父の容姿を見て、父の年齢を改めて確認し、二十年前に死んで埋葬された妹のマドレーヌを思いやっているに違いない。父はいまだにピンピンしていて、まばゆいばかりの白のバザンのガンドゥーラをまとった顔は誇らしげだ。カリスマ伊達男ただいま参上とでもいわんばかりの傲慢な笑みを湛えて。その裏側ではさんざん破廉恥を働いてきているくせに。ママ・レシアは聖書と聖人伝しか読まない。オスカー・ワイルドの『ドリアン・グレイの肖像』は読んだことがないはずだ。にもかかわらず、伯母が父を腐敗した魂と断じるのは、小説の登場人物に通じるものを父の中に感じとっていたからではないかと、カトメは思った。

二十年前のあの日、カトメの父方の親族と母方の親族はお約束どおり、激しくいがみあっていた。霊安室（黄色の蛍光灯に照らされた壁はひびが走り、ペンキが剝がれ落ちていて、見るもいまわしい部屋だった）で、葬儀屋が唖然として見守るなか、両家は互いに罵りあった。真っ赤なルージュを塗りたくられた唇、ドライアイスで冷やされ、屹立(きつりつ)した乳房、整髪剤をつけたようにてらてら光る恥毛。マドレーヌは鋼鉄の台の上に裸で横たわり、自分の運命が決められるのを待っていた。どちらの家族も、死者のために用意した装飾品をつけさせようとして、互いに譲らなかった。カトメは、母の氷のように冷たい左手の中にそっと差し入れた白い手袋をはめた自分の左手や、初聖体拝領のときに買ってもらった淡いピンクのワンピース、マドレーヌが教鞭を執っていたリセの校長先生が買ってくれたまだ足になじんでいない靴、センケの手とつないだ右手を再び見つめた。センケと彼女は熟れたパパイヤのような色の遺体の前に立ったまま、大人たちが繰り広げる駆け引きを逃れ、空想の避難先に駆けこんだ。ママ・レシアと娘たちは、衣装の権利を勝ち取った。彼女たちは、キラキラした小さな星をちりばめた白いレースのウェディングドレスをマドレーヌに着せてやった。クリスマスのイルミネーションみたいに着飾ったって、驚くことはないでしょう？　だって、十二月なんですもの。イノサン・パトンは棺を選ぶ権利を手に入れた。棺は、棺職人と徹底的に値切り交渉した跡の見える、合成樹脂製の粗悪品だった。けばけばしい金色の取っ手、フェイクシルクサテンのキルティング、意味がないくらい薄っぺらな亜鉛の内張り、やっつけで乾かしたニスの上塗り。カトメの父の面目は丸つぶれとなった。それは、彼が勝手に決めつけたマドレーヌの親族の経済的・美的基準に棺のランクを合わせようとしたからではなく、棺が遺体に対して窮屈すぎることが判明したからだ。ここ数年、マドレーヌの体重が増加しつづけていることに、父は気づいていなかった。父は儀礼的に申し訳なさそうな顔をし、すまして頭を下げた。どことなく、芝居の端役(はやく)にしがみつこうとしていた人が、やっぱり観客になることにした、そんな雰囲気を醸しながら。

　ガイドが急に立ち止まった。指をさす先にあったのは——なんだろう？　盛り土か？　塚？　というか、なにかの残骸だ。コンクリート、鉄、鉄筋の痕跡。ガイドが周りに注意を配っていなければ、気づかれずにいただろう。母の墓。中が暴かれていた。植物がはびこっている。雨や、風や、日光にさらされて。名前も、十字架も、墓碑銘もない。カトメは二十人ほどの非難するような視線が突き刺さるのを感じた。心から憎んでいるわけでもないのに、自分を産んでくれた人の墓を打ち捨てたままにしておけるような娘がフェンのどこにいるだろう？　穴からアラゲジリスがひょいと顔を出し、慌てて逃げていった。カトメはその場にへたりこみそうになり、ぎりぎりのところでタシュンの力強い腕に抱きとめられた。センケはよろめき、エドゥアール・リミュー村長の腕につかまった。ママ・レシアは猛禽のような金切り声を上げたが、ヒステリーを起こしたわけではなく、それは涙とともに泣きだすためのゴーサインだった。ママ・レシアの四人の息子たちは甲走った声を出し、運んでいた豪華な黒檀の棺は四人の手を離れて地に落ちた。繊細な細工を施してある棺は、ジャマが職人に作らせた趣向を凝らした代物で、希少素材が使われている。ジャマの説明によると〝縞杢は壮齢木から採る〟のだそうだ。その希少素材の棺はいまやあちこちにへこみができている。ママ・レシアは胸を叩き、髪を掻きむしった。あの日あのとき、妹の早すぎる死を悼んで、さめざめと泣いていた伯母だったのに、なぜ、伯母もまた、墓には足を向けなかったのか？

　カトメの心に棘が芽生えた。イノサン・パトンは出もしない涙をぬぐってから、人目もはばからずに泣きじゃくるセンケの頭巾におずおずと手を置いた。即座に、センケは父から離れた。タシュンはもったいぶって、重々しい表情を浮かべ、シャツや靴下と同様、自分のイニシャルを縫いつけたハンカチをカトメに差し出した。即座に、カトメはそれを押しやった。タシュンはそのハンカチで、カトメの鼻から垂れて高価なオーダーメイドの服にシミを作った鼻水を拭き取ってやった。ママ・レシアは腰をかがめ、ふくらはぎをさすりながら、ミサ聖歌を歌いだした。彼女の十二人の子どもたちとその夫や妻、その成人した子どもらが応唱するかたちでそれに続いた。村長や知事、デルニエール・スーリール葬祭社のスタッフたちまでもが状況に応じた表情を顔に浮かべた。そんなわけで、二十年ぶりのマドレーヌとの再会は、結局のところ、それに立ち会う全員にとって、精神的な試練の場となった（少なくとも、外見的には）。ただし、五人の囚人――作業をすれば賃金がもらえる――と、作業開始の指示をいまかいまかと待つ看守は除く。現実的な感覚を決して失いはしないママ・レシアが、その場を引き受け、墓を開けるように命じた。開けると言っても、それは建前の話。石板の破片があちこちに散らばっていて、実際には、墓は封印されているとは言えなかった。短剣が見つかれば、そこは妹の墓で間違いない、とママ・レシアは断言するが、骸骨（がいこつ）なんてどれも似たり寄ったりではないだろうか？　村長と知事が静粛を求めた。ふたりは声をそろえて、マドレーヌ・ラプトゥの発掘を許可する公式文書を読み上げようとした。互いに調子を合わせられず、中断したり、再開したりを繰り返し、聞いているほうは笑いを誘われるが、誰も笑わなかった。

最初のツルハシが振り下ろされると、伯母はまたもや激しく胸を叩いた。カトメはドラマチックに悲しむ伯母をじっと見つめた。伯母が一度も、妹のマドの墓参りに行かなかった理由は、その凝り固まったキリスト教精神の裏側に潜んでいた。《わが子らよ、罪から離れなさい》。だから、罪を犯した女の墓を訪れはしないのだ。カトメは、病院で母が永遠の眠りについたとたん、ママ・レシアが言った言葉を思い出した。《主イエス・キリストに感謝を捧げなさい。あんたたちのお母さんは死ぬ前にたくさん苦しんだの。主はお母さんをお浄めになりました。苦しんだことで、お母さんは天国へ行けます。神を讃えましょう！　お母さんは地獄には行かないわ！》マドレーヌは神聖な結婚の絆をいっさい結ばず、イノサン・パトンと関係を持っていたので、大罪を犯していたことになる。だからこそ、ママ・レシアの主なる神は、その罪を浄めるために、母の車が飲酒運転のトラックと衝突しても、母をすぐには死なせないように手はずを整えてくださったのだ。母は運転席から投げ出され、路上に転がされているうちに、暴走車に服を引っかけられ、仰向けのまま、ものすごいスピードで引きずられていった。頸椎から尾骶骨まで、背中の皮膚と肉がごっそり剝ぎ取られ、車が停止した電気の通っていない村では、住民に金と宝石をそっくり剝ぎ取られた。通りすがりのバスの運転手は村人よりもずっと親切で、母を病院まで運んでくれた。病院は、家族がやたらに高い治療費の前払いをしにくるまで治療を拒否し、医師たちが脳内出血を認めるまでに二日かかった。どんな鎮痛剤をもっても、背中を錐で突かれるような凄まじい痛みは和らがず、母は墓の底から聞こえてくるような、不気味なかすれ声になるまで絶叫しつづけ、三日目に医師が下半身の感覚がなくなっていることに気づき、麻痺が残ることを確認した。同じ日に血尿があり、叫びすぎて、痛すぎて、泣きすぎて、母は口が利けなくなった。以上がママ・レシアの主なる神が整えてくださった手はずである。主なる神、拷問の振付師、贖罪の演出家。

二度目にツルハシが振り下ろされたとき、地盤がくずれ、コンクリートや鉄のかけらが穴の中になだれこんだ。カトメはタシュンのそばを離れ、「そっと扱ってもらえませんか」と叫んだ。

「所詮、骸骨だ。きれいに洗ってもらえばいいだろう。あの人たちには急いでもらわないといけない。そうしないと、時間がなくなる」父が耳もとでささやいた。

まさか父がそばに来ていたとは、気づかなかった。父はカトメの肩に腕を回した。

「急いでくれ！」父は、作業の手を止めた囚人たちを見ると、声をかけた。「われわれはここでまるまる一日過ごすつもりはないんだ」

父は時間の価値を知っている。時間をカネに換算する術を知らなければ、あそこまでの財は築けまい。所詮は骸骨か……。ここ数ヵ月、カトメは死ぬ前に恐ろしく苦しんだ女性の姿をまざまざと思い出すことがあった。その人が母親でいられたのは十年余り、祖母になることはなかった。初潮を迎えたとき、はじめて疑惑を抱いたとき、いろいろな悲しみを経験したとき、うれしかったとき、そこにその人の姿はなかった。ヴェスパにまたがり、世界中を旅してまわってきた勇ましい女性。でも、カトメの結婚式には出られなかった。栗色の瞳に、熟れたマンゴーのような肌の色、はちきれんばかりに健康で、パワフルで、堂々としていた女性は、カトメとセンケがロジーヌにいじめられているときに守ってくれなかった。ママ・レシアの見ていないところで、長女のロジーヌからは、ぶったり、つねったり、よく暴力を振るわれていたのだ。つかめなかったチャンス、かなわなかった夢、聞くに堪えない意地悪な質問、消化できない怒りがつぎつぎと思い出された。二百四十ヵ月という期間を経ても、頭の中から母のことを完全に追い出すことはできなかった。エネルギッシュなマドレーヌの姿、それに、死んで、硬直し、霊安室に裸で寝かされ、無遠慮な視線にさらされていた姿は、いまもはっきり目に浮かぶ。しかし、骸骨になった母の姿は想像がつかない。所詮は骸骨だなんて、やはり父らしいな、とカトメは思った。イノサン・パトンは行動ありきの人間。婉曲な言い回しは父の辞書にはないのだ。

墓穴の口がすっかり開くと、彼女は上から中をのぞきこんだ。土に交じって例の骸骨がちらりと見える。三人の囚人が穴の底に飛び降りた。梯子の用意はなかった。地上に残ったふたりがスコップを放ると、三人はそれを宙でキャッチした。続いて、お返しに、大腿骨らしきものを地上の仲間に放り投げた。センケとママ・レシアが悲鳴を上げた。

「なんてバチあたりな！　バチがあたりますよ！」と伯母が叫ぶ。「あなたたちには天罰が下ります！」

囚人たちは、なんで非難されるのかわからないまま、タシュンに話しかけている看守を見上げ、親族たちにも手を貸すように言ってくれと頼んだ。ママ・レシアの息子たち——彼らが落としたせいで、新しい棺は未使用のリサイクル品のようになっていた——は墓穴の縁まで来ると、腹ばいになり、底に向かって手を伸ばした。息子たちはマドレーヌのばらばらになった骨を素手で受け取り、ふたりの囚人がそれを運んでデルニエール・スーリール葬祭社のスタッフに引き渡す。スタッフはそれらを棺の中に並べて復元した。スタッフたちは手袋をはめ、雑巾で骨をきれいにしてから棺に納めた。カトメは鼻をすすった。鼻汁と唾液（だえき）のしみこんだタシュンのハンカチは、もうなにも吸収しなくなっていた。かつてキラキラしていた白いドレスの惨めな切れ端、四分の一ほどになっているヘアーピース、手袋の片方が回収された。カトメはもはや粘液を飲みこむこともなく、鼻孔から唇に垂れるがままにしていた。粘液は顎から首にかけて流れつづけた。父は肩に回した腕に力を入れ、娘を抱き寄せた。タシュンはネッカチーフとおそろいの、党のカラーと大統領の顔をあしらった清潔なハンカチをカトメに差し出した。二日後の月曜日には、州知事選のキャンペーンが始まる。彫刻の施された変色した銀の柄、欠けてボロボロの酸化した刃が発掘された。

「短剣よ！　短剣が見つかったんだわ！」ママ・レシアの歓喜の声が上がった。「これはマドの墓だわ！　キリストを讃えましょう！　これはマドの墓よ！」

　短剣。カトメは覚えていた。モルグで棺に蓋をする前、伯母は母のこわばった右手にナイフのようなものを握らせていた。誰か（仮にイノサン・パトンとしよう）が遺体を運び出して生き返らせ、異世界で母を利用して財をなし、この世で楽しもうとしたとき、母が自分の身を守れるように。話はそれだけではない。母の左手にはすでにロザリオが巻きつけてあった。額が秀でて、雄牛のように太い首、指の爪（つめ）と甘皮がボロボロのマラブー〔イスラム教の指導者で、アフリカでは秘儀的なシャーマンのような役割を持つ〕が、死者の顔に茶色のペースト状のものを塗りたくり、体の下に黒い小瓶（こびん）の中味をぶちまけた。そして、埋葬の九日後にマドレーヌの〝霊的な殺人者〟に必ず死が訪れるように呪文（じゅもん）を唱えた。最後に、マラブーは短剣を端から端まで舐めて、ママ・レシアの両手の上に載せた。左にロザリオ、右に短剣。永遠の眠りを邪魔されたら、マドレーヌはどちらの武器を選んでもいい。短剣はイノサン・パトンを切り伏せるだろう。その財産は彼が仕える闇の勢力に純朴な魂を引き渡して稼いだ金で築き上げたものである。話はそれだけではない。部屋の奥でカメラを肩に担いで椅子の上に立った男がよろめいたのは、死者の手もとをズームアップしようとしたからなのか？　男は誰にも気づかれないように、ローアングルで現場を撮影していた。いずれにしても、儀式を撮影しようとして椅子の上にあがり、不安定な踏み台がきしむ音で、その存在がばれてしまった。マドを天国へ旅立たせるために集った人々が打ちのめされたような表情をしていたことを、カトメは覚えている。

「みなさん全員に部屋の外に出てもらうように、お願いしたはずですよ。亡くなったかたのお子さんやご親族のかた以外は、全員です！　おたくはそこでなにをしているんですか？」

マラブーは顔面蒼白で、怒りに震えていた。白のポロシャツ、パーニュ生地のアクセントが入った黒のベルボトムのジーンズというういでたちのVHSカメラの所有者は、答える余裕もなかった。アメデが椅子の脚を力いっぱい蹴りあげると、男は慌てて機材を持って前に出てきた。カメラは没収され、テープはアメデが歯で傷をつけた。

「恥知らず！　クリスチャンがこんな魔術をおこなうなんて！」背中に蹴りを入れられ、部屋から追い出されながら男はわめいた。「貴様ら、それでも神の子か？　驚きだぜ！　地獄が待ってるからな、サタンども！」その場をあとにすると、男はさっそく、目にしたばかりの呪術の儀式についておもてで言いふらした。

カトメの父が陰で〝信心狂い〟と呼んでいたママ・レシアと娘たちだが、彼らは、死んで埋葬されても、邪悪で強欲な力が死者をよみがえらせるという考えについて、少しもおかしいと思っていなかった。よみがえった死者はパラレルワールドでは奴隷となり、実世界では仕事で高い収益を上げる人生を送っているというのだ。話はそれだけではない。母の一回目の葬儀の際、正式な場所では、司祭、神に身を捧げた人、教会の代表、聖体拝領の崇拝者の姿があり、非公式な場所にはマラブーの姿があった。マラブーはたっぷりとした赤いブーブーに身を包み、タカラガイの首飾りをして、短剣と茶色のペーストの儀式を死者に授けたのである。葬儀から九日が経ったが、イノサン・パトンは死ななかった。死なないどころか、ピンピンしていて、レクサスの色に合わせてコーディネートしたコメットブルーのサファリジャケットとしゃれこんだ姿でママ・レシアのもとを訪れ、「少しばかりですが、子どもたちに」と言って金をよこした。伯母は邪悪な金でも唾を吐きかける気は毛頭なく、とはいえ、うっかり相手に触れたり、触れられたりすることがないように、食卓の上に紙幣を置いてほしいと頼んだ。カトメの父が去ってしまうと、伯母は「聖母マリアに幸あれ」と十回唱えながら、ルルドの聖水にエルサレムの聖油をブレンドしたものを霧吹きで紙幣に吹きかけ、それから、家族に向かって、イノサン・パトンはマドの墓の土地を盗んでマラブーの計画の裏をかいたのだ、と説明した。

「そのせいで、わたしたちのマラブーの儀式は無駄に終わってしまったんだよ。あの男は自分のマラブーにマドの墓地を引き渡し、誰も寄せつけないようにしてしまった。かわいそうに、マドがいまどこにいるのかは、それこそ神のみぞ知るだわ」

伯母が屁理屈を通し、マドレーヌは神の怒りを買い、人間から呪いをかけられたことにされてしまった。気の毒に、八方ふさがりになってしまったマドレーヌ。自分が都合よく諸教混淆を実践していることに気づいたら、伯母は呆然とすることだろう。

　カトメは、ハンカチの国父の顔の部分で鼻をかみ、もう十分に泣いたと判断した。彼女はセンケのほうをチラッと見た。妹はママ・レシアの腕の中で、思いきり泣きじゃくっていた。人目のある場所で流せる涙の量を加減することもなく。時の流れに抵抗できず崩れ落ちた墓の石板同様、もろく壊れやすい人間に見られてはならないと考慮することもなく。マドレーヌの死から五ヵ月後、伯母は彼女とセンケを霊安室で見たマラブー以上に強力だという〝桁違いのパワーを持つ〟新たなマラブー、ヴェリテ導師のもとへ連れていった。導師は、ふたりのみぞおち、乳房の下、下腹部、臀部の上部の皮膚をカミソリで傷つけた。導師によれば〝シールドを張る〟ということらしい。血の混じった、いやなにおいのする糖蜜に浸したカミソリの刃を使用し、呪術をはねつける障壁を作るのだという。導師は水を張ったバケツを持ってこさせ、ふたりに神経を集中してバケツの底を見るようにと命じた。ふたりにはプラスチックの底と水以外なにも見えなかったので、導師は怒って、呪文を唱え、しまいには「おまえたちは、今度こそ母親が本当の死をもって死ぬところを見る機会を逃した」と宣言した。彼女たちの母は異世界（父が属するこの国の富裕層の世界）で料理人として働いているそうだ。導師は本当に母を殺してきたところで、異世界以外では母が料理の腕を振るうことはないらしい。

　今日、マドは父なる神の煉獄を目指して歩きだしたんだよ。天国にはやがて到着するでしょう。ヴェリテ導師さまは、イノサン・パトンが闇の王国で得た財産を消滅させようとなさっている。だから、あんたたちのお父さんは三ヵ月もしないうちに落ちぶれて、浮浪者になっているよ。——その後の三ヵ月で、ふたりの生活で生じた唯一の大きな変化といえば、ふたりが重度の肺炎にかかり、回復に時間がかかったことである。原因は、雨季のさなか、月明かりの下、ショーツ一枚になり、上半身は裸のまま、二時間ものあいだ立たされつづけ、〝桁違いのパワーを持つ〟ヴェリテ導師から皮膚に傷をつけられたことだった。

カトメは父から離れ、妹のそばに寄って、手を取った。ふたりの指はお互いを認識すると、無意識のうちに絡みあった。幼い頃、罰を受けずにすむように奇跡を起こそうとしたときのように。母が病院で亡くなった日、母は必ず息を吹き返すはずだと思ったときのように。あるいは、のちに、ふたりの生活から逃げ出した父がウエストンの〈リシュリュー〉を履いてふたりの前にまた現れたときのように。この日の朝、母の荒れ果てた墓穴の縁で、ふたりの指は、離れもほどけもせず、固く結びあっていた。

カトメは目がチクチクした。涙はもう流さない。涙と戦って、戦いに勝つのだ。まずはそこからだ。最近は負けてばかりだった。月曜日、月曜日の午後、母が二度目に埋葬される日の翌日、すべて予定どおりに運べば、彼女はもうひとつの戦いに勝利する。四ヵ月と十七日間の勾留を終え、サミーが中央刑務所から釈放される。

日差しがためらいがちに木々の枝葉から漏れていた。正午がじわりじわりと近づいていた。

「正午きっかりで終了します。正午を過ぎたら、もう作業はしません」ガイドが警告した。すべての作業をストップして、残りの作業は翌日にまわさなければならないという。理由を知る者はいなかったが、オー＝フェン州では、埋葬や墓の掘り起こしは、絶対に午前中に済ませることになっていた。これは、結婚したら、女性は砂肝を食べてはならない、母親と一緒にベッドに腰かけてはならないといった、誰もが根拠や合理性に疑問を持たずに守っている決まり事のひとつだった。いつもながら、そういったジンクスが、カトメにはバカげたことのように思えた。話によれば、かつて、ある家族が正午に埋葬を敢行したとき、空にいく筋も稲妻が走り、故人の末の子どもが落雷に打たれ、家族はふたり分の葬式を出すことになったそうだ。このエピソードは、フエンでは誰もが知っていて、あえてタブーを犯そうとする者はいなかった。ミサ、弔辞、故人の紹介、遺族の挨拶、タムタムの演奏、別れの儀、聖歌など、埋葬に先立つ儀式が運命の刻までに終わらなければ、埋葬は翌日に持ち越されることになる。発掘のあとに待ち受ける長い通夜を避けるため、カトメは発掘と埋葬を二日に分けず、一日で済ませようとした。カトメは強く主張して、その言い分にはもっともなところもあったのだが（たとえば、食事の提供が一回で済むためコストを抑えられるとか）、タシュン、イノサン・パトン、ママ・レシア、村長、ジャマらはことごとく反対した。招待状には予定についてこう書かれているのだ。

土曜夕方より　　通夜
日曜午前十時より　　ミサ、埋葬、御膳（ごぜん）

月曜午前十一時より　マドレーヌ・ラプトゥ保健センター開所式および
高速道路フェン〜アクリバ線（一部区間）開通式
出席者：州行政当局、地元関係者

禁止事項を破るのか？　これほど大規模なセレモニーで手を抜くのか？　どうしてだ？　鶏も肉やピーナッツをそんなにケチりたいか？　タシュンはイライラして腹を立てた。まあ、彼女もそこまで真剣には考えていなかったのだ。

まるでそこにつけいるように緑色のマンバが二匹、するすると忍び寄ってきたが、即座にガイドのナタがおもしろいように真っ二つに切断した。恐れる暇もなかった。一同が気づいたときには、蛍光色のつる植物のようなものが四本、棺の脇にだらりと伸びていた。アラゲジリスのほうは優遇され、本人たちもそれを享受しているようだった。彼らは小さな足で立ち上がり、作業の光景を注意深く見守っていた。囚人たちの勝ち誇った声が新たな骨の発見を告げると、一同の中でも臆病な者たちはそそくさと現場から立ち去った。その場に残った人々は、土を掻き出すスコップの動きを目で追って、頭を上げ下げした。アラゲジリスよろしく、ママ・レシア、センケ、カトメの三人は墓穴の縁に立って、目と頭でスコップの動きを追った。三人に、囚人たちは何度も後ろに下がるように言った。足もとが不安定で、いつでも地面がくずれる可能性があり、近くにいられると作業の邪魔になるからだ。彼らは上半身裸で、胸に玉のような汗をかき、上着はベルト通しに通して腰に巻きつけており、三人の女性の現場監督のような視線にさらされ、いかにもきまりが悪そうだった。姉妹は囚人たちの一挙手一投足に目を光らせ、スコップがうっかり指骨に当たりでもすれば叱りつけ、どこの部位の骨か見分けては、名称を言いあて、数を数えた。ほかの親族たちは、きれいな草の絨毯の上や、大きな石や、倒木の上に腰を落ち着けていた。イノサン・パトンの華やかなガンドゥーラは赤土の仕返しを受けたらしく、花冠のように体を包んだバザンは、いきなり生理が来て汚れてしまった花嫁のドレスさながらだった。タシュンや村長や知事と一緒に丸太の上に腰かけ、服が汚れているにもかかわらず、議員に囲まれて会見に臨む首長のように見えた。カトメの父もタシュン同様、搾れるだけ搾り取ったものを滓(かす)まで飲み干すために生まれてきたような疲れを知らない人種に属していた。マドレーヌとは正反対である。カトメの母は、ふしだらな女として人生を終えた軽蔑すべき種族なのだ。三十九年の人生と、忌(い)まわしい苦しみ。三十九年の人生と、値切られた葬儀。

　看守が作業の終了を知らせ、人々は引き上げる準備をした。カトメとセンケは母の棺の前にひざまずき、骨を念入りに調べていった。「数が合わないわ」指骨、腓骨(ひこつ)、尺骨、肋骨(ろっこつ)、椎骨(ついこつ)の一部が足りない。

「棺を閉じるのは骨が全部そろってからです」と、カトメは言った。

「もう一度見てください」姉妹は声をそろえた。

　看守はイノサン・パトンとタシュンのほうを向いて、無言の懇願をした。望めば、ふたりが味方してくれることがわかっていたのだ。汗だくの囚人たちはスコップのグリップに顎を載せて待っていた。ここまで、全方角を向いて土を掘り起こし、それからスコップやツルハシを捨て、素手で埋もれている骨を探ってきた。彼らにしてみればもうこれで終わりにしたいはずだ。

「骨が全部見つからなかったらどうするつもりだ？」無言の願いに応え、タシュンはカトメに訊いた。

「全部ここにあります」カトメは譲らなかった。「ひとつでも欠けていたら、わたしはここを動きません」

センケも同意してうなずき、両手を合わせて固く握りしめた。囚人たちに急ぐよう促したあと、ずっと押し黙っていたイノサン・パトンは、意を決したように、カトメを脇に連れていった。その意図を察したママ・レシアは警告した。

「いいですか、マドレーヌの骨をここに残したままにしたら、わたしたちとわたしたちの子孫に呪いがかかりますよ。ここには道路が通るらしいですけどね、車を走らせるわけにはいかないでしょうね」

「お義姉さん」イノサン・パトンは射るようなまなざしを義姉に向けて言った。「諦めが肝心です。奇跡でも起きない限り、骨を全部見つけることはできませんよ」

「それなら、奇跡を待ちましょうよ、パパ」そう言うと、カトメは囚人たちのほうを向いた。「続けてください。ここには骨一本残せませんから」

大腿骨らしきものが出てきた。黒い手袋をはめた黒服の男性が軽く咳をした。骨を回収し、骨格標本の専門家さながらに棺の中で骨格を再現していたデルニエール・スーリール葬祭社のスタッフである。――ご母堂さまが大腿骨を三本お持ちでない限り、一本余計です……。カトメは母の骨格を観察した。確かに大腿骨は二本ある。三本のうちの一本は獣のものなのか……。

「ふるいよ。ふるいが必要よ。土をふるいにかけるべきよ。石工が使っていたふるいがほしいわ。石工のふるいよ」

彼女はタシュンをじっと見た。タシュンは墓穴の周りで父やほかの親族と輪になって立っていた。

「わかるでしょ？　新居の工事のときに使っていたのと同じヤツ」

「わかるよ、カトメ。この場にはふるいが必要だ。それも石工のふるいだ。で、そのふるいはどこにある？　きみが中央刑務所で騒ぎなど起こさず、母親の葬儀の準備にまじめに取り組んでいれば、こんなことにはなっていなかったはずだ。きみは事前にちゃんと考えておくべきだった。事前にだ！　クソッ！」

「まあ、まあ、ふたりとも。そう、カッカしなさんな」イノサン・パトンがとりなした。

「カトメ、冷静になれや」ママ・レシアの息子のタンガが言った。

カトメはきっとなってタンガを睨みつけた。

薄ピンクの壊れたオモチャの笛がキィィーッと鳴った。最初はおずおずと、それから次第に鋭さを増していく。正午だ。アラゲジリスたちがすっ飛んで逃げていく。囚人たちはスコップを地面に突き立て、安堵と憤りの入り交じった視線をカトメに向けた。ガイドは歯に挟まったものを吐き出した。イノサン・パトン、タシュン、看守、囚人たち、村長、知事、従兄たち、棺、土の山、大きく口を開けている墓穴、木々、サスライアリ、すっかり乾いてしまった朝露。それらすべてが、カトメが右腕を上げてから下ろして発掘作業の終了に同意するのを待っていた。カトメはそのとおりにした。そのとおりにしたあとで、センケの手を探り、しっかりと自分の手で包みこんだ。彼女たちの母は、大理石とスレートの新たな住処（すみか）で、不完全な状態のまま安置されるだろう。母が救われなければならなかったのは、二十年前、病院で、ママ・レシアが主張するように、耐え難い苦痛の中で罪を洗い清めているときではなかったか？　完全な骨格だったときに。だとしても、それでなにかが変わっていただろうか？　母は生き返っていただろうか？　人は生者を救えるが、死者は救えない。そのとおりだ。サミーを救うことはできても、マドレーヌを救うことはもうできない。イエスがラザロをよみがえらせ、メアリー・シェリーが『フランケンシュタイン』を著したのを最後に、死者を生き返らせる方法はいまだに見つかっていない。死者は死者のまま。死んで骸骨になる。地中で迷子になった骨のかけら、大腿骨、尺骨、橈骨（とうこつ）、その他の骨の破片。探し出すにはふるいが必要である。死後の人生なんて、でたらめだ。サミーに言わせれば、ヒック・エト・ヌンク。いま、ここで。さあ、いまこそ臨終の聖餐を。いまでは彼女にもサミーに通じるものがあった。天を仰いでつぶやいてみる。「なにもないわ」泣きたくなって笑いがこみ上げてくる。誰かが悲嘆にくれる気配が空気を伝わってきた。ママ・レシア！　カトメは妹の手を放し、伯母の体に腕をまわした。伯母と目を合わせるには背伸びをしなければならない。すすり泣き、身を震わせる伯母は、彼女よりもさらに背が高い。

「ママは地上の肉体を恐れるのではなく、魂を堕落させるものを恐れなさいと言ったわよね。彼女の魂はここにはないわ。骨はほとんど見つかっています。残りは神さまにゆだねましょう。残りは神さまのもとにありますす」

伯母の震え声が落ち着いていった。

第十八章

ふたりに届けられたものは（ママ・レシアが全部手帳に書きつけていた）、ウシ四頭、雄ブタ十頭、雌ブタ五頭、若鶏百五十羽（地場産だという）、モルモット四十七匹、雌ヤギ二十五頭、シャンパンとワインが数十ケース、デミジョンに詰めたラフィアヤシのワインが百、ヤシ油の樽が十、生ビールのタンクが三、コーラナッツ、ビターコーラナッツ、ピーナッツ二十五袋に、現金、紙幣でパンパンに膨らんだ封筒。受け取ったらお返しをするお互いさまの精神。無限ループの相互扶助。ザンブエナでは連帯と呼ばれている。彼女とタシュンも、多くの葬儀、結婚式、洗礼式で同じことをしてきた。シェシア帽を被った中年の男が勝手口に立ち、「ごめんください」とカトメに声をかけた。彼女はホーロー皿の上でトマトを切っているところだったが、それを戸棚にしまうと、足もとにいたアクセルとアリックスをまたいで、おもてに出た。双子は床に膝をついて前屈みになり、石を使って香辛料をすりつぶす練習をしていた。外は月で明るかった。カトメは胸いっぱいに空気を吸いこんで、日干しレンガ造りのキッチンの熱気にあてられた肺の中を空っぽにした。この日の朝、キッチンでママ・レシアが雨を遠ざけるために薪の近くにナイフを突き立てたのだった。日中、雨は降らずにいてくれた。いまはもう寒いくらいだ。池の黒い水面にはさざ波が立ち、カエルやコオロギが鳴いている。三百メートルほど先だろうか、中庭に続く遊歩道からがやがやと人声がする。バラフォンの響きや聖歌隊の歌うラプソディも聞こえる。

「タム・タム地区のディアスポラ〔離散して故郷パレスチナ以外の地に住むユダヤ人の共同体〕のトンチンからです」と男は言った。

麻袋に入ったトウモロコシ、ピーナッツ油、ユーカリの木につながれた二頭の雄ヒツジ。カトメは礼を言って、カバ・ンゴンドのポケットを探り、五千フラン紙幣を男の手に握らせた。男はシェシア帽を取ってお辞儀をし、帰っていった。カトメが近寄ると、ヒツジたちは怒って鳴きわめいた。こんなときに角で突かれでもしたら面倒だ。カトメは後ずさった。足が自然と池のほとりに向かう。おのずと視線が対岸に行く。フォルテスの家。電球がベランダを照らしていたが、家の中は真っ暗だった。オイルランプの揺らめく炎や懐中電灯の鋭い光線に導かれ、池沿いを歩くのをやめてからひと月が経つ。池は二軒の家の確たる境界線だった。付きあっていたのは三ヵ月。週にすると十二週間。彼は失望したように言った。「とにかく、あなたがこの家に執着するのは、わたしのペニスとDVDがあるからだ。あなたがいまの自分は本当の自分ではないと思っている限り、お互い会う意味がない」


　アクセルとアリックスはまだ床の上で練習をしていた。それぞれ両手で小さな丸い石（〝石の子〟と呼んでいる）を持ち、大きくて平べったい楕円（だえん）形の石盤の上でトマトとニンニクをすりつぶしている。手の動かしかたには慣れとコツが必要で、その二点がふたりには欠けていたため、日干しレンガのキッチンに集まった女性たちの笑いを誘い、女性たちは子どもの頃の懐かしい昔話に花を咲かせた。このキッチンは、伝統料理を作るにはどうしても必要だからというママ・レシアの意見を採り入れて設計されている。ママ・レシアは現代式のコンロでは伝統料理本来の風味が失われると言ってきかず、それにはカトメも同意せざるを得なかった。エコキ〔白インゲンやタロイモ、キャッサバなどをベースにした生地にヤシ油、塩、香辛料などを加え、バナナの葉で包んで蒸し焼きにしたごちそう〕を作るにしても、ＩＨコンロではかまどのとろ火でじっくり蒸しあげたような香りや味は出せないのだ。翌日の埋葬のあとにふるまう料理は仕出し業者に任せたものの、「外国人に伝統料理を作らせるなんて、もってのほか」と反対した伯母と従姉が、村から何人か助っ人の女性を呼んでいた。カトメは戸棚からトマトの皿を取り出し、センケの隣の席に座った。センケはくるぶし丈の詰め襟の修道服に身を包み、首から十字架を提げた格好のまま、感心するほど辛抱強くニンニクの皮をむいていた。

　発掘から戻ってくると、棺は祭壇に安置され、父はタシュンと連れ立って、そそくさとモンターニュ地区に出かけていった。ふたりはそこで首都からやってくる知人たちを出迎えることになっていた。出かける前、伯母はふたりに「マドレーヌのそばで少しお祈りをあげましょう」と声をかけた。ママ・レシアの「少しお祈りを」は、絶対に三十分で終わることはなく、イノサン・パトンは伯母を冷たくあしらった。棺のそばで祈り、寝ずの番をするのは女の仕事であり、延々と祈りつづけなくてもすむように、聖歌隊やバラフォン奏者や泣き女たちを呼んでいるのである。ママ・レシアは下唇をかんだ。中庭は大勢の人で混みあっていた。コーヒー、紅茶、ピーナッツ、ベニエとインゲンマメと粥を盛りあわせたプレートがふるまわれ、祈り、通夜の席の逸話に耳を傾け、故人に黙禱を捧げたいという人は広間に通された。広間では琥珀色のフレームに黄土色のマットで額装された故人の写真が来客を迎えた。カシュクールのワンピースを着て、髪をひっ詰め、頭のてっぺんでお団子にしたマドレーヌ。こちらを見つめるまなざしはキラキラといたずらっぽく輝き、潑溂（はつらつ）としていた。棺の周囲はジャマのよこした花屋がアレンジした白い生花（ユリ、クチナシ、オシロイバナ、バラ、ヒナギク）であふれかえり、壁は薄紫色のレース飾りがびっしりと埋め尽くしている。知人、知らない人、さまざまな団体、ＭＰＡの党員からもラテックスとかポリウレタン製の盛花やら、プラスチック製の花輪やらが贈られていたが、それらは部屋の片隅に寄せ集められていた。祭壇はというと、九台の五本枝の燭台（しょくだい）に取り囲まれていた。九台もあるのは、停電に備えてだが、ジャマに言わせると、九という数字には弔いの意味があるらしい。装飾関係についてはすべてジャマが取り仕切り、カトメは注文し、支払いをするだけで済んだ。

双子はママ・レシアの指導を受けながら、どうにかこうにか取り組んでいた。

「そんなに力を入れないの。もっと力を抜いて。指でつかむんじゃなくて、手のひら全体で包むようにするの。さあ、しっかり押さえて。そう、ギュッと圧（お）しつけるの。そう、押さえて、あ、違う、違う、そうじゃなくって……」

双子はしっかり押さえようとしたが、トマトはうまく潰（つぶ）れず、石盤の前に置かれた皿ではなく、土間に落ちたり、周囲に飛び散ったりした。カトメとセンケは目を合わせ、昔、祖母とすり石の扱いを練習したことを思い出した。原始的なやりかたで、石の上で野菜や香辛料をすり潰したり、粉にしたりするのだ。最初はトマトやニンニクから始め、慣れてくると、ショウガやピーナッツ、アクピシード、コショウをすり潰す。テクニックは日々の練習で身につけた。アクセルとアリックスは最新家電がそろったアクリバの公邸で暮らしているので、すり石の使いかたを覚える必要はない。ただ、ふたりとも中庭に行って、村の子どもたちや大勢の従兄たちと遊ぶのを拒んだ。自分たちの祖母の骨を納めた縞杢の棺の前で三十分間祈りを捧げると、親離れしていたはずなのに、ふたりは母にしがみつき、母から離れようとしなかった。

　十人ほどの助っ人たちは、シスターのセンケや双子がいるにもかかわらず、料理をしながらビールケースを空にし、最新の猥談（わいだん）に興じ、体をよじって笑った。アクセルとアリックスはなにがおもしろいのか理解できず、〝神の御摂理のマリア〟は胸の十字架をしきりに触っている。フェンの料理の評価を落とさないように伯母を手伝いに来た女性軍団の血中アルコール濃度が上昇の一途をたどるあいだ、カトメは頃合いを見計らって、センケと双子と一緒にキッチンを抜け出そうと考えた。軍団の機嫌を損（そこ）ねないようにしたいが、一時間もしないうちに我慢の限界が来るだろう。伯母と従姉のロジーヌとソクジュが監視の目を光らせているから、軍団が帰るときに、料理が半分なくなっているようなことはないはずだ。

　トマトの汁が飛び散って、センケの服にかかった。

「そのトマトをまるごと使っておいしいベニエができるよ」

　ママ・レシアはカバ・ンゴンドの上に羽織（はお）っていたカーディガンを脱いで「ほら、これで拭きなさい」とセンケに差し出した。それから、双子に向き直って、「今晩はこれでおしまい。この家にはしょっちゅう来るだろうから、あんたたちはわたしよりも上手にすり石を使えるようになるよ」と言った。双子は埃だらけの靴のまま立ち上がり、トマトとニンニクの汁がついた手で、ベルベットのパンツとモヘアのセーターの埃を払った。センケが服のシミをだいたい拭きとったところで、潰したトマトを見せびらかそうとしたアリックスがけつまずき、転びそうになって、皿の中味をセンケにぶちまけ、ベタベタした手で修道服の袖にしがみついた。カトメは思いきり噴き出した。最初は遠慮がちに微笑むだけだったセンケもくつくつ笑っている。カトメは喉の奥がのぞけるくらい大口を開けて笑った。周囲の人間は、カトメの素っ気ない態度や、薄笑い、無表情で覇気のない瞳、簡潔な受け答え、長い沈黙に慣れてきたところだった。だから、弾けるような笑いを見せるカトメに当惑した。そこまで大笑いするほどのことかというよりも、冷ややかでほとんど感情をおもてに出さなかった（内向的だと思う人もいた）カトメがいきなり大声で笑いだしたことには大いに違和感があり、その場にいた人々はますます気まずさを覚え、自分たちも笑わなければならないような気になっていた。カトメは目尻（めじり）に浮かんだ笑いの結晶を手の甲でぬぐうと、自分を見つめる娘たちの視線に気づいた。ママが笑っている……。髪を三つ編みにしてくれるとき、ママは笑う代わりに、なぜかきつく編むようになっていた。ユーラリー・ナナがサミーおじちゃんに会いに中央刑務所に行くことはもう二度とない。パパがそう言った日から、ママは家で笑わなくなっていたのに……。いま、ママは笑っている。

「ああ、心やさしきイエスさま！　わたしはトマトペーストで味付けされてしまいました」

「ごめんなさい、センケ叔母ちゃま」

センケはアリックスの上に屈みこみ、人差し指で顎を持ち上げて、額にキスをしてやった。ママ・レシアは、ステンレスのボウルの中で新鮮なトウモロコシにマカボ〔サトイモに似た根茎作物〕の葉を混ぜこんでいた。ソクジュとロジーヌは青いバナナの皮をむいていた。かまどでは熾火（おきび）が赤々と光を放っている。センケはウィンプル（白い布の頭巾のようなもので、首、肩、胸を覆い、顔以外を見せないようになっている）の位置を直すと、なにかを探すようにあたりを見回し、十字架を触りながら言った。

「ごめんなさい、着替えに行きます……夜の祈り（コンプリン）の時間が過ぎてしまって……」

「わたしたちも一緒に行っていい？」アクセルがせがんだ。

双子を連れていってもいいか、センケはカトメに目で尋ねた。

「いってらっしゃい。わたしもあとから行くわ」

カトメは、双子と手をつないでキッチンを出ていく妹の姿を目で追った。センケは列車に十五時間揺られ、前日の昼に到着した。厳粛で、謎めいていて、埃にまみれて。センケは午後中ずっと眠り、夕食のときは無言だった。アクセルとアリックスはかさばる修道服に感心して、ひどく疲れていそうな叔母のことを自分たちの席からうかがっていた。足首まである赤いトゥニカ、肩から下げたスカプラリオ、ウィンプル、ウィンプルの上に被る黒いベール。センケは幾重にも重なる布の層に埋もれ、ほとんどしゃべらず、声も小さい。タシュンに対しても自分から話しかけることはなく、なにか問われても、言葉や呼吸を節約するかのように、遠慮がちに答えるだけだった。尼僧は、気性が激しく議論好きで、意見を曲げず、言いがかりをつけては屁理屈をこねる女王さまの座から退いてしまったらしかった。少ししか食事に手をつけない妹を見ながら、カトメは自分たち姉妹がどれくらい似ていて、異なっていたかを思い出した。十年ほど前の自分は、うまく言えなかったらどうしようという心配が先に立ち、話そうとすることを頭の中で十回くらい練習してから口に出していたものだった。早口になるかと思うとどもり、思考のスピードに合わせようとすると言葉につかえた。決めたことを翻し、前進しては後退し、疑いを抱いた。いっぽう、決断力のあるセンケは、いつでも自分のやりたいことがわかっていて、立てた計画は最後までやりとげていたのだ。医学部二回生のときに学業を断念し、イエス・キリストの十字架を信じるようになるまでは……。昨夜は、慣例的なありきたりの話題（不便な列車、長旅、暑さ、埃）について、ひとしきり語りあうと、妹の真似をして、カトメも押し黙ってしまった。十一年前に中断された会話をどこで再開しよう？　タシュンはみんなにむかって話していた。センケは食前の祈りを捧げ、食事をし、食器が下げられると、部屋に引き取りたいと申し出た。真夜中、カトメはなかなか寝つけず、妹がまだ起きているのではと期待をかけて、寝室のドアを細く開けてみた。妹は眠っていた。それでも、今朝、母の骨がバラバラになって閉じこめられていた墓穴の縁で姉妹が絡めた指先はおのずと、観念したように、子ども時代の時間がまだ存続していることを物語っていた。姉妹で部屋とベッドを共有していた時間。アスファルトの上を数キロメートルにわたって引きずられ、皮膚がずる剝けになる前の、母が無傷だった頃。神の御摂理のマリアとなって、ミニスカートを穿いて生意気だったセンケは本当に消滅してしまったのだろうか？

カトメは手伝いの女性たちと抱きあって謝意を示し、両手で握手して「明日、心ばかりですが、お礼をさせていただきますね」と約束し、ママ・レシアと小声で二言三言話をしてからおもてに出た。センケと娘たちが先に歩いていった建物脇の小径（こみち）でも、やはり何人かとすれ違い、挨拶や抱擁を交わした。中庭では、遠路はるばる訪ねてきた親戚たちと再会を喜びあい、物見高い近隣の住人や聖歌隊員、翌日のミサの準備に来たミサ答えの子どもたちと談笑し、母に黙禱を捧げたいという弔問客には棺まで案内した。そんなわけで、藪だらけの土地の一角を譲ってくれ、息子に墓までのガイドをさせた男性、つまり、母の元同級生のことも、棺の部屋までお連れすることになった。母にふられた恋人は、広間に案内されると、「あなたが生まれたときも、妹さんが生まれたときも、お母さんにプロポーズしたんです」と声を震わせた。三十年経っても、彼はふられたショックから立ち直れていない様子だった。「パトンはダンスがうまくてね、口が達者で、唸（うな）るほど金があった。お母さんはあの男にころりと参ってしまってね。そんな男にどうやって太刀打ちすればよかったんでしょうね？」棺の前で、男はフェンの方言で祈りをつぶやき、何度も十字を切った。彼はカトメの両手を取り、両手のひらに接吻し、唾と祝福の言葉を雨あられと降らせたあとで帰っていった。

カトメは中庭には戻らず、一連の部屋に通じるドアから広間を出た。センケと双子が待つ二階へ行くには、回廊（以前はトルコ式の浴場だったところだ）を通り、グラニットベージュ色のキッチンを抜け、最初の階段を迂回（うかい）して、ふたつ目の階段を上がっていかなければならない。階段を上がると、狭い廊下に出て、その突き当たりにテラスがある。双子の部屋は夫婦の寝室の隣、廊下の一番端にあった。建築家のテレスフォール・ザンボはすべてに奇跡を起こせたわけではないのだ。

子供部屋のドアノブを回そうとしたとき、ニスを塗った木のドアのむこう側から声が聞こえ、カトメは手を止めた。

「叔母ちゃまの住んでいるところでは、お祈りばかりしているの?」アリックスの声だ。

「お祈りしすぎるということはないの。世界が祈りを必要としているから、できるだけ祈るようにしているの」

「わたしたちのためにも祈るの?」

「いまが、まさにそうよ。昨日、あなたがたに会うまでは、こんなにかわいらしいお嬢さんたちがいるなんて知らなかったの。わたしはあなたがたのママのために祈っていたわ」

「わたしたちが生まれたとき、ママは知らせなかったの?」

「わたしが暮らしているところはすごく遠いの。簡単には連絡がつかない場所なの」

「さっきは妹がトマトをひっかけちゃって、ごめんなさい」こんどはアクセルの声だ。

「ほら、もう平気よ。きれいに拭きとったから、大丈夫。わたしたちのおばあちゃんからすり石の使いかたを教わったとき、ママもわたしも、そうだったわ。あたりまえのことよ。二、三ヵ月もすれば、名人になれるわ」

「叔母ちゃまのおばあちゃんは、うちのママみたいに、石でオッパイをマッサージしてくれた?」

返事は聞こえなかった。センケはきっとうなずいたに違いない。

「叔母ちゃまは、大きなオッパイをしているね。うちのママはペッチャンコだよ」

「修道院に住むって、どんな感じ?」と、アリックス。

「そうねぇ……家族……兄弟とか姉妹と住んでいるって感じかしら。それだけじゃなくて、神さまの愛に包まれて、イエスさまとともに生きているの」

「こんど、叔母ちゃまが暮らしているところに遊びに行ってもいい?」アリックスが尋ねた。

「わたしもそうしてほしいわ。ママに相談してみるわね。おやすみなさい、お嬢さんがた」

「おやすみなさい、センケ叔母ちゃま」


センケがいきなりドアを開け、聞き耳を立てていたカトメはなんとかその場を取(と)り繕(つくろ)った。部屋に入って娘たちにおやすみのキスをしたかったが、我慢することにして、カトメは廊下の先を行く妹のあとを追った。

センケは歩きながら、広間に行って母の傍で一緒に祈ろうと言った。

「また祈るの? 今日一日で何回祈ったか、もうわからないわ」

「ささやかなお祈りを捧げるのよ、カット。わたしたちふたりだけで」

「夜の祈り(コンプリン)のほうは? 急いでいたんじゃなかったの?」

ふたりは足早に廊下を歩き、テラスに出た。テラスはコンセントやスイッチの取り付けが間に合わず、満月が床のタイルを照らし出していた。カトメは、澄み切った月の光を浴びた池のむこうのフォルテスの家の茅葺き屋根を心に思い浮かべた。

「それは眠りにつく前に捧げるわ」

「ささやかな祈りって、ママを生き返らせようとする祈りじゃないわよね?」

センケはくすりと笑い、振り返って、カトメと向きあった。

「まだママのことを恨んでいるの、カット?」声は寛容であろうとしているが、まなざしはそうではなかった。「自分が鞭打つ相手がもう骨になっていることはわかっているでしょう?」おだやかに笑って、センケは言い足した。「完全にはそろっていないけど……」

「本当にささやかな祈り? ママ・レシア流の罠はごめんよ。この先一週間はいやでもアヴェ・マリアの祈禱を唱えなくてはならないんだから」

「サミーのことも祈りましょう。聖母さまにそのお力があるなら、サミーのためにとりなしてくださるよう、お願いしましょう」

「さあ、どうかしら……」


棺のある広間に向かおうと、ふたりが階段を下りていると、おもてでバチンという音がして、叫び声が上がった。停電だ。一帯停電か? ブレーカーが落ちたのか? 発電機に接続されるまで、ふたりはテラスで待つことにした。そして、慎重に階段を引き返し、テラスに戻ると、出しっぱなしになっている籐の肘掛椅子(夕方のうちに二階のリビングにしまうのを忘れていた)に腰を下ろした。プレキシガラスの透明な風よけ越しに、中庭に数十本のキャンドルが灯されるのが見えた。村人たちが停電を見越して用意していたらしい。海のほうから吹いてくる風に、炎が揺らめいている。しばしの葬儀の黙想。カトメは耳を澄ましたが、発電機特有の轟音はまだ聞こえてこない。敷地内の警備のために新たに雇った住みこみのガードマンがきっと発電機を始動させてくれるはずだ。薄暗がりのなか、センケと彼女は、肉を挟んだサンドイッチ、魚のフリッター、生ビール、ウィスキー、ラフィアヤシのワインに集(たか)る人影がメリーゴーラウンドのように配(はい)膳(ぜん)台の周囲をぐるぐる回るのを眺めていた。午前二時か三時になれば、だらだらと続く一般のパーティーと同様、ビュッフェのサービスは終了し、ほろ酔い気分の弔問客らは、〝誰それのところの弔いもどきとは段違い〟の、この〝本物のお通夜〟〝本物の葬儀〟というものを堪(たん)能(のう)して、ようやく退散することになる。そして、帰宅して体力を回復させ、数時間後には戻ってくるのだ。納骨が終わってから出されるご馳走にありつこうとして。

第十九章

胡粉色の月を背にふたりは座っていた。カトメは妹の息遣いを聞いた。ゆっくりとした、深い、規則的な、鈍いいびきに近い呼吸。カエル、コオロギ、コウモリたちがユーカリの木立で織りなすバラードに眠りを誘われて寝息を立てるような……。妹の服からは薪や灰や煙のにおいがした。体の倍くらいはありそうなたっぷりとした寸胴型の衣服にママ・レシアのカーディガンを羽織っていても、アクセルの目が逃さなかった〝叔母ちゃまの大きなオッパイ〟。学校では〝オッパイちゃん〟とからかわれていたものだ。切れ長の目に、野性味あふれるネコ科動物のまなざし。ふっくらとして魅惑的な唇は、怒ったときやひどい意地悪を口にするとき（思春期にはたびたびそういうことがあった）でさえ、彼女のかわいらしい雰囲気を損ねることがなかった。ほっそりとした指。甲高の足。丸みのある立体的なヒップ。体にぴったりの服を着たときには、燠がパッと炎を上げるように少年たちの目が輝いた。「神さまは、おまえを創造したときは絶好調だったらしいな！」クラスの中にはそんなことを言う男子まで現れた。

「セン？」

「えっ？」

「覚えているかしら？　わたしは、あなたにふられた男の子たちの〝嘆きの壁〟だった」

妹はすぐに返事をしなかった。

「それは過去の話」しばらくして、妹はささやいた。

「いまでも足が冷える？　いまは誰に温めてもらっているの？」

「もう子どもじゃないのよ。あなたからは卒業したわ！」

そう言うと、センケは心から笑った。先刻のカトメのように。

「足を温めてくれる人はもういないの。もう誰もね、カティネトゥ……」


一年間の志願期、二年間の修練期を経たあとでも、妹が目を覚まして自分の居場所はそこではないと気づいてくれることを、カトメは期待していた。血のように赤いチュニックにボタンの付いた詰め襟のブラウス、豊かな髪をスカーフで隠し、女性版サンタクロースみたいな格好をして、冷え冷えとした独房で寝起きし、無意味としか思えない日々をほかのミス・サンタクロースたちとともに過ごす生活――天が与えてくれた唯一無二の、本当の妹とは別人のような暮らしを送ることを諦めてくれないか、と願っていた。カトメがセンケに最後に会ったのは、修練期を終え、初誓願をし、有期誓願期に入ったときだった。やがて、修道名〝神の御摂理のマリア〟として終生誓願を宣立するというセンケから招待状が届いたときには、グレゴリオ聖歌が流れる世界に妹が埋没していく光景がまぶたにちらつき、カトメは招待状を洋服ダンスにしまいこんでしまった。これ以上、妹の静かな決意に満ちた顔を見るのはもう無理だった。そんなによき信徒にこだわるのなら、センケは一緒の教区で在俗信徒として生活を送ってもよかったわけだし、同じアクリバで暮らすこともできたはずだ。もしそうなら、これまでと変わらず、お互いに会うことができたのに。でも、そうではなかった！　すべてを捨てて、修道院に入ることが妹には必要だったのだ。姉妹の縁を断つことは、カトメにとって、苦しみを終わらせる方法であり、修道生活に固執するセンケを思いとどまらせるためにすべきだったこと、すべきでなかったことを何度も反芻しなくてすむ方法だった。妹が自分のもとを去って修道院に入り、自分よりもイエスを愛するということは、自分がなにかとんでもないことをしでかしたからに違いない。自分はいったい、なにをやらかしてしまったのだろう？　十一年経っても、いまだに答えはわからない。

「イエスと結婚するなんて……あなたをイカせることもできない男と……」

「カトメ！」

「ごめんなさい、冗談よ」

センケは席を立った。非難を露わにした不格好なチュニックの影が、テラスの反対側へと離れていった。神の御摂理のマリアには、センケだったら鋭く切り返していたはずのユーモアがなかった。カトメは立ち上がり、妹に近づいた。妹は背中を向けて、増えつづける酔っぱらった群衆の列を目で追っている。カトメは妹の肩に手を置いた。

「ごめんなさい、セン。傷つけるつもりじゃなかったの」

「傷ついてないわ、カトメ」センケは振り向いて、テラスの手すりに寄りかかった。

「本当は傷ついたんでしょう？」

「心に悪魔が入りこんで、あなたに冷やかしを言わせたのよ。悪魔は狡猾で悪賢いわ。たびたびユーモアを通して、神の子の警戒を解かせたり、操作したり、裏をかこうとするの。悪魔に利用されてはいけないわ……」

カトメはムッとしてため息をつきそうになったが、おしとどめた。

「ごめんなさいって言ったじゃない」

白い懐中電灯の光輪が上下左右に動きながら階段を上がってきた。誰かが探しにきたようだ。本能的にふたりは体を寄せあった。電気はまだ復旧しておらず、娘たちは近くの部屋で寝ている。手伝いの女性たちなら、まだ階下のキッチンにいる。中庭のガードマンたちはほうぼうを巡回しているはずだ。誰だろう？　懐中電灯の光がすぐそばまで来た。ガードマンのコッサムが姿を現した。目抜き通りにあるガソリンスタンドで軽油を買う金をもらいにきたのだという。発電機の燃料タンクが空っぽらしい。停電は一帯停電によるもので、ブレーカーが落ちたわけではなかったのだ。国営電力会社が深夜に電気を復旧させることは期待しないほうがいいだろう。復旧は翌日か、最悪の場合、二、三日後になると言ってもいい。

コッサムが行ってしまうと、センケはウィンプルを直し、口を開いた。

「じゃあ、お先に。夜の祈り（コンプリン）をあげにいくわ。サミーのために祈ります。聖母さまのご加護でサミーが釈放されますように」

これまでキジトも自分も何度も失敗して苦い思いを味わってきたため、カトメは、サミーが月曜日に釈放される見通しについて、センケには内緒にしておこうと考えた。オー＝フェンの諺には、《妊娠を知らされずに子を迎える》というのもある。

「サミーの釈放に、あなたの聖母さまのお恵みがあるかしらね。そういう類のものをまだ信じられたら、わたしもあなたみたいにシンプルに生きられるんでしょうけど。わたしは信仰の非実践者になったから、セン」

「信仰の非実践者……。それって、造語遊びかなにかかしら？　あなたとサミーは造語遊びが得意だったわね。語呂合わせがうまくて、それがどんなに空疎な内容なのかも気づけなかった。信仰の非実践者……。鍵をなくすみたいに、信仰が失われることはないのよ、カトメ。あなたは聖母さまの娘です。あなたが否定したくても、それは否定できません。サミーは険しい道を選んで……」

「待って。サミーが道を選んだせいだというの？　彼がある朝、起きて、今日はなにをしたらいいか考え、これから同性愛者になって波乱の人生を送ることにしたせいだ、とでもいいたいの？」

「ということは、彼は同性愛者なのね……。それについては、あなたはひとことも触れてこなかった。だから、彼は不当に告発されたのだと……」

カトメは唇をかんだ。うっかり口を滑らせてしまうとは……。

「……正直言って、別に驚かないわ。いつか、彼がママ・レシアにヒナギクの花束を持ってきたことがあったでしょう？　わたしはすぐに妙だなって、違和感を覚えたもの」

「か、彼のどこが妙だったというのよ？」カトメは声も鋭く問いただした。「言ってみなさいよ！」

「落ち着いてよ、カトメ。そんな検事みたいな口を利かないで」

　センケは手すりから離れると、籐椅子に戻り、胸もとで指先を互い違いに組んだ。

「つまり、彼にはちょっと女の子っぽいところがあるように思えたの。お花が好きとか、家でお母さんを手伝って料理するとか、編み物とか。歩きかたや、しゃべりかたまでも。見た目には第二次性徴期を迎えた男の子なんだけど、乗る電車を間違えたというか、終点の手前で降りてしまったというか、完全には男性になりきれていない印象を受けたの。わかるかしら」

　カトメはセンケの前で腰に手をあてて立ち、自分を見るよう、顔を上に向けさせた。

「修道院で隠遁（いんとん）生活を送っていると、そんなふうに物事を簡単に決めつける人間になっちゃうわけ？　あなた、俗世を捨てる前、二年間医学部で学んでいたんでしょう？　あなたの口からそんな言葉を聞くなんて、信じられないわ！」

「怒らないで」センケは手を差し伸べた。「ここに座って、カティネトゥ」

　差し出された手は握らず、カトメは椅子に腰を下ろした。

「カット、あなたはサミーのことが大好きだから、乱れた倒錯を受け入れる覚悟ができている。神さまはサミーを愛していらっしゃいます。でも、彼の犯した罪は憎みます」

「罪か罪でないかを決められるなんて、あなたがたってそんなに偉い人たちなの？　罪人の懺悔（ざんげ）と称してタシュンからアクリバ大聖堂のミサに誘われたとき、ウムトゥ大司教のお説教をちゃんと聞いておくべきだったわ。あのときは旅行気分でいたから」

「聖職者だって完璧な人間ではないわ。わたしがサミーについて言ったことは、わたしたちひとりひとりにも当てはまることよ。神さまはわたしたちを愛してくださっています。人を憎まず、罪を憎んでいらっしゃるの」

カトメはかぶりを振って、妹のほうに向いた。

「神の御摂理のマリアさんでしたっけ？　教えてあげましょうか、セン？　わたしはね、もう信じていないの。天国も煉獄も、天使も地獄も、一切合財。信じられなくなっちゃったのよ。どうしてそうなったかは訊かないで。ただ言えるのは、あなたがレデンプトリスチン会へと去ってしまったときからそうなったということ。わたしの中で潤いのようなものが失われだしたのよ。母。あなた。サミー。カトリック以外の友だちは作るな、みんなが天国で会えなくなるからって、ママ・レシアに言われたことを思い出すとね。なんてくだらないことを鵜呑（うの）みにする必要があったのかって腹が立つわよ！　実際に、サミーは別に道を選んだわけじゃない。それでも、あなたの信じる神さまがサミーの人生の選択がお気に召さないっていうなら、クソくらえよ！」

言ったそばからカトメは後悔した。ずけずけと、ひどいことを言ってしまった……。妹が呆然としているのがわかった。月明かりのなか、センケがポキポキと指の関節を鳴らすのが聞こえた。

「怒らないで、セン……。ねえ、わたしたちが一緒にいられるわずかな時間を台無しにしたくはないの……」

カトメは妹の手を取ろうとして、やめた。センケはここにいる。月曜日まで。月曜日の朝、妹は消え去る。再び。母の三度目の葬儀でもやらない限り、またすぐに会えるわけでもない。手を握ったところでなんになる？

　重い口調でセンケが沈黙を破った。

「いまの話は、決して気分のいいものではないわ。わたしに言えるのは、なにがあろうと、それがすでに起きてしまったことでも、最後にお決めになるのは主おひとりだけだということ。それを覚えておいて。すべては主の御心のままに。それを受け入れる謙虚さがあなたには必要だわ」

　カトメは全身の血が逆流するのを感じた。

「なによ、その御心って！　サミーが四ヵ月も前から刑務所でひどい目に遭わされているのは、主の御心？　死刑を宣告されかねないことが主の御心なの？　なぜ？　あなたに説明ができるの？」

「カトメ……。主が同意されなければなにも起きないわ。あなたの問いに対する答えは、祈りの中で見つけましょう」

「答えは祈りの中で見つけましょう？　やめてくれない？　そういうカテキズムみたいな言いぐさ。こっちはね、なぜあなたが去っていったのか、父なる神が教えてくれるのをずっと待っているのよ」

「カトメ、あなたは恨んでいるのね。だから、わたしの終生誓願式に来なかったし、手紙の返事もくれなかったのね？」

「あなたは逃げることを選んだ。わたしから逃げることを。逃げておきながら、わたしになにか言ってほしかったわけ？」

「わたしが神のお召し(ヴォケーション)を感じていたことを、あなたはただ不審に思っただけよね？　わたしに提示された世界のどれよりも強く偉大な召命(コーリング)を、わたしを呼ぶ超越した声を感じていたことを。結局のところ、あなたにとって大事なものは自分自身だった。自分と自分の気持ち、自分とわたしへの愛情だった。あなたはわたしの人生の世話を焼きたがり、どれがいい選択なのかをわたし以上に知っていた。結婚したあとでも、わたしを一緒に住まわせようとし、わたしを自分のものにしたがった。でも、わたしはあなたの人形ではない。あなたが最後の日まで髪を編んであげるつもりでいるお人形さんなんかじゃないの。わたしたちは二歳しか違わないのに、あなたはわたしの母親であるかのように振舞っていた。覚えてないかもしれないけれど、召命(コーリング)について悩んでいたことをはじめて相談したとき、あなたはなんて答えたと思う？　《見くびらないで。あなたのことは、あなた以上に知っているのよ》って。わたし以上にわたしのことを知っているのは、自分が賢いからだとでもいうように、《見くびらないで》って言ったのよ。そのあとで、わたしのことをわかっていなかったことが証明されたけどね。わたしはいまの共同体での生活を気に入っているし、そこに自分の居場所を見つけたの。これがわたしの天職(ヴォケーション)なの。あなたはそれを理解せず、容認しなかった。共同体生活というのは……」

「……あなたが主張する天職とやらの由来はどこにあるのかというと」と、カトメはさえぎった。「あなたが修道女になったのは、両親が結婚していないから、わたしたちは姦淫の子であり、原罪から身を清めなければならないと、さんざん周囲から吹きこまれてきたせいよ。あなたは世間に立ち向かう代わりに、逃げることを選んだのよ。レデンプトリスチン会の亡命者。まあ、すてきな運命ですこと。まったく、共同体生活、共同体生活って、カルト集団じゃあるまいし」

椅子を蹴倒さんばかりの勢いでセンケが立ち上がった。カトメも真似をして立った。ふたりは対峙した。

「わたしは自分で選んだ人生を生きています!!　お金も地位も名誉もなく、ひっそりと生きる人生を選択できることが、お姉ちゃんには受け入れられないのよ。世間と向きあっているから、自分は最良の選択をしたと思っている？　他人の人生をとやかく言うことはわたしにはとてもできないけど、お姉ちゃんが実際に向きあっているものはなにかしら？　夫に養ってもらって、あれだけ勉強したのにもう働くこともなく、この国の腐敗した政府のせいで膨れ上がったバブルの中でぬくぬくと安寧に暮らしている。別に怒ってこんな話をしているわけじゃないのよ。でも、実際そのとおりでしょう。わたしは毎朝四時に起床し、お祈りをしたあと、一日中働いているわ。養蜂、リンゴの果樹園、キャッサバづくり、料理、洗濯、孤児たちの学校の運営。夫のお金がたくさんあるのに、お姉ちゃんはママのお墓の掃除すらしていなかった。あの藪の中で足を捻挫する人がいたかもしれないのよ。さいわい、ガイドが道案内をしてくれたから、そんなことにもならなかったけど。母親の墓を朽ち果てるがままにしておくいっぽうで、葬儀には政府関係者の半数以上が参列するようね。それは、なぜ？　この家や納骨堂にかけたくらいのお金があれば、グラン・エストじゅうのストリートチルドレンに教育を受けさせることができるのに。親が貧しくて二日に一度の食事すらままならない子どもたちなのよ。お姉ちゃんとは違い、わたしはママが亡くなったときに泣いた。ママ・レシアが決して母親代わりになれないことはわかっていたの。伯母を母だと思うようにして、結婚に逃げこんで、サミーのことは兄として見るようにして、カトメ、あなたは少なくともいま、本当に生きたい人生を生きている？」

赤いチュニックの下で鼓動を打っているのはまさしくセンケの心臓だった。神の御摂理のマリアなら、そんなふうに自分の気持ちをぶつけてきたりはしないはずだ。とてつもない孤独感がカトメを襲った。これまでずっと、センケがそばにいなくて淋しくてたまらなかったが、いま、その淋しさがいっそう強くひしひしと感じられた。

カトメはかすれた声で言った。

「お互いにそれぞれのやりかたで逃げたということね。でも、わたしの気持ちが変わることはないから」

センケは首を振った。その顔には失望の色が浮かんでいた。

「自分はなんでも知っていると思いこんでしまうその癖は変わってないのね。わたしが修道女になったのは、それがわたしの道であり、生涯を通しての使命だからよ。わたしが医者になることはわたしの夢ではなくて、お姉ちゃんの夢。わたしは自分が望んでいたものになったけど、いつになったらそれを受け入れてくれるの？　ママが亡くなってもうすぐ二十一年になるのに、お姉ちゃんはいまもその死を受け入れてないし、十一年前にわたしが選んだ道も気に食わなくて、受け入れようとしない。サミーが獄中にいることについては、まるで神さまに挑むかのように話す。カトメ、ひざまずいて、サミーを解放してくださるよう主に祈るのよ。どちらにしても、代わりにわたしは祈りますけど」

「サミーの釈放を神にゆだねろというの？　ありえない！　ありえないから！　いいこと？　センケ、あなたの頭上にはなにも存在しないんだからね！　ただ空気が広がっているだけなんだから!!　ヘンテコな服を着て、そんな空気のために、盗人（ぬすっと）ごときのために、神と称するクレプトマニアのために、せっかくの頭脳や資質を犠牲にしているあなたを見ていると、胃が痛くなるわ」

　みるみるセンケの表情が石のように硬くなった。彼女は脅すような勢いでカトメに詰め寄った。

「お姉ちゃんはね、聖母さまに多くの恵みを与えられているの！　あなたに聖母さまのご慈悲があらんことを！」

　そう言い放つと、彼女はカトメから離れ、うしろに下がった。

「わたしは……わたしは、夜の祈り（コンプリン）を捧げにいきます」

「ああ、セン、待って、ごめんなさい、わたしも行くから。もうこれ以上……」

　センケは手のひらを向けて、カトメを制した。

　テラスにひとり取り残されて、カトメは先ほど襲われたとてつもない孤独感に再び打ちのめされた。空に目を向けると、薄色の月は天頂に達していた。ほら、真ん中に黒っぽい影みたいなのがぼんやりと見えるでしょう。あれはロトの妻なんだよ。――祖母からそんな話を聞かされたものだ。赤ん坊をおぶった妻は夫のいいつけを守らなかったために、塩の柱と化した。満月の夜ごとに彼女は現れて、主の律法に背いた女、背徳の女に与えられる罰を、女性たちに思い出させるという。本当に天にはなにもないのだろうか？　池のほとりで、はじめてフォルテスの前で膝をつき、ズボンのボタンを外したのは、こんな満月の夜だった。不毛なやりとりをして妹の召命や信仰を傷つけたりせずに、自分の不貞を妹に打ち明けられたらよかったのに。だが、神の御摂理のマリアは妹ではない。サミーは月曜日に保釈される予定である。月曜日に彼は帰ってくる。火曜日にカトメは兄のキジトと会う。キジトとはすべての情報を共有できるから。カトメの視線は日干しレンガのキッチンから立ち上る煙に引き寄せられた。煙がユーカリの木立のあたりを漂うのが見える。カトメはキッチンで手伝いの女性たちが繰り広げていたきわどい会話を思い出した。彼女たちのうちの何人がロトの妻となっているのか？

第二十章

目を開けると、上からじっと覗（のぞ）きこむタシュンの顔があった。

「サミュエルが昨夜の十一時に保釈された」

カトメは肘をついて起き上がった。口からツーッとよだれが垂れる。よだれは熟したアンバレラ〔タマゴノキ。ジューンプラムとも呼ばれる熱帯の果物〕の甘い繊維質の果肉の味がした。

「昨夜、お義父（とう）さんの家から戻ってきてから話すつもりでいたんだが、きみがもう寝ていたものでね」

ベッドサイドのテーブルの時計は六時を指していた。キッチンではかまどにすでに火が入っているらしい。キッチン裏の囲いの中ではオンドリが朝を告げている。ヤギたちがメエ、メエ騒ぎ、キリリリリとコオロギが鋭く鳴く声もする。ブラインド越しに、空の一部とユーカリの梢（こずえ）が見え、ワライバトが枝に止まっていた。夜が明け、この数ヵ月にわたる闇が晴れていく。

カトメは咳払いをして喉をすっきりさせた。

「わたしは……」

てっきり、月曜日に保釈されるものと思っていたのに、と言いそうになって、彼女は言葉を飲みこんだ。

「選挙期間が終わらないうちに、釈放になるのは無理かなと思っていたわ」

「まあ、簡単に済むことではなかったな。えーと、なんと言ったかな？　清廉潔白な人間は、なにものにもまさる価値がある、だったかな？　ほら、明日発売の見本誌だ」

そう言うと、タシュンはルベル誌を差し出した。表紙を飾るのは夫の写真で、その下には《タシュン・アッピア、オー＝フェンの希望の星》の文字が躍る。

「通常の流れからすれば、サミュエルは月曜に保釈されるはずだったが、選挙の公示日と重なるのもどうかと思ってね。パンクー家の人間はまる一日得をして、喜んでいるよ。きみに内緒にしていたのは、驚かせたかったからだ」

カトメは驚いたふりをして、感謝を述べた。枕を背中に当ててヘッドボードに体を預けると、彼女はオー＝フェン州知事選挙の特集ページをめくった。キジト・パンクーは論説でアッピア候補を取り上げ、絶賛していた。記事では、首都の知事としての並外れた活動ぶりが称賛され、ほぼ全ページにわたって夫の写真が掲載されている。ロングインタビューでタシュンは将来のビジョンや州の政治に対する志を語り、コラムはＭＰＡや党代表に追従する内容だった。ほかの候補者らの紹介は最後のページで簡単にまとめられていた。

「ほら、こんなのもある。ひと月のあいだ、毎日発行されるんだ」

彼女は夫が差し出すＡ４判四つ折りの『タム・タム・キャンペーン』を手に取った。

「キジトとその仲間が三十日間にわたって毎朝配布する。わたしの活動報告だ。保健センター、住民への付け届け、きみのお父さんの支援、ルベル誌の応援をもってしても、選挙に勝てなければ、それは人の形をした悪魔が邪魔立てをしたと考えるしかないだろう」

カトメは作り笑いを浮かべて夫を安心させた。夫が心配する必要はない。天が味方してくれるからだ。夫が州知事として華々しい日々を送る未来図を描いてみせるいっぽうで、カトメはキジトから聞いた話を思い出していた。シタ・フェリシとキジトは閉庁時刻を過ぎた庁舎でタシュンに迎えられた。ふたりが、〝まるで萎(しぼ)んでしまったように〟落ちこんでやせ細り、緊張病を発症しているサミーを解放してくれるよう嘆願すると、タシュンは〝身内間の協定〟を持ち出した。かつては反体制派として現政権に物申していた知的で社会的に影響力のあるルベル誌は、かくしてMPAの機関誌となり、オー＝フェン州知事選にまつわるゴシップ記事を書くこととなった。タシュンにとって、キジト・パンクーはほかのなにものにもまさる価値がある。記事の報酬はもちろん、サミュエルだった。まったく、タシュン・アッピアという男は、闇取引までしてうまく立ち回ろうとする、骨の髄まで腐った野郎だ。

とにかく、サミーは釈放された。自由になれた！　とうとう！　今日、葬式がある。月曜日は選挙の公示日で、開所式、開通式がある。そして、火曜日。火曜日に、やっとサミーに会えるのだ。

カトメはセンケの寝室に駆けこんだ。妹は毛布を被ってベッドの上に座っていた。大きな丸襟の長袖のピンクとブルーの水玉模様の綿のネグリジェを着ている。カトメを見ると、センケは左手の人差し指を唇に当て、右手を上げてロザリオを見せ、カトメを手招きし、ぶつぶつとロザリオの祈りを唱えつづけた。三環ロザリオの祈りをする。小さな玉が十粒連なったものが一連、それが五連つながり一環となる。小さな玉をひと粒ずつ爪繰りながら祈りを唱え、大きな玉のところに来ると、祈りと神秘的な言葉を唱える。妹はまだ始めたばかりのところらしく、この調子だと一時間半は我慢することになりそうだ。カトメは靴を脱ぎ、毛布の下に潜りこんだ。数分後、センケは目を閉じたまま、アヴェ・マリアの祈りをつぶやきながら、カトメの脚を自分の脚のあいだに挟みこんだ。なんて冷たい足なのか！　妹の足は氷のようだった。足を引っこめようとしても、妹は万力でぐいぐい締めつけるように、カトメを逃がそうとしない。カトメは少しだけ抵抗して、諦めた。やはりセンケの足技にはかなわない。幼い頃、十代の頃、そして、修道院に行く直前までそうだったが、センケには冷えた足先をカトメの足にこすりつけて温めようとする癖があった。湯たんぽ代わりにされる気分ではないときや、どうしても我慢ならないときには、シーツの下でよく戦ったものだ。神の御摂理のマリアは、締め技を解こうとせずに、十字を切り、ロザリオの十字架に口づけ、数珠の部分をブレスレットのように手首に巻きつけると、カトメのほうに身をかがめ、楽しげにウィンクしてみせた。

「わたしのことをお姉さんと呼んだら許してあげる」

センケはくるっと体を回転させ、一瞬足の力をゆるめたかと思うと、押さえこみに入った。太ももでカトメを両脇から挟みこみ、体重をかけながら、真剣な調子を崩さずに、繰り返した。

「さあ、言いなさい。そしたら、解放してあげる。認めなさい。わたしのほうがお姉さんだと」

カトメは首を横に振りながら、わっと笑いだした。笑いすぎて涙が出て、センケを押し返そうとしても力が入らない。ふたりは二十年前の姉妹に戻っていた。アンセニャン地区を去る前の、姉妹の部屋やベッドに別れを告げる前の、母が健在で、妹もレデンプトリスチン会に逃げていなかった時代……。ついにカトメはわざとらしく渋面を作って降参した。

「はいはい、お姉さん、あなたがお姉さんよ！　これでいい？　じゃあ、もう放してよ」

センケがゴロンと横に転がり、Vサインを突き出した。カトメは何度もうなずいて、ベッドを降り、息を整えた。もうこれ以上は黙っていられなかった。

「サミーが釈放されたのよ、セン！　自由になったの！」

センケは目を大きく見開き、毛布をはらいのけ、ロザリオをサイドテーブルに投げ出して、カトメに抱きついた。

「善良なる主はサミーを憐(あわ)れんで、わたしたちの祈りを聞き届けてくださったんだわ。昨夜、あれから、寝る前にロザリオの祈りを唱えたの。神さまは偉大だわ、本当に偉大だわ」

ふたりはネグリジェをひらひらさせながら、くるくると旋回した。幸福感に包まれて、ふたりが引き離されていた十一年の年月はいっぺんに吹き飛んだ。


ウムトゥ大司教は親族にひと言ずつ挨拶を述べるよう促した。カトメ、センケ、ママ・レシアが簡潔に済ませ、イノサン・パトンが無言を貫(つらぬ)いたのに対し、タシュンは神に始まり、先祖、天気、党、共和国大統領、アンブロワーズおじを引き合いに出して、雄弁なスピーチを披露した。続いて、タシュンのゴッドファーザーであるアンブロワーズおじが式辞を述べたが、その内容は、州知事の重責を担うにふさわしい、名誉、責任、義務を重んじる息子への賛辞に終始していた。——息子は両親、家族、友人、党の誇りであります。三十日後に住民のみなさまからの信任を得られれば、その才覚と限りないポテンシャルをこのすばらしいオー゠フェン州のために役立てる覚悟ができております。息子はたまたまこの地を選んで立候補するわけではありません。このオー゠フェン州は長きにわたって息子が心を寄せてきた地域なのであります。そうですよね、カトメさん？——同意を求められたカトメは、来賓席のフォルテスと目が合った。フォルテスはカトメの席と垂直に交わる列のミヴァル社の幹部席に座っていた。党関係者たちが拍手をするかのように両手を上げ、すぐに下ろすのが見えた。翌日から正式に選挙運動が始まるが、MPAがわずかにリードする形となっている。アンブロワーズおじが席に戻ってきた。ジャマが耳もとでなにかをささやくと、彼はバツがわるそうにすぐ立ち上がった。うっかり故人の話をするのを忘れていたのだ。特別な義理の息子の義理の母親について、もごもごと型どおりの文句を述べ、彼は再び着席した。カトメの口の中は、まだ青いアンバレラの果肉のように酸っぱくなった。

サミーの釈放の知らせを受けて、カトメがセンケと喜びを分かちあっているあいだに、ボランティアの若い党員たちによって選挙のポスターが中庭のあちこちに貼られていた。トウヒ、ユーカリ、テント、ベランダ、壁、椅子の背もたれ、いたるところでMPAの文字が目を引く。ユーカリの木のあいだには幅二メートルの横断幕が釘で打ちつけられ、敷地の入口には巨大な立て看板が設置された。〝神が大いなる善意をもって、わたしたちのもとに遣わしてくださった〟義理の息子がすることはなんでも大目に見ていたママ・レシアでさえ、祭壇の近くにカメラを設置しているテレビ局のクルーには、さすがに「ちょっとやりすぎじゃない？」と不満を漏らした。〝タシュンが州知事に当選した暁には、州の統計局長の椅子が約束されている〟従兄のタンガも、テレビカメラが入ることに目を丸くしていたが、コメントは差し控えていた。母の棺が安置された厚手のモスリンの幕屋にべたべた貼ってあったポスターは、即刻センケに一枚残らずはがされていた。礼拝が始まる前、カトメに挨拶しにきたフォルテスが、営業スマイルを浮かべたタシュンの破れたポスターを見やり、「やっとここまで来ましたね」と言った。ふたりが会わなくなってひと月が経ち、やっとここまで来た。しかし、〝ここまで〟とはなにを指すのだろう？

　六百人か、八百人か、葬儀の参列者数を正確に把握するのはむずかしそうだ。閣僚、企業のトップ、知事、中央委員会のメンバー、新聞社の局長、記者、ＣＡＺの国内派のメンバー、住民、野次馬。マドレーヌ・ラプトゥがザンブエナで社会的立場にあったわけでもなく、だいぶ昔に亡くなっていて、おまけに、参列者全員が故人を知らないというのに、とても信じられないことである。棺を安置した幕屋の両側には十張ほどのテントが張られていた。全員が座るには椅子の数が足りず、遅れてきた参列者たちは立っている。二十年前、彼女の葬儀に訪れた人はほんの三十人ばかりだったのに。辺りは造花の花輪であふれ返っている。ＣＡＺの名誉会長である大統領夫人から贈られた、見上げるばかりに高々と見事にアレンジされた生花は納骨堂の入口に置かれた。ＭＰＡの同志たちは首に党のカラーのスカーフを巻いて、グレゴリオ聖歌を何度も歌い、事前に配付された小冊子に頼ることもなく、ラテン語で使徒信条（クレド）と主の祈り（パテル・ノステル）を唱えている。そのミサの儀式に関する完璧な知識や、祭壇の前にひざまずくスムーズな物腰から察するに、彼らはカトリックの寄宿学校を出ているに違いない。サミーと同じように。

「主の平和」と言いながら、会衆がそばにいる人と握手や抱擁を交わしあっているときに、フォルテスが堂々と列を離れ、こちらにやってくるのが見えた。カトメは胃がキューッと引きつれるのを感じた。フォルテスは、カトメ、センケ、ママ・レシア、タシュンと順々に握手をした。手のひらの絹のような感触、柔和な笑顔。カトメの肌、カトメの体の上を何度となく行き来したやわらかなその手は、この先どんな肌、どんな体の上を這い回るのだろう？ カトメは会衆を見回した。とても敬虔そうで厳粛なたたずまいのご婦人たち。カトメは前の晩にテラスで思ったのと同じことを考えた。あの女性たちのうちの何人が、ロトの妻になったのか、ジャマがほのめかしていた〝体を癒してくれる人〟を見つけ、そして捨てたのか。


彼のペニスとDVD。確かに指摘されたとおりだけど、でも、それだけが目当てじゃない。彼と交際していたから（彼は〝交際〟という言葉を嫌い、彼女が嫌いな〝関係〟という言葉を好んだ）、彼女はサミーの投獄や、母の葬儀の準備や、タシュンの暴力をしばし忘れることが、つまり、自分の気持ちをクッションのように受け止めてくれる場所に逃げこむことができたのだ。

「いま、わたしたちの関係がどんな意味を持つかを考えなくてはならない段階にある」

カトメにはもう、なにがなんだかわからなかった。

「アレクサンドル、やっぱり、わたしとの結婚は望んでいないってこと？」当惑して、そう答えるのが精一杯だった。

「誰が結婚の話をした？　もう少し大人になりなさい！」フォルテスは苛立ちを見せた。教職に戻り、意味のない結婚をご破算にして、再び自立し、ふたりの大人として堂々と自分たちの人生を紡いでいくこともできる。夫のことはもう愛していないし、知事夫人の役割も大嫌いだ。では、なにが彼女を引き留めているのか？　顰蹙を買ったり、娘たちの生活に支障をきたすことを思うと、彼女は一歩を踏み出せずにいた。

「不幸な夫婦は、人生の枠を取り外す勇気がないとき、子どもを言い訳にする」

子どもが三人いても、彼にはその勇気があった。離婚をし、自由気ままに旅に出て、三人の子どもの養育は前妻たちに任せっきり。好きなように時間を使い、好きなように生きる。そして、それを勇気だと言ってのける。枠を外す勇気が、母親の責任を果たさず、子どもの将来を犠牲にして、自分の世界を覆すことを意味するなら、そんな自分は自分ではないと彼女は思っているのかもしれない。なにしろ、彼によって女の悦びを知り、軽く触れられただけで愛液があふれ、舌でまさぐられると異次元にワープしてしまうくらいなのだから。

二度の離婚に、三人の子ども。フォルテスは感傷に浸ることがないのだろうか。彼女は面食らっていた。彼は、堂々と手をつないで歩き、見つめあって食事ができるような場所で彼女と会いたがった。彼女の唇にマンゴーやザクロのジュースを垂らしてから、舌を這わせ、差し入れ、なぞるようにして、外側からも内側からも彼女を味わいつくす。昼夜を問わず、彼女の肌の甘やかなにおいを堪能し、もの狂おしく抱きあう。熱く議論を戦わせたり、腹を抱えて笑ったり。ピーナッツソースをかけたライスを作って食べたり、外の雨音を聞きながら、羽根布団の下で足を絡ませたり。これが、「わたしたちの関係にはなにも期待していない」と言っていた男だろうか？

「いま、わたしたちの関係がどんな意味を持つのかを考えなくてはならない段階にある」

彼女には、ふたりが同じ本を読んでいるように思えた。ただ、明らかに、彼女は左から右へ上から下へと読み進めているのに対し、フォルテスはあべこべに読んでいるのだ。はじめて夜をともにしたあと、フォルテスはすばやく彼女に手紙をしたためた。ハートのマークを添えた、サワーソップのようにねっとりとして甘酸っぱい言葉を書き連ねた手紙である。つぎに会ったとき、彼はそれを彼女に読み聞かせ、返事がほしいとねだった。彼女は彼が料理をしているあいだに返事を書いた。彼女が白いユリが好きだと知ると、彼は花瓶を買い求め、白いユリだけを飾った。プレゼントを贈られると、彼女はそれをそのまま彼の家に置かせてもらった。彼に昼間の建築現場での苦労話を打ち明けたこともある。そんな夜は、彼はシナモンとカルダモンのアロマキャンドルを灯し、服を脱がせて彼女をベッドに寝かせ、ココナッツオイルで時間をかけてマッサージしてくれた。彼の家のドアをノックするたびに、彼女は自分が笑って、彼に無邪気に議論をふっかけることがわかっていた。そして、彼を自分の中に迎え入れたときに泣くことも。そのあとは、抱きあったまま、軽薄な空想を繰り広げ、相手を傷つけないように気をつけながら、お互いの生活のひとコマについて、あたりさわりのない範囲で語りあうのだ。フォルテスの家は、サミーやザンブエナや人類について、遠慮せずに話せる唯一の場所だった。彼の家で新たに多くの映画監督を知ることにもなったし、お金やサミー宛(あ)ての手紙を託し、こっそりキジトと会うこともできた。

世の恋人たちと同じように、喧嘩をしてもう別れようと言ってはやり直す、ということがしばしばあった。フォルテスは、より多くを、よりよいものを求めた。彼女も、ほかの女性も、新しい生活もなんでも。彼は試したがった。なんでも試そうとするのは、タシュンもそうだけど？フォルテスは否定するように手を振った。いや、あの人は婚姻関係や自分の家族、自分の評判を危うくしてまでなにかを試すような人ではない。それからというもの、彼女はフォルテスと夜をともにすることを恐れた。フォルテスが結婚を口にするまでは。「じゃあ、結婚しよう！あなたがそんなに結婚したいなら、結婚しよう！」彼は彼女に面とむかって言い放った。以前は禁欲中だと言っていたが、再燃したらしく、彼は、ほかの女性とも寝るようになっていた。ただし、それを裏付ける証拠をつかんだわけではなかった。その晩、赤い壁の寝室で、彼の目が奇妙に光るのを見て、ほんの一瞬、彼女は思った。《この人、わたしに恋をしているわ！この人の心をわたしは傷つけている！》ハートブレイク！すぐに彼女は自分を叱りつけた。三人の子どもがいて、二回離婚をし、生まれたばかりで黒人の母に捨てられ、父親にも見放され、白人の祖父に育てられ、冷徹な企業法務弁護士となり、ソーシャルインクルージョン担当に配置転換された五十一歳の元アルコール依存症患者にして、元コカイン中毒者。ミヴァル社に採用され、フェンのタム・タム地区に駐在する前は、過去の亡霊に付きまとわれながら、アフリカ五ヵ国を放浪していた男性。そんな男性の心が傷つくだろうか？彼の心に爪を立てたことはあるかもしれないし、強い心の持ち主でも、感情は傷つくものだ。でも、彼のような人間の心が傷つくことはない。

フォルテスに会いにいくことはなくなった。ある朝、目覚めると、玄関のドアの下に手紙が挟まっていた。彼女はそれを読んで破り、テープで貼り直して、もう一度読み返し、黒いビニール袋にくるんで、日干しレンガのキッチンの裏手に埋めた。

わたしは腕を伸ばし　手探りで抱き寄せた。
ふたりの思い出の影を。
わたしは目を閉じる。
あなたがもうここにいないことを見ないで済むように。
わたしはみずから生み出した可能性の海に漕ぎ出す。
そして　また生み出していく。うまずたゆまず。
どこに行こうと　あなたがいない虚しさにぶつかる。
わたしは沈黙を手なずけた。
深いといわれる沈黙を。
それでも自分がかくも弱い存在とは。
わたしは隔たりが持つ力を恐れた。
どれほど強い情熱でも
消すといわれる隔たりの力を。

それでもわたしの記憶はひとつも損われていない。

わたしは冷淡な道を歩いてきた。
あらゆる熾火を鎮めるという冷淡な道を。
それでもわたしは炎を上げる。　昨日のように
一昨日のように。

わたしはうたかたを諦めた。
狂乱の姿といわれるものを。
それでもこの繭の中で過ごした狂気の日々が
唯一の現実に思われる。

あなたの名を忘却の間にしまおうとした。
永遠に溶けつづける氷の部屋に。
きらきらの明日を摘みとり
色褪(いろあ)せるものと期待したが
なにもしおれはしなかった。

わたしはふたりの最良のものを隠し
最悪のものを糧とした。
治癒を早めるといわれるが回復にはほど遠い。
すべてをしたため
カノッサに発つのは身を切る思い。
書き残さずに去るのは辛いだろうか。
たとえば　忘れ去る前に思いのたけを吐き出すように。

懐かしいふたりの強情の張り合い
懐かしいふたりの沈黙
懐かしいふたりの罵倒合戦
懐かしいふたりの笑い
懐かしいふたりの論戦
懐かしいふたりの戯れ
きみの唇　きみの二の腕　わたしを見つめる
その欲望に満ちたまなざしが恋しい。
最低のエゴイストとか卑小な男とか
わたしを罵倒するその声さえも……。

ある日きみは言った。「あなたがわたしの生活の一部であってほしい
あなたのいない生活なんて考えられない
あなたと遠くへ行きたい
一緒に夕食を楽しんで　あなたの隣で目覚めたい
ときどきわたしを連れ出てほしい」
ほら　果たせなかった約束までもが
恋しくてたまらない。
わたしはプライドに寄付をした。
冷めた気持ちに金は払えない。
情熱には借りがある。

しかし　すべてを理性に委ねよう。それがまた
返ってくる答えなら。

タシュンの執務室で会った、冷ややかで、無関心な目をした男。彼女が抵抗し、〝弾切れ〟を起こすまで、激しい言葉をガンガン投げつけた相手は、彼女の前から去っていった。なぜなら、彼は彼女の中に、自分の将来の希望の担い手とは違うものを見たからだ。年齢や経験、二度にわ

たる結婚生活の失敗にもかかわらず、フォルテスは、特別な経験を人生の章という形で残したいと望んでいた。たとえば、放浪は人生の航海というように。本を読むにしても、彼女とは違って、彼があべこべに読んでいたのではなく、単に、ふたりは同じ本を読んでいなかったのだ。心臓が締めつけられるようで、彼女は返事を書かなかった。

聖体のパンを受けるには、右手の小径沿いに進んでフォルテスの席の前を通ることになる。彼女はやめておいた。今日は、キリストの肉はなしだ。

母の棺が大理石の墓に納められる。聖水が撒かれ、香が焚かれ、祈りが捧げられ、聖歌が歌われ、納骨堂の扉が閉められた。食事の席にフォルテスの姿はなかった。食事中、カトメは笑いすぎるくらい笑って、タシュンから睨まれた。最後の客たちが帰っていったあと、カトメは思いきり伸びをした。ここ数ヵ月の緊張からようやく解放された。これでセレモニーは終わった。サミーも釈放されたことだし。翌朝、カトメはセンケを駅で見送った。帰宅すると、タシュンが迎えに出た。エティから電話が入っているという。至急話がしたいそうだ。彼女は廊下に行って、受話器を取り上げた。

第二十一章

木とゴムでこしらえたパチンコを構え、五人の少年がハトを狙っている。ハト肉はフェンでは珍重され、高く売れる。停車中のバスの窓から、カトメはハトから少年、少年からハト、ハトから少年、少年からハト、ハトから少年と、視線を動かした。少年たちは照準を定め、一斉に石を発射した。石は四羽のハトと、運悪く標的外のコマドリの頭に命中した。難を逃れた鳥たちははばたき、一瞬にして飛び去った。地面に転がっている鳥たちはまだ生きていた。少年たちはその首をひねると、斜め掛けしたラフィアヤシの頭陀袋の中に放りこんだ。コマドリには見向きもしなかった。コマドリは砂埃にまみれて苦しんでいたが、最後はバスの乗降客に踏みつぶされて息絶えた。カトメは手の震えが止まらず、膝のあいだに挟みこんで、両手を握りあわせた。

彼女はアクリバ行きの始発バスに乗りこんだ。バスはいまにも出発しそうに見えた。「あと三人乗れば、出発します」と、《Les jaloux vont maigrir［嫉妬すると痩せる］》のロゴ入りTシャツの運転手がエンジンをかけながら言う。彼女は三席分の料金を支払った。ところがバスは発車しない。エンジンは唸りつづけたままだ。公共交通機関から十年ほど遠ざかっていたせいで警戒心がなまり、彼女は怪しい相手にもすぐ気づけなくなっていた。座席に座っているのはニセ客で、実際の空席の数をごまかしているのだ。ひとつ座席が売れるたびに、ひとりが降りていく。誰が本物の乗客で、いつ出発するのかもわからないまま、十分、あるいは三時間待たされることもある。彼女がほかの座席の分も買おうとすると、ダミーの乗客のひとりが制止した。「無駄だよ、ねえさん。あんたが全シートの料金を払って、空席のまま出発したところで、途中の道端に客がいりゃあ、すぐに停車しちまうんだから。かえって時間の無駄だ。金はしまって、待っていな。時間次第じゃなくて、客次第だからよ。辛抱するんだな、ねえさん」ニセ客がひとり、またひとりと降りていくのを見て、明白な事実の前に屈さざるをえなかった。自分が最初の乗客だったとは。タシュンからは愛車に乗るのを禁じられている。「これはわたしの金で買ったものだ。いっさい触るな」だから、バスに乗って急いでアクリバに戻ることにしたのだ。彼女は座席にもたれ、目を閉じた。

オム・キャパーブル医院で、彼女はシタ・フェリシから霊安室への立ち入りを禁じられた。「カトメ、あの子には会わないで。あの子はもう誰にも会わせませんから。ご主人とあなたのせいで、わたしたちはさんざん不幸な目に遭いました。遺体の搬送手続きをしてくれたことは感謝します。費用のほうはこちらでなんとかしますから。援助はもう結構です。わたしたちのことはもうこれで忘れてちょうだい。わたしにはもうキジトしかいません。どうか、キジトのことも忘れてください。さあ、これでもう、お引き取りください」

「じゃあ……葬儀は？」

「来ないでください」

「サミーの葬儀に行くのもいけませんか？」

「ええ、来てもらわなくて結構。もう十分ですよ。あなたのせいで、ご主人のせいで、あの子の名前は泥の中に引きずりこまれた。あの子の父親から受け継いだ名前なのに。あなたたちのせいで、あの子は死んだ。あなたたちを貶めるために、あの子は利用された。そうでしょう？　絶対に許さないから、絶対に。いい？　全部あなたが悪い！　あなたが煽ったから、あの子は愚かにも芸術家なんかになったのよ。ちゃんとした職業についているにもかかわらず。あなたが金を出したりするからいけないいんです。あの不幸な展覧会がなかったら、こんなことにはならなかったでしょう。あの子はなにもなし遂げられずに亡くなった。芸術家としてキャリアも築けず、教員の仕事も、家庭生活も中途のまま、不幸な最期を遂げたのよ。何ヵ月にもわたる刑務所のひどい生活と、あなたが家賃を払っていたあの呪われた地区の住民に追い詰められて。帰ってちょうだい！」

　二日前、崩壊した母の墓の前で、もう泣かないと誓ったのだ。エティから知らせを受けると、オム・キャパーブル医院の院長に電話を入れ、サミーが到着すること、つまり、サミーの遺体が搬送されることを伝えたが、そのとき、彼女は泣かなかった。センケを駅で見送り、胸が詰まる思いでいたところだが、泣かなかった。高速道路の一部開通式で再びフォルテスと会い、むこうが手を差し出して微笑みかけてきても、内心激しく動揺したが、視界が涙で曇ることはなかった。保健センターの前で、挨拶のスピーチが終わり、テープカットがおこなわれ、祝辞が寄せられ、グラスにシャンパンが満たされたとき、彼女がこれからアクリバに戻ると告げると、タシュンは怒鳴った。

「選挙戦の初日にわたしのもとを離れるというのか？　午後にはお義父さんとスタッフ全員を集めてミーティングをする。ここを動いたら、ただじゃ済まないぞ、いいか、カトメ、ただじゃ済まないからな」

イノサン・パトンから、「あんなひ弱なやつのために、わたしたちを置いていくのか？　もう死んでいるんだ。いますぐ行っても、一年後に行っても変わりはなかろう？」と言われても、彼女は泣かなかった。そのとき、彼女は人生から二重の苦しみを押しつけられていたことを実感した。――母の不在と父の存在。彼女は土踏まずにくっついた噛み（か）タバコをこそげ取るように、飢えた狂犬病の犬を追い払うように、心の中から父の存在を追い出した。シタ・フェリシには言いたいように言われ、罵倒され、恨まれ、遠ざけられ、サミーの葬儀に参列することすら許してもらえなかったが、彼女は泣くまいと思った。サミーが死んで、もう希望もついえてしまったのだから、これ以上、なにを泣くことがあろうか？

第二十二章

明日、よし、明日こそは、そうしよう。ベッドから抜け出して、部屋の外に出よう。結局、自分だっていつかは埋葬される。誰もがいつかは埋葬される。みんな、いずれは死ぬのだ。明日になれば、幾度となく全身に走る疼痛も少しずつ引いて、頭の中にしつこく居座る白い霧も徐々に薄れて消えていくだろう。愛しい人を亡くした深い悲しみを癒せるものなどなにもない。人は永遠には生きられない、と自分に言い聞かせてみたところで、悲しみが癒えるわけではないのだと、彼女は気づいた。同時に、そんな悲しみの重さに人間の心が耐えられることに啞然とした。母が亡くなったときには自分の殻に閉じこもり、シタ・フェリシに霊安室から締め出されてからは自分の部屋に引きこもっている。その方法に自分が慣れてしまっていることに、いまさらながらに驚く。部屋にこもり、幻覚の兆しのままに、不幸の外套をケープのように広げては、旗印のごとく肩から羽織ってみる。彼女の思考は朝露を頂いた白い花たちのようにうつろいやすく、流体が渦を巻くような動きを見せながらくるくると舞っていた。彼女はベッドから跳ね起き、窓に駆けよって、カーテンの裾を持ち上げ、ジャカランダの花や、サミーが鉄を打ち出して創ったテントウムシたちにじっと見入った。テントウムシはサミーが粘土に転向する前のはじめての試作品である。彼女に残されているのは、出窓のむこう側のその一角と、永遠の喜びに包まれたまま化石となった思い出の写真だけだった。しかし、しあわせな思い出はボトルに閉じこめてあるわけではない。試練の日々に、アロマを薫いて心を癒すようにはいかないのだ。

ママ・レシアとソクジュが毎日公邸に通って執事を手伝い、ルーティンワークをこなしていた。バンビリはアクセルとアリックスの学校の送り迎えをした。ガードマンは陳情者たちを追い返した。カトメの部屋は暗いままで、モットーが例の気難しいカーテンを開けることもなく、リネンの交換ももうしなくなっていた。部屋係は同僚にむかってこぼした。「なあおい、子どもを抱えた女は、金のために必死に働くもんだがね。こちらのおかたみたいな真似はしない。うちの弟がバイクの事故で死んだ日のつぎの朝、いいかね、死んだ日の翌日だぞ、まだ夜も明けないうちから、弟のかみさんは市場にベニエを売りに行ったよ。その日の夜にもベニエを売っていたよ。旦那が死んで、かみさんが部屋にこもって、ベッドで寝たきりになっていたら、いったい誰が子どもを養うのかって話だよ。なあ、身内でもない人間が死んだら、あんた、この世が終わったみたいに振舞うものかね？」

午後になると、ママ・レシアとソクジュが部屋に入り、カーテンを引き、必要に応じてシーツを取り換え、練乳に浸して焼いたフレンチトーストをトレイに載せて運んできた。彼女はトーストで腹ごしらえをした。夜にはアクセルとアリックスが顔をのぞかせに来た。双子はベッドの端に腰かけ、その日学校であった出来事を話し、「ママはいつよくなるの？」と尋ねた。ふたりは、サミーおじちゃんが死んでから母の具合がよくないことを知っていた。どうしてサミーおじちゃんが死んだのかは教えてもらえなかったが、いまではずいぶんと話をしてくれるようになった父を通し、ゴッドファーザーがこの世にいないという事実を、ふたりとも徐々に受け入れつつあるようだった。ママ・レシアが執拗に主イエス・キリストと天のご意志である旨を説いたおかげで、双子は母よりも落ち着いてゴッドファーザーの死と向きあうことができていた。庁舎に届いた郵便物はバルビーヌが持ち帰った。タシュンは公邸に立ち寄ったついでにそれらを開封した。選挙期間中で時間がほとんどとれなくても、タシュンは娘たちにキスをするために戻ってきて、夜はできるだけ一緒にいてやり、隣の寝室で寝るようにした。サミーの死から数日が経った頃、愛撫（あいぶ）しても少しも濡れないので、タシュンは唾液で湿らせて強引に妻に挿入した。彼がペニスを抜いたとたん、彼女は涙した。かつて「フェンの氷の女王、冷血動物」と呼び、涙腺（るいせん）の機能不全を疑い、商売女のように安易に女の武器を使わないので（彼女たちはすぐに涙を浮かべて交渉し、少しでも多くの金を引き出そうとした）一目置いていた女が泣きだして「ママが死んだ、サミーが死んだ、ママが死んだ、サミーが死んだ、ママが死んだ、サミーが死んだ……」と繰り返している。彼は堪忍袋の緒が切れた。もちろん、お義母（かあ）さんは死んでいるよ！　それも二十年以上前の話だ！　いい加減気づけよ！　サミュエルを釈放させたのは家族の強い要望があったからで、こっちはそれに応えようとしただけだ！　家族は裁判を回避しようとしていた。その結果、あんなことになったんだ。誰が悪いのか、こっちが聞きたいくらいだよ。犯人捜し？　誰がまるまるひとつの地区に非常線を張ったりするものか、クソッ！　こっちは選挙戦でくたくたなんだ。きみのせいで、せっかくの夜が台無しだ。そう、ママは死んだ、サミーも死んだ、そのとおりだ。わたしは三人目の幽霊を演じるつもりはない。きみも、幽霊はもうふたりで十分だろう。わたしは隣の部屋で寝る。

　夜、時間を持て余し、カトメは目を見開いてエマンシパシオン紙をむさぼるように読んだ。彫刻家サミュエル・パンクーのアトリエで起きた事故が紙面で取り上げられており、カトメは警察による報告を読み返していた。

《俺たち、学校に行く前に井戸まで水を汲みに行って、戻ってくるときに先生を見かけたんだ。先生は地面に膝をついて、紫の花を摘んでいた。先生がしゃべっているから、最初、隣に誰かがいるのかと思ったんだよ。でも、違った。先生は紫の花に話しかけていたんだ。それで、俺たち、イラッとしてさ。俺たちの地区に、花なんか植えやがって。近所に花が咲いている場所なんかないもん。先生のところだけだよ。だから、花を植えるのは女がやることだ、男がやるなって言ってやったんだ。そしたら、「ここはぼくの庭だ。ぼくの仕事場だ。好きなことをしてなにが悪い」って、怒るんだ。こっちが先に怒っていたのにさ。先生がなにをしたかは、近所中が知っている。先生は俺たちの地区を汚したんだ。こっちは、頭の上のバケツが重いし、家に戻って急いでベニエを食って、学校に行かなきゃならない。でも、先生の態度が気に食わなかった。だって、腰に手を当てながら「ここはぼくの庭だ、好きなことをしてなにが悪い」なんて言うんだぜ。本物の男じゃないくせに、男みたいな口を利くから、こっちはムカついてさ。腰に手を当てて、頭がまんまるだから、俺は「なんだよ、オタマジャクシみたいなでかい頭をしているくせに」って言ってやった。そしたら、「なぜぼくを侮辱するのか、×××」って言い返しやがった。だから、俺は頭からバケツを下ろして地面に置いた。みんなもつぎつぎとバケツを下ろした。でもって、みんなで道路と庭の境のドブを飛び越えて、先生のことをどついたんだ。でも、それは腰から手を離させるためだよ。だって、本当に女みたいじゃん。こっちは、この地区にもう紫色の花を植えてほしくなかっただけだよ。新聞でもテレビでも言っていたよ。水没区域のスラム街は民度が低いって。よその地区の子たちからはバカにされるし。おまえらの地区では、男はみんな女なんだろうって。先生はここの住民じゃないのに。先生が写真でうちの地区を紹介したせいで、いまじゃ、先生はここに住んでいるって、みんなが思いこんでいる。先生が俺たちを恥ずかしい目に遭わせているんだ。先生は写真でもって俺たちをバカにした。俺たちは貧乏だとか、雨の中を漂う水棲生物だとか、汚水につかっているとか……。俺たちはアタマにきてさ。だから、先生のことをどついてやった。どついたといっても、ちょっとつついただけだよ。ちょっとつついたら、先生は紙みたいに軽くて、ふらふらーって、スローモーションでよろめいたの。あれはわざと大袈裟にそうしたんだ、そうに決まってる。だって、人がスローモーションでよろめいたりする？　俺には、先生が庭にあるでかい鉄板みたいなヤツの上で足を滑らせたみたいに見えたけど。それって、地区の掃除の日にみんなで鉄くずを拾い集めて、先生と一緒に溶接して作ったヤツのことだよ。そんでもって、先生はすっころんで、頭をガツンと打ったの。先生は地面に倒れたまま動かなかった。俺たちはおっかなくなって、ずらかった。走って、走って、走っていたら、×××がバケツを忘れたことを思い出してさ。水を汲みにいったのに、手ぶらで帰ったら、母ちゃんたちにぶっ殺されるじゃん。それで、みんなでバケツを取りに戻ったんだ。そしたら、先生が立っていて、「ぼくがきみたちのことを訴えたら、どうする？　親が警察に呼び出されるぞ。おまわりさんが捕まえにくるぞ」なんておどかすんだ。先生はケガもしていないのに、警察に言いつけようとしたんだ！　誓って言うけど、服が汚れて、少し破れただけなんだよ。俺たちはバケツを持って、引き揚げた。でも、帰る途中で×××が「よし、仕返しだ、仕返ししてやれ」って言いだした。「あの胸糞わるい紫色の花を引っこ抜いて、アトリエをめちゃくちゃにしてやろうぜ。そしたら、あいつは怖がって、親に言いつけないだろう。ここから出ていくだろう」って。「あいつが刑務所を出てここに戻ってきたことをよその地区の仲間に知られたら、恥ずかしくて学校に行けなくなっちまう」って。アトリエに戻ったら、先生はあの胸糞わるい花に話しかけていた。「ごめんね、みんな。パパがちゃんと世話をするからね。みんなに会えなくてパパは淋しかったよ」とかなんとか、頭がヤバい人みたいに、花としゃべっているんだよ。××がドブから石を拾って投げつけた。先生は耳にケガをした。俺は四つ目の石を投げた。なんで四つ目かっていうと、×××が声を出して数えていたからさ。みんなで口々に叫んだんだ。「出ていけ、ここから出ていけ、なよなよ男！」とか「軽々しくうちらの名前を口にするんじゃねえよ、このオンナ男！」とか。先生は頭を隠しながら言った。「×××、なぜこんなことをするの？　×××、ぼくがきみになにかした？　×××、なぜそんなことをするの？　×××、×××、×××、なぜなの？　どうして？」こっちは無視して石を投げつづけていたら、先生は走ってアトリエに逃げこもうとした。逃げるなんて、弱虫のやることじゃん。いい大人が逃げるなんてさ、ダサイよ。俺たちはムカついて、マジ、ムカついてさ、先生はアトリエのドアを閉めようとしたけど、閉まる前に×××がドアのあいだに足をつっこんで、六人でドアを押した。体重をかけてグーッと押したら、むこうがズルズル後退して、それで中に入りこめた。先生をこづいてやったら、また転んだ。みっともないって思ったよ。なんで軽く押しただけで、すぐに転ぶかな？　先生は俺たちにすがっていたよ。「ぼくのことはほっといて。お願いだから。このまま出ていって。お父さんお母さんには言いつけないから。×××、×××、×××、×××、×××、ぼくに構わないで。お願い、お願いだから」だって。オンナ男は俺たちみたいな本物の男じゃないし、情けなんてかけないさ。うちの母ちゃんが言っていたけど、女みたいな男は反……、えーっと、なんていったかな？　反……イエス？　え？　反キリストっていうの？　じゃあ、それだ。反キリストだ！　神さまは反キリストを憎んでいるんだ。×××が先生のことを腐ったマカボみたいに蹴り上げた。なんか、床にパンサーみたいなのが転がってたから、そいつを持ち上げようとしたら、重くてさ、×××が手伝ってくれた。先生は俺たちがやろうとしていることがわかったみたいで、「それだけはやめて」って、大人のくせに大騒ぎしてさ、それでイラッときて、先生のチンコの上にそいつを落としてやった。へヘッ、血が出たよ。先生は、女みたいに、赤ん坊みたいに泣き叫んだ。うちの妹が足に熱湯がかかって泣きわめいていたときみたいだったな。大人がそんなふうに泣くのがおかしくて、俺たちは笑った。先生は白いパンツを穿いていて、前が真っ赤になっていた。俺たちはパンツを脱がして確かめた。×××が「こいつが本物の男なら、チンコから血と一緒に白いマグマが出ているはずだ」って言うからさ。でも、血しか出てなかった。先生に本物のチンコがついているかを確かめるのは楽しみだった。だって、母ちゃんが、女になりたい男はチンコを切り取っちゃうって話していたから。先生はまだ自分のチンコを持っていた。チンコは血まみれだった。先生が大声で泣き叫んでいるから、外に聞こえるんじゃないか心配になった。俺たちは毎朝五時半に家を出て井戸まで行って水を汲んできて、学校に行く前に体を洗っているんだ。だから、時刻はたぶん六時半くらいだったと思う。先生が叫んで、叫んで、叫ぶから、俺たちは、黙れ、黙れ、って何度も言ったんだ。それでもまだ叫んでいた。俺たちはアトリエのドアに鍵をかけた。アトリエには何度も来ているから、ボロ布をしまってある場所も知っている。それで、ボロ布を持ってきて口の中に二枚詰めこんだら、先生はカエルみたいに目を丸くして、こっちを見つめた。ボロ布のおかげで声はもう聞こえなかったけど。ボロ布を見たとき、俺はドキッとしてちょっと怖くなったんだ。先生から粘土でヒョウタン形の壺を作るのを教わったとき、そのボロ布で手を拭いたことを思い出してさ。みんなでよく壺を売りにいって、稼いでいたんだ。でも、先生がおまわりさんに連れていかれると、俺たちももう壺を作って市場で売ることができなくなって、親がカンカンに怒ってたよ……。で、そのあと、×××が「学校に遅刻しそうだからもう行くぞ」って言った。俺は壺のことを思うと、なんか悲しくなっちゃって。前は、アトリエで先生とふたりきりで残って、先生が作業をしているところを見せてもらったりしていたんだ。父ちゃんから「おまえが変なことをされたら、俺があの男のチンコを切って、口の中にぶっこんで、食わせてやる」って言われたとき、俺は「先生は変なことなんてしないよ」って言い返したのに。俺は、先生が悪い人で、悪魔みたいだから、悲しくなったんじゃないからね。粘土の壺の作りかたを教えてくれたとしても、悪人は悪人だよ。母ちゃんは、「夜、善人が眠っているあいだにオンナ男は悪いことをする」って言っていたし……。アトリエを出ようとしたとき、誰かが「開けろ、開けろ」と言って、ドアをドンドン叩いたんだ。俺たちは怖くなってきた。うちの父ちゃんの声だってわかったから、ドアを開けると、みんなの親がそこにいた。もう八時になっていたんだ！　学校が始まっている時間だよ。六時半になっても、いつもみたいに俺たちが戻ってこないから、父ちゃんたちは井戸まで探しにいったんだ。それで、アトリエの前を通りかかったとき、ドブのそばに水の入ったバケツが置いてあるのを見つけた。先生がここに着いたのが夜中だったから、父ちゃんたちは先生が戻ってきたことを知らなかったんだ。父ちゃんがものすごい剣幕で怒鳴りまくった。「よくもここに戻ってこられたな、変態野郎！　どの面さげて戻ってきた！　呪われろ！　子どもたちをたぶらかすために戻ってきたか！　まったくこの国はなにを考えているんだ！　てめえみたいな野郎を釈放させるとはな！　てめえがここでどんな目に遭うか教えてやろうか？」誰かの父ちゃんが口からボロ布を外すと、先生を外に引きずり出した。先生は悲鳴を上げて、ぼろぼろ泣いて、チンコからだらだら血を流していた。先生の悲鳴がものすごくて、本当にものすごい悲鳴で、近所中の人がおもてに出てきた。近所のおっさんがアトリエから道具を持ち出した。ねえ、あの、粘土……、えーっと、なんだっけ？ ほら、変な形のナイフみたいな、ヤスリみたいなヤツ。あ、粘土べらだ！ なんだよ、おまえ、教わったこと、いつも忘れちゃうじゃないか。「これは粘土べらというもので、粘土を盛ったりかきとったり、ならしたりして壺の形を整えるのに使うんだ」って、いつか先生に教えてもらっただろう。思い出したかい？ ……それで、こんどはうちの母ちゃんがアトリエに入って、先生が作業で使っていた道具をかき集めて出てきた。それを見て、よそのおっさんが「でかしたぞ、姐さん！ そいつを使って、この野郎を料理してやろうぜ」って言ったんだ。すると、母ちゃんはうちがすぐ近所なもんで、いったん帰って、こんなに、こーんなに、かかとの高い靴を履いて戻ってきた。大人たちは先生のパンツを剝ぎ取って、みんなして先生の股ぐらを叩いて、踏みつけて、攻撃した。先生は生まれる前の赤ん坊みたいに体を丸めていた。うちの叔母ちゃんが俺んちまでアイロンのプラグを差しこみにいった。先生は道路に転がっていて、みんなが先生のつぶれたチンコを見てはやしたてた。「変態！ 変態！ 変態！」って。売店のおっちゃんが「ブラボー、みなさん、ブラボー！ みなさんはこやつの罪深い場所を罰したのです、ブラボー！」って叫んだ。唾を吐きかけたり、蹴りつけたりしている人もいた。叔母ちゃんが熱いアイロンを持って戻ってきて、先生の上でアイロンをかけはじめた。皮膚がずるむけになってさ。先生はもう泣いていなかった。苦しんでいるだけだった。すごく、すごく苦しんでいた。父ちゃんが道具を持って、使いたい人に配っていた。道具の名前なら、俺は全部言えるからね。×××とは違うもん。だから、俺がみんなに説明してあげたわけ。「これは柄ゴテ。柄ゴテがいい人は？」「これはノミ。使いたい人は？」「これは、かきべら。誰が使う？」なんてさ。先生のほうは、まだしゃべっていた。よく聞こえなかったけど、「愛しき神よ」とか「憐れみを」とか……。うちの母ちゃんがそれを聞きつけて、「おまえが神の名を語るのかい？　このサタンの子め！」ってツッコんだ。そこに、えっと、粘土……粘土べらを持ち出したおっさんが来て、そいつを先生の目に打ちこんだ。目玉を両方つぶされて、先生がギャーッて、二回叫んで、それが合図になったみたいでさ、みんながつぎつぎと、道具を使って先生を責めだした。責められるたびに先生の体がくねくねして、ブレイクダンスをしているみたいだった。母ちゃんなんて、ハイヒールのかかとでガンガン頭を踏みつけていた。そしたら、そこに通りかかった人がいて、みんなに注意した。「なにをしているのですか？　主よ、この人たちはどうしたというのでしょう？　あなたがたは人間ではない！　やめなさい！　その人がなにをしたというのです？　警察に、殺人集団がいると通報しますよ！」それで、父ちゃんがやり返した。「あんたはホモの味方か？　あんたが擁護するこの男が何者か知っているのか？　いや、こいつは男でもない。イヌ以下、ネズミ以下の人間が自分と同じ空気を吸っていることが許せるのか？」そのうち、ちっちゃい子たちが泣きだした。その子たちの母親は「子どもを連れて帰れ」って言われた。でも、何人かの人が「子どもに現実を隠すのか？　みんながここでなにをしているのか、子どもは人生を学ぶ必要がある。それが子どもたちのためだ。善と悪の越えてはいけない境界線を知らなければならない」とか言って、反対したんだ。すると、誰かが注意した人のことを指して、「そこの男を行かせるな。そいつは俺たちを裏切るぜ。たぶんそいつはホモだ。そいつをつかまえろ！」って言った。そしたら、注意した人は「わたしを放しなさい。わたしはこれからミサがある。わたしを放しなさい、下劣な者どもよ、わたしは朝のミサを捧げにいく。わたしはサン゠ミシェル教区付き司祭だ」って叫んだんだ。司祭だっていうのは本当らしくて、教区に来たばかりだって、どこかのおばさんが話していた。司祭はアトリエに閉じこめられた。両脇から体を持ち上げられて宙に浮いて、自転車をこいでいるみたいに足をばたつかせながら、呪っていたよ。「あなたがたを告発する、ひとり残らず告発する！　わたしの命に代えても、全員告発する、ひとり残らず！　人殺し！　人殺し！　彼の流した血の代償を、あなたがたは四代先まで払うことになる」って。司祭の足は空中で自転車をこいでいて、みんなは腹を抱えて大笑いした。司祭が閉じこめられているあいだも、先生は体中にアイロンをかけられて、地面でブレイクダンスを続けているんだ。アイロンを離すと、皮膚がぺろんとめくれて、まるでブタの丸焼きみたいで、そこだけピンクの斑（ぶち）になっていた。アイロンが冷めると、叔母ちゃんはすぐにうちまで走った。叔母ちゃんがアイロンを熱くして戻ってくると、先生はもう踊っていなかった。誰かが「もう動いていない」ってつぶやいた。母ちゃんはハイヒールで頭を踏みつけるのをやめた。そしたら、別のおっさんが言った。「まだ死んでいないぜ、死んだふりをしているんだ。だから、うちらがこいつを放置して、明日になって見にきたら、こいつはどんなもんだって顔をしながら、地区中をこれ見よがしに歩き回るに違いねえ」そう言うと、おっさんは、ほら、なんだっけ、あの穴とかをふさぐヤツ、そいつを取りにいった。すごく重いから、三人がかりで運んできて、そいつを先生の頭の上に落とした。グシャッて音がしてさ、頭が弾けたよ。周り中に血が飛び散って、みんなあわてて飛びのいた。でも、そのわりには、みんなすごく満足していた。先生はもう悲鳴を上げもしなかった。誰かが「死んだぞ」って教えてくれた。よそのおばちゃんたちは十字を切った。すると、誰かが声を上げた。「仕事に行かないと。遅刻だ。もう十時だ」別の誰かも言った。「えっ、もう十時？　二時間もかかっちまったか。意外にしぶといやつだったな。もうタイヤを燃やしている場合じゃねえな。ボスがレンガ工場で待っている。うちらにタイヤに火をつける時間がなくて、この野郎、ついているぜ。ローストにしてやるつもりだったのに」そしたら、おばちゃんのひとりが地面をさして「これ、どうするの？」と訊いた。地面には、本当に醜い姿をした、斑だらけの、毛をこそげ落としたブタが転がっていた。俺、近所で人を焼いてほしくなかったんだ。泥棒が火あぶりにされるときなんて、夜、すごく不安になる。だって、燃えるのにすごく時間がかかって、最後は炭みたいになって、何日も、何日も辺り一面ににおいが漂っているんだもん。この地区で泥棒が処刑されるときは、十日くらい肉が食べられなくなっちゃうし……。で、そのときだった。うしろのほうから金切り声が聞こえた。近所中の人がそこで輪になっていたから、姿は見えなかったんだけど、女の人が叫んでいた。「ここで、なにかあったんですか？　あなたがた、息子のアトリエでなにをしているんですか?」その人は、みんなをかき分け、押しのけ、輪の中心の俺たちのところまで来た。先生のママさんだった。ママさんは先生の横に膝をついた。穴をふさぐヤツの下敷きになっているから、先生の顔は見えないんだけど、どうしてママさんは自分の息子だとわかったのかな? オンナ男を殺しちゃいけないの? だってさ、頭がおかしくなったみたいに、花としゃべっているんだよ? それって、まともな人間とは言えないよね? 俺たち、逮捕されるの? ねえ、近所の人たちを逮捕したりはしないよね? 担任の先生からは褒められた感じだったけど。俺たちは公衆衛生の仕事をしたんだってさ。どういう意味かわかんないけど、授業を欠席しても罰は受けなかった。先生はクラス全員に、みんなで拍手を送りましょうって言ったんだ。クラスで俺と敵対している××××は、しかたなく拍手していたけどね。校長先生だけがゲロを吐いていた。たくさん吐いて、そのあと涙を流して、そのあとこう言ったの。「この子たちを警察に連れていきます。両親に連絡してください」って。ねえ、公衆衛生ってどういう意味なの?》

選挙中にタシュン候補の妻がミーティングを欠席していること、彫刻家サミュエル・パンクーの釈放と死にタシュンが関与していると報じる新聞記事(ときおり矛盾が見られた)、結腸癌と戦いつつ七十九歳で党代表を務める野党の現職州知事の存在、復讐心に燃えるママン・キャラメルによる嫌がらせ(真夜中過ぎに公邸の門前でマラブーにヒツジの血を撒かせた)、違反行為の告発(対立候補に投票する用紙を持って投票記載ブースから出てきた有権者ひとりひとりに千フラン紙幣とトマトソースたっぷりのビーフハンバーガーを配った）、投票所にいた対立政党の代表者と結託していた証拠、投票箱が封印されていない状態で開票センターに届いたため無効となったこと、議事録の明らかな改竄、インターネットでの影響工作、選挙人名簿の売買をめぐる対立候補者の訴願など、あれこれあったにもかかわらず、タシュンは当選し、カトメは引きこもりから卒業せざるを得なくなった。

いよいよ公邸を引き払い、新居に移るときが来た。

第二十三章

彼女はジャカランダの花と鉄のオブジェから目を離すと、まくり上げたカーテンをもとに戻し、振り向いてから、自分が独り言を言っていたことに気づいた。そして、ひと月前からこの部屋で過ごしてきた一分一秒が、避けられないとわかっているようでわかっていなかったこの瞬間のために準備されていたことも理解した。人生の波乱に巻きこまれるうちに錆びついてしまった心の底から、猛るような叫び声が沸き上がるのが聞こえた。いつから自分は水の底に沈んでいたのだろう？　いつから酸化が起きていたのだろう？　役場からの通達を受け取った日に端を発する、縮んでしまった自分自身をラフィアヤシの繊維のようにほぐしていくプロセスは、クライマックスを迎えようとしている。いまになって、彼女はやっとそれに気づいた。

サテンのガウンのポケットの中で握った拳に力をこめて、彼女は繰り返した。

「わたしはあそこには住まないわ」

「なにをまた訳のわからんことを言っているんだ。あそこには住まないとはどういう意味だ？きみにはまいるよ。まったく。本当にまいってしまうよ」

彼女は両足に力をいれてまっすぐ立ち、ガウンの腰ひもをきつく結び直した。

「十二年前に置いてきた生活を取り戻したいの」

「頭がまたバーストしちゃったかい？　生活をどこに置いてきたって？　駅のコインロッカーか？　なら、取りにいけばいい！　みんなから女房に理解を示しすぎるのはよくないと言われてきたが、わたしは聞く耳を持たなかった。わたしはきみの気まぐれを許しすぎたようだな。さあ、奥さま、引っ越しのほうに専念してください。そうすれば、余計なことを考えなくてすみますよ」


カトメはキッチンのドアを開けた。天井のオレンジの電球は白い蛍光灯に替えられていた。

「ママ！」アクセルとアリックスが腕の中に飛びこんできた。

「ママ、治ったの？　もう大丈夫なの？　わたしたち、神さまにたくさんお祈りしたの。レシアおばあちゃまからお祈りをいっぱい教わったの、いっぱい、いっぱい。それで、ママのために祈ったの。よかった、治ったんだね、ママ！」

食卓にフォロンと魚の燻製（くんせい）と半熟のプランテンが並べられているあいだ、カトメは双子にぼんやりとした笑顔を向けたままだった。ソクジュは従妹が無気力状態から回復したのを見て安心し、すぐにそばに寄ってきた。バンビリもほっとした表情を見せた。ママ・レシアだけが、彼女の心ここにあらずといった様子に気づき、心配そうに見ていた。

お金も働き口もないのにどこに住もう。教職に戻って、駐在員宅の夜警よりも安い給料を受け取れるようになるまでには少なくとも半年かかる。ママ・レシアの生活費は誰が負担するのか？

ツケの支払いは？　双子を連れていくのか？　どこへ？　どんな住まいに？　生活水準はどこまで落とせるか？　フェンの納骨堂はタシュンが購入した土地に建っている。別の場所で三度目の埋葬を考えないといけないのだろうか？　首都の前知事であり、新しくオー＝フェン州知事に就任した夫と別れた女性を誰が助けてくれるだろう？　ここまで昇りつめておきながら、一気に落ちぶれる自分を誰が理解してくれるだろう？　クーナには「お皿の両側に四種類のナイフとフォークを並べて食事をしているうちは、革命なんて起こせっこないわ」と笑われた。フォルテスからはもう一度やり直そうと言われている。一緒に暮らそうと。彼女を愛し、最初からなにかと期待を持たせたフォルテス。彼がなんと言おうと、期待すれば彼女にあるはずの権利は運び去られてしまう。ひとつ言えるのは、タシュンと離婚したら、人生を分かちあえるような男性が現れても、一緒に暮らすことはもう二度とないということだ。

結婚したのは、ママ・レシアとの息の詰まるような生活から逃れるため、そして、既婚女性として葬られる権利を得る（いまではそれもバカげたことに思える）ためだった。タシュンと結婚すれば、自分の亡骸がペットとほとんど変わらないような扱いで埋葬されるような恥をかかずに済む。結婚したのは、生まれてくる子どもに、母親が父親の一族の墓地以外の場所に埋葬されるのを見るという恥をかかせたくないからだ。誰かの妻となり、母のように気ままな女、モラルのない女と呼ばれないようにするために結婚したのだ。この国では出産できる年齢に達した女性が〝真の女性〟とみなされるために必要な〝既婚女性〟の称号をあんなに望んでいたのに、一瞬であれ、それを捨て去ろうと考えることができたのはどうしてだろう？　十二年もぬくぬくと暮らしておいて、どこで人生をやり直すというのか？　さもなければ、結婚生活を続けるか？　股を広げ、その奥の窪（くぼ）みの中で激しくピストン運動が繰り返されることに同意し、滴（したた）る汗を顔や胸に受け、秒数をカウントし、喘ぎ声を封印し、なにも感じないように努め、口を結び、目を閉じ、尻込（しりご）みをするヴァギナに射精されるのを耐え忍び、満足したように微笑んでみせ、「よかったか？」との問いかけにうなずき、彼の胸に手を置いて、眠りに落ち、別の男の夢を見て、目覚め、パンティーライナーの上におぞましい液体が溜（た）まっているのに気づき、それが太腿（ふともも）を伝って流れ落ちていくのを目にして……。夢の中のフォルテスはジーンズにTシャツという姿だ。フェンに戻っていたのね。少し太ったかしら。彼女は口唇裂の痕を焦らすように唇でなぞり、Tシャツの下で指をひらひらさせながら、懐かしい肌のきめの手触りを堪能する。夢の中ではTシャツを着ているからいい。体にぴったり合った修道服みたいなアバコストでは、服の下に手を入れることもできなかったから……。さもなければ、州知事夫人におさまるか？　カクテルパーティー、会食、ミサ、就任式をこなして……。さもなければ、忘れてしまうか？　サミーの命が奪われたというのに、逮捕者も出ず、裁判もなく、誰ひとり中央刑務所に勾留されず。それを忘れることにするか？

「誰がまるまるひとつの地区に非常線を張ったりするものか、クソッ！　十歳か、十二歳かそこらの子どもたちの身柄（みがら）を拘束するというのか？　水没区域に住む連中は野蛮人だから、あんなところにアトリエを構えること自体がそもそも間違いだったんだ。あんなことで騒ぎ立ててなんの意味があるのか？　もうあとの祭りだ。天はわたしたちに試練を与え、わたしたちはそれを乗り越え、改めてゼロからスタートする。ゼロからの再出発だ。アンセニャン地区も、スラム街の住民もゼロからやり直す。トロピック・マタン紙もゼロから再スタートを切る。ママン・キャラメル・ドゥ・ア・ディス然り。中央委員会然り。キジトとシタ・フェリシもまた、ゼロから再出発するんじゃないか？」

　彫刻家サミュエル・パンクーのアトリエでの事故を消し去るために。アトリエで起きる事故とはどんなものか、彼女はサミーから教えてもらい、実際に自分の目で見て、サミーとともに体験して知っていた。窯の中で作品にひびが入るとか破裂するとか、徹底的にこねた粘土がいうことを聞かず、こちらの狙いどおりの形になるのを拒み、お手上げ状態になったとか、粘土の収縮率の計算を間違えてしまったとか……。アトリエで起きる事故とは、そういったことを指すのだ。かわいがっていたセントポーリアのそばで、無償で陶芸を教えていた子どもたち（グラン・ポール、ブレーズ、クアンク、プチ・ポール、エマニュエル、クリソストームの六人のことだろう）から石打ちの刑にされ、惨（むご）たらしい死にかたをしたサミー。アイロンで皮膚をはがされ、コンクリートのブロックに押しつぶされるなんて、そんなことはアトリエで起きた事故とはいわない。無力な自分のまま生きて、妥協に妥協を重ねていくと、人生が立ち行かなくなる……。とうとう自分の潜在能力を最大限に発揮するときが来たのではないか？

　抱きしめていたアクセルとアリックスが体をばたつかせ、カトメは笑って、ずっと解いていないらしい娘たちの三つ編みをなでた。

「双子ちゃん、ずっと髪を洗っていなかったのね」

「ママ、いつになったら、髪を編んでくれるの?」アクセルが尋ねた。

第二十四章

オー＝フェン大学は休みに入っていた。事務用品や公式集を売る売店や、トウモロコシやプランテンやサフォーを焼くコンロはキャンパスから姿を消し、代わりに雨水をたっぷり含んだフランボワイヤンの緋色の絨毯が広がっていた。カトメはカーディガンのジッパーを首まで引き上げ、車のドアを開けると、ずぶずぶの土の上にスエードのモカシンを履いた足を下ろした。明け方にアクリバを出発するときには、傘を持っていこうとは思わなかったし、ましてや、雨季用の靴など……。寝ているときにいきなりサファリアリに刺されたようなものである。舗装された広い道路を離れ、大学に向かうデコボコ道や急な坂道と格闘しながらハンドルを握っているときに、激しい雨が降りだした。彼女は山頂に建つ虫食いだらけの質素な建物の前に車を停めた。まるで潰瘍（かいよう）のような錆のある赤いトタン屋根をふらふらと、やっとのことで支えているような雰囲気の建物だった。彼女は足もとを見た。この靴では持たないだろう。彼女は朝の嵐のあとのフェンの大地の息吹き、その粘土質の香気、濡れたトウヒの香りをむさぼるように吸いこんだ。

キジトは前期と後期のあいだの休暇中も働いていた。大学の休みを利用して、国内外から依頼を受けている定期刊行物や新聞の記事を早めに用意したり、ルベル誌の次号の内容を考えたりするのだ。タシュン・アッピア候補の満面の笑みが雑誌の表紙を飾ったあとでも、この編集人の論説は購読者やかつて彼に寄稿を依頼していた人々の関心を引いているのだろうか？　彼女は直感的に法学部があると思った建物を目指した。ここには一度だけ来たことがある。サミーと一緒に。はじめてふたりでフェンに出向いたとき。《アンテ・モルテム》展は準備の段階にあり、この頃はまだ、ＣＡＺの中でヴィタ福祉会の孤児たちの個展見学や体験学習の話は出ていなかった。サミーが、タシュンを攻撃するための手段としてママン・キャラメル・ドゥ・ア・ディスに利用される前のことだ。カトメは、サミーが手庇(てびさし)をして研究室の小さな天窓を見上げていたのを思い出した。中央刑務所の独房には窓がなかった。数ヵ月前、ふたりはここにいたのだ。このツインタワーのような陰気くさい建物の前に、ふたりだけで。ほんのわずか数ヵ月前に……。彼女は補講を受けにきていた学生に場所を尋ねた。どうやら棟を間違えていたらしい。矢印形の木札に書いてあるとおりに進まず、左に行けばよかったのだ。――左に行くと、政治学部の看板が見えてきます。その建物に沿ってぐるりと回っていけば、奥に三つ目の建物があります。すると、コミュニケーション学部の看板がありますが、それも正しい表示ではなくて、そこが法学部になります。キジトの部屋は六階で、階段を上がると廊下があって、その突き当たりの右側だという。何メートルか歩いたところで、彼女は迷った。学生の説明がすっかり抜けてしまったのだ。近くにいた婦人に改めて道を尋ねると、相手は顔を輝かせた。「まあ、州知事夫人ではありませんか」化学の教員だというその婦人は案内役を買って出た。廊下はがらんとしていて、研究室のドアは閉ざされている。ペンキを塗った壁は汚れが目立ち、窓ガラスも割れていて汚い。セメントの床には無数の穴が開いている。湿気（しっけ）や雨で天井にも穴が開き、そこからところどころ青く斑の入った白い空が見え、当然ながらその下には水溜り（みずたま）が池のように広がっている。この廊下をサミーと歩いたのだ。あの日、床は乾いていた。

研究室のドアは半開きになっていて、キジトは中にいなかった。教員はキジトを探しにいこうとした。カトメはそれを制して、バッグの中に手を入れ、五千フラン紙幣を取り出した。

「学生さんたちにヨーグルトでも買ってさしあげて。たいへんお世話になりました。ありがとうございます。あとは大丈夫です。ここで待っていますから」

教員は迷った末に手を出して、紙幣をつかんだ。ただ、それを握りしめたまま、バッグにしまおうとはしなかった。最後、教員は握りしめた手を開いて、考えこむように紙幣を見つめると、カトメの手を取り、指を開かせ、手のひらに紙幣を戻した。

「わたしはご案内をしただけです、州知事夫人。では、ごきげんよう」

教員は微笑んで一歩下がり、それからすばやく踵（きびす）を返し、もう振り返ることもなく、大股（おおまた）ですたすた歩いていった。カトメの耳にサミーのせせら笑う声が聞こえた。

「そうやって金を渡さずにはいられないきみにはがっかりするよ。本当にがっかりだよ」

彼女はジッパーを下ろしてカーディガンを脱ぐと、白いパンツの腰の周りに巻きつけた。

人気のないしんとした廊下で、次第に小さくなっていく教員が歩みを緩め、その真向いから、教員より頭ふたつ分は背の高い人影が現れた。そして、まるで上履きに足音が吸収されているかのように静かに、スーツにネクタイを締めたサミュエルの不格好な亡霊がこちらにやってくるのが見えた。屋根の明り取りから冷え冷えとした日差しが差しこみ、体をゆするように歩くシルエットが逆光に浮かんだ。ふたりの兄弟が似ていることにこれほど胸を打たれたことはなかった。むこうはドアの前に彼女がいるのを見ても驚いていないようだった。彼女が探していることを誰かが知らせてくれたに違いない。彼はドアを押し、頭を動かして、一緒に入るように合図した。彼がオフィスとして使っている小さな部屋の中は、サミーと訪問したときからなにも変わっていなかった。メラミンの化粧板の作業机には色とりどりのファイルが乱雑に置かれている。茶色のベルベットを鋲（びょう）打ちした木の椅子に、合成皮革を張った肘掛椅子。学術雑誌、法律書、政治学やコミュニケーション学の書籍と相当な量の埃の重みでぐらぐらする本棚。壁にはA4サイズほどの小窓がふたつあり、部屋の換気ができるようになっていて、空が見え、見下ろすとトウモロコシとピーナッツの畑が広がっている。いつものように「で、うちの弟の妹くんは元気かい？」と声をかけることもなく、キジトはカラフルなファイルを調べはじめた。うちの弟の妹くん。彼は彼女のことをそう呼んでいた。以前は。彼はフォルダーを開いては閉じ、別のフォルダーを開いては何ページか目を通した。部屋の様子は以前のままだ。だけど、すべてが変わってしまったのだ、とカトメは思った。相手が不愉快な思いをすることは覚悟していたし、実際、不愉快そうだった。友情を保（たも）つか、敵対するか。今後のお互いの関係がどうなるか決まるまで、キジトは時間稼ぎをしているのだろう。

　いつまでたっても彼がファイルの中をガサゴソ搔（か）き回（まわ）しているので、彼女はいい加減うんざりした。

「なにか調べもの？」

彼は開いたばかりのファイルをパタンと閉じた。

「ここになにをしに来た？」冷ややかな口調だった。

つまり、敵意があるということだろう。

「サミーのお墓参りがしたくて」

彼は親指と人差し指で鼻をつまんで伸ばした。サミーと同じ鷲鼻である。

「サミーの葬儀にも来なかったのに、よくもぬけぬけと、そんなことが言えるものだな。わたしがきみをサミーの墓に案内すると思うか？」

「だって、お母さんに葬儀には来るなって言われたのよ！」

彼は上唇をめくり上げた。

「息子が暴行を受けて惨たらしく殺されたところだったんだ。その行為の残虐さは、人間がおのれの中に潜む獣性を解き放ったときの暴力性を知っているわたしですら想像できない、凄惨を極めるものだった。そんな状況に置かれた母親として、おふくろは不幸のどん底に突き落とされていたんだ。聡明なきみが、家族の一員のようなきみが、おふくろの言ったことを文字通りに受け取ってしまったのか？　カトメはどこだ？　マダム・アッピアは来ていないんですか？　葬儀中、みんながきみの姿を探していたのに、きみはその場にいなかった！　それなのに、いまさらのこのこやってきて、墓参りに行きたいだって？　きみは何様のつもりか？　ああ、そうか、州知事夫人どのなら、なにをやっても結構ですか！」

カトメは顔を両手で押さえた。自分はパンクー家の人々から拒絶されたわけではなかったのかもしれない……。

「どうして、わたしに参列することができたでしょう」彼女は涙声で訴えた。「シタ・フェリシがわたしに……」

「ああ、もうたくさんだ！　おふくろを都合のいい口実にして……。わたしは一週間、毎日のように公邸に電話して、言づてを頼み、電話をくれるように頼んだ。だが、なしのつぶてだ。マダムはこちらにはいらっしゃいません。ただいま外出中です。承知いたしました。お電話をいただいた旨、お伝えいたします。マダムのほうから折り返しご連絡差し上げるようにいたします……。だが、マダムからは一度も電話がなかった」

「わたしに……わたしに電話を……くれていた？」

「そうさ、カット。電話したよ。きみにひどいことを言ってしまったあとで、おふくろは後悔していたんだ。それを聞いて、わたしはおふくろに腹が立った。ふたりできみに謝りたかった。いつでもうちの家族として歓迎すると伝えたかった。それなのに、一度も電話をもらえなかった。そのあとは、エティが引き継いでくれて、彼もきみのところに電話して……」

もしかしたら、シタ・フェリシと一緒にサミーの遺体を見守り、あと数日はそばに寄り添い、たぶんきっと彼に触れ、間違いなく話しかけ、埋葬から九日後には彼の家の床を掃き清めたあと、彼の部屋を開けたときに立ち会い、ふたりで世界を作り上げたり壊したりしたその部屋で、彼を愛した人々とともに、悲しみを少しは癒すことができたのかもしれない……。「なにがあっても、そばにいてくれるかな？」刑務所でサミーはそう言っていたのに。ママ・レシア、ソクジュ、バンビリは、もちろんタシュンの言いつけで、サミーを弔う機会を彼女から奪ったのだ。


彼女は椅子を引いて立ち上がり、うしろに廻ってカーディガンを座面に置き、そのまま下がって戸口に立ち、両腕を広げた。

「わたしを見てくれる、キジト？」

そう言って、彼女はキジトの視線のもとに全身をさらした。べたついた三つ編み、頬のこけた顔、潤んだ瞳、ストライプのシャツの下に浮き出た鎖骨、だぶだぶのクレープ地のパンツ、パンツの裾の泥はね、土くれのついたモカシン。

「霊安室の前でお母さんと話したあとね、ずっと部屋に引きこもっていた。昨夜、やっと部屋から出られて、今朝、外に出られたの。それで、そのままアクリバから直行してきたの」

キジトは上から下までまじまじと彼女を見てから、視線を逸らした。

彼女は座面のカーディガンをどかしもせずに椅子に腰を下ろした。

キジトはうつむいたまま、しばらくペンをもてあそんでいたが、当人の前で口にしてはいけない言葉を言うかのように、慎重に尋ねた。

「きみは、その、う……うつの状態になっていたのか？」

彼女は弱々しく微笑んだ。

「わからない。なにをする気力もなかったの。目をつむるとね、いろんなことが何度も、何度もよみがえってきて……。たくさんのことが思い出されたわ……。霊安室の前でお母さんと会ってから、わたしは眠りにつきたくなって、眠って……眠って……もう二度と目覚めたくないと思った」

キジトは思考をはっきりさせようとするかのように、頭に何度も手をやった。

「それで、いまは……少しは……よくなっているの？」

「まだ目を覚ましたくない気持ちはあるわ。でも、死ぬまでの人生が長い眠りであっていいはずがないでしょう？」

「こんな悪夢は二度と見たくないという気持ちは誰もが持っている。サムが生まれたとき、わたしは十二歳だった。病院からおふくろがあいつを籠に入れて戻ってきて、おやじがそばに付き添っているのを見たとき、わたしは、これでひとりっ子とはおさらばだ、もう独りぼっちじゃないんだ、と思ったものだ。年が離れていたし、おやじが亡くなってしまったから、わたしたちはもう兄と弟というより、父と息子のような関係になっていた。いまさら言わなくても、きみはわかっていたよね。科学の最終学級を留年したとき、サムはわたしに、文学に乗り換えたいと打ち明けてきたんだ。おやじはサムが科学のバカロレアを取得するまで百年はかかると覚悟していた。わたしがおやじを説得できるまで、サムは二回試験に落ちている。おやじを説得するのはそう簡単にはいかなかった。きみがサムの人生に登場したときに、あいつは別人に生まれ変わった。朗らかになり、内向的ではなくなった。わたしは、いずれきみたちは結婚するものだと思っていた。サムはいつだってきみと一緒にいたがっていたし、てっきりふたりは恋愛関係にあるのだと思っていたからね。その後、きみは結婚した。サムはきみが結婚したことを、どんなに残念に思っているか、わたしに話してくれたが、それは、わたしが考えていたような理由からではなかった」

キジトはそこでいったん息をついた。頬の筋肉が動いた。キジトの声は熱を帯び、よくとおるようになり、彼女が知る本来の声に戻っていた。彼は腕を伸ばし、自分より二十センチメートルほど高い棚の上から分厚い百科事典のようなものをおろして、彼女に渡した。黒いハードカバーで、ページの断面の三方は真っ白なアルバムだった。

カトメのまぶたはヒクヒク震えだした。

「アルバムはここで保管することにした。おふくろがいまもサムのために料理を作っているからね。バッタやらシロアリやらコガネムシやら、毎日、市場で見つけたものを買ってきては、調理している。事故以来、週末はアクリバで過ごすことにしているんだ。子どもたちも連れていく。昼食と夕食には昆虫を食べさせられる。だから、子どもたちは一緒に行きたがらないんだ。おふくろは料理を並べ、わたしたちがちゃんと全部たいらげるか見守っている。自分は料理に手をつけずにね。そして、子どもたちに《塩加減はどう？　トウガラシはもっと？　ニンニクは？》なんて訊くんだ。子どもたちが首を横に振ると、《プチ・ペールはね、ピリッとして、しょっぱいのが好きなの。ニンニクは潰さずにザクザク刻んで、炒めるときに最後に入れるのよ》とか言ってね。プチ・ペールというのは、知ってるよね、サムが赤ん坊だった頃、おふくろがそう呼んでいた。《プチ・ペールはね、カリカリのニンニクが好きなのよ。さあ、召し上がれ。全部食べていいのよ。あの子の分は冷蔵庫にとってあるの。アトリエに持って帰って食べるから》。冷蔵室も冷凍室も、タッパーウェアやアルミホイルの包みでいっぱいになっている。全部プチ・ペールの分なんだ。いうまでもなく、子どもたちは恐れをなしている。家に戻ると、子どもたちは母親に《フェリシおばあちゃん、壊れちゃったみたい》と言いつけていたよ」

アルバムの写真はサミーの葬儀を撮ったものだった。無垢素材の質素な棺。きっちり密閉されていて、故人の顔を見るための小窓もない。棺を取り囲む花々は、ジャカランダやセントポーリアといった、彼の好きな花ではなかった。エティでも、そこまでは考えが及ばなかったらしい。白い服をまとったシタ・フェリシ。キジトや彼の妻や子どもたちは黒い服を着ている。フェリックス・エブエ中学の生徒たちは制服姿だ。校長は黒いスーツに赤いネクタイを締めている。これは、故人が事故で亡くなった場合のドレスコードだ。CAZからはガブリエルとカディディアトゥの二名。ガブリエルはノーマ・デズモンドのつけぼくろがいつにも増して黒々としているような……。黒いアバコストを着用したフォルテス。そうか、フォルテスも来ていたのか……。オーケストラのほかに、アーティストたちの姿も見える。サミーに『ふたりのベロニカ』のDVDを贈っていた造形作家のエミールの顔もあった。大勢の参列者たち。知らない顔ばかりだ。人数ではマドレーヌの二回目の葬儀には及ばないものの、打算でもなく、見返りを期待しているわけでもなく、純粋にサミーに別れを告げに来た人々。その大勢の人々の中に、彼のソウルメイトである彼女の姿はない。

「この胸にオレンジのエンブレムを付けている人たちは？」

「続きの写真を見てごらん。花輪を持っている人がいるだろう？」

写真を次々とたどるうちに、カトメは花輪を見つけた。トーチジンジャーやオカトラノオに縁取られた蛍光オレンジのバナーにメッセージが書かれている。


副会長のご冥福（めいふく）をお祈りいたします　ＤＰクラブ一同

「ＤＰクラブって？」

「ＤＰというと、double pénétration［二穴同時挿入］を連想させるような略語だが、この場合は、dépénalisation［同性愛の非犯罪化］を意味するものだ」

彼女はしばし目を閉じ、それから再び目を開けた。

「サミーがなにかのクラブの副会長をしていたなんて知らなかったわ。そんなクラブがあることも知らなかった……」

キジトは机に肘をつき、組んだ両手に顎を載せて、彼女を見つめた。彼女はそのあとの言葉を飲みこんで、アルバムに戻った。目の前の写真がぼやけていった。サミーがＤＰクラブの副会長？　初耳だった。なぜ教えてくれなかったのか？　タシュンからは「きみたちの関係はあまりにも排他的すぎる。健全ではない」と非難されたことがあるけれど、そこまで言われるほど排他的ではない。自分のことはサミーになんでも包み隠さず話していたのに、サミーは自分について、一部を彼女に内緒にしていた。なぜ黙っていたのか？　一心同体になることがどういうことか、彼女にはわかっていなかったからだろうか？　彼は彼女の存在、彼女の肉体の中で生きていたが、彼女にとってそれは曖昧で抽象的なものだった。残りの人生を獄中で過ごし、近所の子どもやその親たちからリンチを受けるような危険を冒して、思春期から成人期にかけてずっと自分を抑制し、他人に隠し、仮面を被って歩みつづける人間と一心同体になる。それがどういうことか、彼女は知らずにいた。頭髪に触れられただけでゾクッとするほど敏感な彼女でも、気づけずにいたのだ。もともと高いトーンの声を抑えて野太い声を出すために、サミーは発声発語の特訓を受け、男性らしい仕草についてもレッスンを受けていた。金の負担はしていても、彼女はそんなレッスンのことさえ知らなかった。このエンブレムを付けた若い男女たちは、サミーの中に存在していたものを知っている。それが彼女ではないということを。そう、彼女ではないのだ。彼女はサミーに「ザンブエナの、全世界の同性愛者のことなんてどうでもいいの、なんとも思っていないの」と叫んだ。彼女にとって大事なのは彼だけで、だから、「あなたのため」と叫んだのだ。同性愛が終身刑につながる可能性がある国で同性愛者であることが、サミーにとって存在論的にどういう意味を持つのか、彼女は考えたこともなかった。どんな理由であれ、そのどれもが正当な理由であったにせよ、彼が黙っていたせいで、彼女は傷ついた。

「サムはうちの裏庭のおやじの隣に埋葬されている。よかったら、会いにいってやってくれないか。葬儀のとき、オレンジのエンブレムをつけた、会ったこともないサミュエルの友だちがぞくぞくとやってきて、おふくろもわたしも動揺してね……。おふくろは、たぶんきみに尋ねると思う……。新聞に書かれていたことをおふくろは絶対に信じなかった。わたしも信じなかった。葬儀が終わってから、ブソンゲ弁護士が教えてくれたんだ。きみはいつから知っていた?」

彼女はアルバムから顔を上げた。

「それを知ったところでどうなるの?」

「あのとき、怪しいと感じていたら、わたしはあんな記事は書かなかった。というより、別の方法を取っただろう」

「サミーから聞いたのはリセのときだけど」

「弟は高校時代からすでにそうだったのか!」

「バカロレアのあとじゃないけどね」

「きみたちふたりはまったく! で、きみはその……サムの……」キジトは指の関節をねじりながら言葉を探した。「具体的には、その……惹かれたというか……サムが……実際に……」

「彼に相手がいたかってこと? 実際に男性と寝たかってこと?」

「まあ、そんなところかな」

「はっきり言えば?」

「誰かと付きあっていたのかな?」

彼女はうなずいた。

「わたしが知っている人か?」

彼女はうなずいた。

「誰?」

「よく知っている人よ」

彼は肘をつくのをやめ、頭に手をやった。

その目が大きく見開かれた。「まさか……エティなのか?」

彼はカトメの目に答えを読み取った。

「まったく、わたしはどこに目を付けていたのだろう」彼は頭を振った。「それが彼にとってどんなにたいへんだったことか。嘘をつきつづけねばならず、隠し通さなければならず……」

「シタ・フェリシが知りたがったら、なんて言えばいいかしら?」

「もちろん、否定しておいてほしい。そうではない、とね。おふくろだけでなく、ほかの人間にも訊かれたら否定してくれないか。たとえ、きみが本当のことを言ったとしても、おふくろは信じないだろうし、否定しておくのが一番だ。それでなくても、もう十分動揺しているんだ」

キジトはザンブエナの現実を見失ってはいないのだとカトメは思った。妻、六人の子ども、弱りきっている母親、同僚……。いくつかの学位のほかに、殺された同性愛者の兄という称号。

彼は椅子をうしろに引いて、作業机の四段の引き出しのひとつを開けた。

「サムの事故のあと、アトリエの家賃は支払ってあるのに家主がもう貸さないと言い張ってね」

カチャカチャと金属音が聞こえた。カトメの心臓がドクドクと音を立てはじめた。

「アトリエには、わたしたちよりきみに行ってもらったほうがいいと思うんだ。警察は一週間でさっさと捜査を終えて、鍵を返してきた。きみが持っていたくないものは、おふくろのほうに送ってくれ。おふくろが血を拭きとって、散らばっていたものを片づけたから、きみは事故の痕跡を見ないで済む」

「事故なんかじゃないわ、キジト。あれは殺人よ。捜査をやり直すべきよ。サミーは殺されたのよ。スラム街の水棲生物（アクアティーク）どもは逮捕され、裁かれなければならないわ」

「わたしたちはみな水棲生物（アクアティーク）なんだよ、カトメ。誰もが水の底で生きているんだ。ママン・キャラメルやMPAの共謀者たちのことはどうする？　きみの旦那は？　きみが黙っていたことについてはどう申し開きをする？　わたしが本当のサムから目を背けようとすることに対しては？　もし、サムがわたしたちのもとに戻ってきていたなら、わたしは同性愛者の弟がいる事実とどう向きあっただろう？　みんなが平和に暮らすために、弟には隠しつづけていてほしいと願ったのではないか？　アンセニャン地区の親子たちは、サミーの命を奪うことが合法であると思っていた。なぜなら彼らは、地域社会、司法制度、この国の思想健全な多数派の人々が、集団から悪を排除することを暗に認めていることを知っていたからだ。悪を暴き、丸裸にし、死刑に処すことが許可されていることを。もとより運命は、サムからギュゲスの指輪〔自在に姿を隠すことができるという伝説上の指輪〕を取り上げることを決めていたんだ。そういうことだよ」

「なんの指輪ですって？」

「諦めろっていうことだ。ほら、これ」

キジトはアトリエのキーケースを差し出した。

「わたしには、あなたの運命論を受け入れることはできない。それに、たとえあなたの言うとおりだとしても、《そういうことだ、どうしようもない》で済ませるわけにはいかないの！　ブソンゲ先生は正しかったわ。わたしたちは、やらなければならない。自分たちで調べ直して、この忌々しい法律を変えさせなければならない。諦めるなんて無理よ！　諦めるなんてできないわ、キジト！」

「わたしにはもう力が残っていないんだ、カトメ」彼は打ちひしがれていた。「きみの旦那が表紙を飾ったのは一度きりで、サミュエルの死によって、ごますり記事を書くのは中止になったが、ルベル誌は海外スポンサーをすべて失い、わたし自身も何社かと交わしていたフリー契約を打ち切られた。選挙の公示日には、わたしの車のタイヤは四本ともパンクしていて、フロントガラスもリアウィンドウも割られていた。わたしは地域住民にとって、きみの旦那のランニングメイトに選ばれた元村長と同じ、裏切り者なんだよ。わたしには大学の職しか残っていない。もう無茶はできないんだ」

彼は暗緑色のジャケットの胸のポケットからハンカチを取り出し、額と目を拭った。彼は泣いていた。

丘の頂に建つ納骨堂の円錐形の屋根は真っ青な空に向かってそそり立っていた。ドワーフモミが成長し、ユーカリ林はより深みを増してきたように思えた。太陽が輝き、大地を温めていた。カトメは大理石の墓にデミジョンのラフィアワインを注ぎ、塩一キロを撒き、ヤシ油をひと瓶分ふりかけ、母の好物だったトウモロコシ粉とマカボの葉を蒸した菓子、テニュミリテールの皿を供えた。ついでに、裸足でスツールに乗り、箒でもって天井の隅に張ったクモの巣も払っておいた。

彼女は車に戻ると、トランクを開けた。取り出したビニール袋の中には香水瓶が入っている。それを持って、納骨堂に戻り、壁からモールディングからコーニスから柱の台座から天井の隅々に至るまで、空中にも、開口部の鉄の手すりにも香水を吹きつけた。ディオールの〈プワゾン〉百ミリリットル入りのスプレーボトル。かつて母がまとっていた唯一の香り。彼女はひんやりとした大理石に口づけて、ささやいた。

「ママ、ママ、ママ……ママならどうする？　ママ、わたしはどうしたらいい？　サミーをお願いね、ママ。サミーを頼むわね。サミーはママにジャカランダやセントポーリアの話をしてくれた？　作品のほうはクーナがちゃんと面倒を見るからって伝えてね。わたしも面倒を見るわね」

アクリバに戻る途中で彼女はいったんRAV4を停め、Uターンしてオー＝フェン大学に向かった。数時間前に訪ねたときからずっとキジトは席を立っていないようだった。彼は学生たちのレポートを添削していた。カトメは中には入らずに戸口で立ち止まった。

「キジト、許可を求めにきただけだから。長居はしないわ。十分なお金ができたら、もう一度捜査をやり直してもらいます。反対しないでください。お願いします……」

「カトメ……」彼はため息をついた。「きみはさっきより汚れているじゃないか。ちょっと来なさい」

キジトは自分が鍵を保管している教員用のトイレに彼女を連れていった。彼女は靴を脱ぎ、蛇口をひねって水を細く出し、モカシンのスエードにこびりついた泥を落とした。彼はティッシュボックスを手に、彼女に背を向けて戸口の前で待っていた。

彼女は告げた。

「教育省に教職への復職を願い出るつもり。わたしはアクリバに残るわ」

キジトは彼女に近寄った。

「じゃあ、タシュンはどうなるの？」

彼女は肩をすくめた。

「こちらで州知事になるんじゃない？」

「はぁ？」彼は顔をしかめてみせた。それがまた驚くほどサミュエルと似ている。「タシュンがきみに三下り半（みくだりはん）を突きつけるような真似をするか？」

三下り半。まったく、いつの時代のことを言っているのやら。キジトのような人間でも、女性のほうから決断を下すという発想はないらしい。

「わたしのほうから出ていくのよ」

「そんなことをしても、サムは戻ってこないんだぞ！　離婚はするな！　子どもがふたりいるんだぞ！」

「子どもたちとは結婚していないわ」

「本末転倒も甚だしい。確かに、サムのことではたいへんな目に遭った。だが、これ以上ことを荒立てるな。きみには育てなければならない子どもたちがいるじゃないか」

彼女は床のモザイク模様のタイルの上に靴を置き、無意識に太腿の上で手をぬぐった。白いパンツに赤茶けた縞模様ができた。キジトはティッシュの箱を差し出しながら、彼女を探るように見た。

「なぜ出ていく？　フォルテスか？　そうだな？　彼のせいだな？」

彼女は表情を変えずにティッシュを抜き取り、無言でゆっくりと一本一本指を拭いていった。

「カトメ、確かにわたしはサムという人間のことが見えていなかった。だからといって、ほかのことが見えていなかったわけではない……。サムの事故のあとで、フォルテスが高速道路のプロジェクトから降りて、ミヴァル社を辞めたことは、きみも知っているはずだ」

彼女は視線を上げ、キジトを見つめた。

「知らなかったわ……」

「フェンを去る前、フォルテスが挨拶に来たんだ」

「あの人はわたしの決意とは関係ないから。わたしは、母から伯母、伯母から夫と、ずっと誰かの言いつけに従って生きてきたの。これからはまだ十歳であるかのようにいちいち誰かにお伺いを立てることなく、自分の人生を生きていきたいの。ひとつ確実に言えるのは、もうタシュンのことは愛していないということよ」

「もうタシュンのことは愛していないのか？」

キジトはおかしそうに笑った。

「しかし、結局のところ、愛と結婚にどんな関係がある？　結婚するから結婚する。その一点に尽きる。いろいろな理由で結婚して、同じ理由から、なにがあっても別れず、結婚生活を続け、子どもを育てるんだ。きみが別れたいという理由はわかるし、たぶんわたしも同じことを考えるかもしれない。だが、この国はこういう国なんだ。自分から離婚するというなら、幻想は抱くな。自分の居場所はないものと思いたまえ。いっぽう、夫に去られた場合は、引き留められなかったことを非難はされても、少なくとも、被害者という立場は与えられる。いまの状況ではそちらのほうが有利だぞ、サミーの妹くん。幻想は抱くな。女性であるきみのほうから出ていくというなら、きみはギロチン行きになる。死刑執行人は社会全体だ。きみに偉そうなことを言えた義理ではないが、よく考えてほしい、妹くん。よく考えるんだ、きみにはふたりの子どもがいる」

車を停めているところまでついてくると、彼は彼女を抱きしめた。

「おふくろには電話しておくから。きみが会いにいくって。きみの顔を見たらきっと喜ぶだろう」

突然、ふたりの頭上に虹が出た。額に手をかざし、しばし、ふたりは虹に見とれた。

彼女は車に乗りこみ、窓を下ろした。彼は運転席と同じ目線の高さに身を屈めてから、まるで呼吸法を実践するかのように、ゆっくりと肺の奥から息を吐き出した。

「きみには言わないつもりでいたけど……。彼はきっと……。とにかく、彼とはいまも連絡を取りあっているから、きみがその気なら……」

カトメの首のうしろが疼いた。カトメはフロントガラスのむこうのキジトや同僚教員たちの研究室が入る汚ならしい外壁の建物に目を凝らした。

「……彼は、ザンブエナや、フェンや、きみへの思いを断ち切れずにいるようだ」

彼女は無意識にうなずいていた。

「……弟の妹くん、きみにその気があれば、わたしはここにいるから……」

彼女はキジトに顔を向け、曖昧に微笑んでみせると、エンジンスイッチを押した。

キジトは体を起こし、車から離れた。

車を走らせながら、彼女は虹について思い出した。いつだったか、キジトがサミーと彼女に教えてくれたことがある。オー＝フェンでは、雨上がりに虹が出ることはめったにないのだと。

第二十五章

やっぱり妻は頭がいかれている——タシュンの表情がそう言っていた。ベージュ色に統一したダイニングルームで、家族四人で食事をしている最中だった。たてがみをなびかせながらトウモロコシ畑を走る馬のプリントが入ったキャラコ地のテーブルクロスの上で、タシュンはいきなりアクセルとアリックスに伝えた。彼女たちの母親が十二年前に置いてきた生活、つまり、娘たちが誕生する前の、子どもも夫もいない生活に戻ることを望んでいる、と。昼間にサン＝クリストフ学院であったことを披露していた娘たちは黙りこんでしまった。まるで声を部屋のベージュの壁や、壁の真鍮のランプのベージュの笠や、椅子の座面のベージュの布に吸い取られてしまったかのようだ。アリックスはナイフとフォークを皿の脇にそっと置いた。アクセルは水の入ったピッチャーに手を伸ばし、つかみそこねて倒した。ピッチャーはすりおろしたマカボがなみなみと入ったソースポートを直撃し、ソースポートの取っ手が欠けた。水がテーブルクロスに広がり、双子と両親の太ももを伝って床へと流れていく。隣のキッチンに控えて一家の食事風景を見守っていたバンビリの行動はすばやかった。すぐに洗い桶の中からスポンジを、サイドボードの上から布巾を取り上げ、掃除用具入れからモップを出し、観音開きのドアを開けて駆けつけた。夕食はそこで切り上げられた。

しばらくして、カトメは娘たちのベッドの縁に腰かけていた。

「双子ちゃん、さっきパパが言ったことだけど……」

顎まで毛布を被って、双子は互いに顔を見あわせた。食卓でふたりはなにも尋ねなかった。それならそれでいい。もう口を利かないというなら。

「眠い」とアリックス。「寝かせて」とアクセル。

冷や水を浴びせられようが、おかまいなしにカトメは尋ねた。

「明日、何時に起こしたらいい？」

「そっちの好きなときでいい」アクセルがか細い声で答えた。

カトメは娘たちの額にキスをしてから、寝室に戻った。不安と迷いで胸が締めつけられそうだった。タシュンはベッドカバーを外しもせずに、手枕で横たわり、天井を睨んで彼女を待っていた。

「きみには身分を与えてやった……。きみはわたしの姓を名乗り……そして、わたしに恥をかかせるつもりでいる……」彼は肘をついて身を起こした。「わたしがおとなしく屈辱を受けると思うか！　この国ではいつから女が離婚を要求するようになったんだ？　いつからだよ、おい！

娘たちはどうするのか？　おい、おい、おい！　こっちが離婚を決めたら出ていけよ、マダム！

わたしが決めたときだけにしろ！」

ザンブエナでは、結婚とは、本人同士の運命が結ばれるというよりは、ふたつの家族が融合することであり、ふたりの個人というよりは、ふたつの共同体がひとつになることであって、持参金と宗教に基づいた結婚こそが不変で揺るぎのない関係だと見なされている。タシュンはジャマに応援を求めた。

「離婚することは、勇気ある行為だと思っているの？　いいこと？　結婚生活を続けるのも勇気ある行為のひとつですよ。わたしの父が言っていたものだけど、洪水の被害を受けても、自分は霧雨に濡れただけと考える人もいるんです。また働きたいですって？　おあいにくさま！　少なくとも、あなたにはちゃんとした仕事があるでしょう。家庭科の教師があなたの仕事なの？　家庭で娘たちをしっかり守って育てることは仕事ではないというの？　体がムズムズするなら、Aランクの男を見つけて、落ち着かせなさい。ここを出てどこへ行こうというの？　それに、CZからも抜けることになりますよ。そこまでは考えていなかった？　格下の生活を望んで、あとから神さまに嫌われたと泣き言を言うことになっても知りませんよ。おあいにくさま！」

タシュンはママ・レシアを呼び寄せた。

「教会で結婚したのに、離婚なんかしたら、地獄に落ちますよ。真実の愛、永遠の愛なら、天国で経験できるんだからね。わたしの結婚生活はゴルゴタにいるみたいなものだったけど、わたしは夫と別れなかった。結婚したら、一緒に暮らして、お互いを支えあうもの。それが結婚というものだよ。あんたがここから出ていったら、わたしたちはどうすればいいの？　どうやって食べていくの？　誰のお金を当てにすればいいの？」

おつぎは、タシュンの秘書のバルビーヌ・カンペの出番だった。

「どんな夫婦にも問題はあるものですわ、マダム・カトメ。それぞれの家庭の事情は外からは見えませんから。知事……州知事閣下のようなご主人はなかなかいらっしゃいませんよ。あらゆることは時間が解決してくれますわ」

部屋係のモットーまでもが、朝、カーテンを開けにきたときにひと言漏らした。

「奥さまは満腹でいなさる。お腹がいっぱいなもんだから、出ていきたくなったんでしょうな。満腹になると、ものが考えられなくなるもんです。離婚なさってはいけません、州知事夫人。離婚は間違っています」

ある晩、聖霊の働きがあったかのように、センケからの手紙が鏡台に置かれていた。

《イエスさまが最初におこなわれた奇跡がカナの婚礼で、云々(うんぬん)……水をぶどう酒に変えられ、云々……神さまがふたりを結びつけ、云々……結婚は、云々……子どもは、云々……ともに歩む人生が、云々……神の恩寵(おんちょう)が、云々……》カトメは途中を飛ばして末尾に目を通した。《あなたの決意がどのようなものであれ、わたしはここにいます。いつ、会いにきてくれる?》

カトメが自己紹介をしようとすると、丸眼鏡の奥から観察するような目で見ながら、セシル・ブソンゲ弁護士は「存じあげております」と言った。「あなたはいわば当方のクライアントのようなかたでしたから」

サミュエル・パンクーから、カトメが弁護士への支払いを肩代わりしていることを聞いていたという。弁護士はカトメにティッシュボックスを差し出した。雨天だったが、タシュンに買ってもらったRAV4は取り上げられてしまったため、通りでタクシーを待つはめになったのだ。カトメは顔や腕をティッシュでおさえた。濡れたブラウスは肌に張りつき、外では雨が一定のリズムで降りしきっている。早い段階でサミー側の弁護を引き受けた女性の前で、カトメは勇気をかき集め、いきなり切り出した。

「最初にお断りしておきますが、いまは報酬をお支払いできそうもありません」

ブソンゲ法律事務所をあとにすると、カトメは娘たちを迎えに学校へ向かった。貸し切りのタクシーの車内で（運転手は外でドアにもたれて待っていた）、波打つ動悸を抑えながら、彼女は一時間にわたって、娘たちに話したいことをはっきりと懸命に伝えた。

「ママはほかの男の人と暮らすために出ていくの？」話し終えてカトメが口をつぐむと、アリックスが尋ねた。

「違うわ、双子ちゃん。ママはひとりで暮らすために出ていくの。弁護士の先生の言うとおりなら、ときどき、あなたたちとも暮らせるわ」


「立ち去れ、アスモデウス！」

「立ち去れ、アスモデウス！」

「大天使と天使の歌声がおまえを浄化する！」

ママ・レシアとその娘たちが節をつけて唱和する。伯母は親指でカトメの額に十字の印をつけた。さらに、前の年の灰の水曜日で使用した灰をヨルダン川の水（大聖堂のそばのラ・プロキュールのショップで購入したエルサレムの聖油をブレンドしてある）で希釈したものを、カトメの顔、両耳の中、太もものあいだにつぎつぎと吹きつける。ロジーヌの担当は、椅子の背後から腕を回してカトメの体を高い背もたれに押しつけ、上半身の自由を奪うことだ。足もとでは、ソクジュが寝転んで、両手でカトメの足首をつかみ、この戦利品は誰にも渡すものかとばかりに左足の甲に頭を載せている。

「イエスの血がおまえを清める！」

「十二の星の冠を頂いた聖母がおまえを清める！」

「祝福を受けた一家に離婚した女はいてはならない！」

「イエス・キリストの子らの家に離婚があってはならない！」

カトメは抗議した。最初のうちこそ「なんなの？　このサーカスみたいな真似は？　もういいから、やめてよ！」などと穏便に済ませようとしたものの、だんだんと言葉遣いが乱暴になり、ついには「この地獄行きの人間のクズ！　おまえらの神とやらが存在するなら、願わくはおまえらが永遠にサタンに監禁されんことを！」と吐き捨てたとたん、いや、最後まで言い終わらないうちに口内に、歯に舌にスプレー攻撃を受け、カトメは息が続かず、呪いの言葉は去年の灰の水曜日の灰によって封じられた。黙っていればよかったのに、カトメは黙らなかった。救済の使命に燃えるママ・レシアが姪の不適切な発言を邪悪な者の仕業と決めつけ、怒りの炎に燃え盛る姪の瞳に気づかないふりをするものだから、カトメはなおも暴言を撒き散らした。

「信仰狂いのクソババア！　そんなに金がほしいなら、自分たちで稼いでこい！　このドケチ一家！　アスモデウスはそっちだ！」
伯母のように聖霊の威光を笠に着たクリスチャンでなければ、カトメの罵詈雑言にさぞかし心をかき乱されたことだろう。

「暴れないように押さえつけなさい。みんなで祈るのよ。この子にこんなことを言わせているのはアスモデウスだからね。アスモデウスは脅威を感じているのよ。この声はアスモデウスの声よ。カトメにとりついているのよ。悪魔からこの子を解放してやらないと……」

ママ・レシアは生活がかかっていた。自分だけではない。経済的に安定した子どもたちの将来が。

前日、伯母からカトメに電話があった。サンガを作るから食べにおいでというお誘いである。カトメは伯母好みの服を選んだ。パーニュ生地に花柄をあしらった半袖のワンピースで、やや深めのVネック、ウエストはフィットして、ヒップのあたりから裾にかけて緩やかに広がっている。サンガを食べ終えてから三十分後、聖書の文句を引いてうまくごまかし、玄関ドアを施錠し、窓を閉めきってしまうと、ママ・レシアは真っ昼間の居間をＬＥＤ照明が照らし出す人工の夜に仕立てた。ふたりの従姉がカトメに襲いかかり、警察が来る前に悪魔祓いをしてしまおうと、彼女を椅子に縛りつけた。外では急に日が陰り、真っ黒な雲が空を覆って、雨が降りだし、雷鳴が轟いた。家の中では、ママ・レシアが〝神によって結ばれた関係〟を壊そうとするカトメの欲望を根絶し、女性をそそのかして夫から引き離そうとする色欲の悪魔、アスモデウスをカトメから追い払おうとしていた。〝神が大いなる善意をもって遣わされた〟義理の息子、タシュンはこのような裏切りに遭うべき男ではないのだ。

「あんたが母親の真似をすることはないの。母親のふしだらなところを受け継ぐ必要なんて、これっぽっちもないんだからね」背後からロジーヌが言った。

「なんでわざわざ母のことを……（口の中に聖水がシュッ！）持ち出す必要があるわけ？　この意地悪女！（またもや、シュッ！）」

スプレーの油っぽい水がカトメの鼓膜をふさぎ、顔から、首、胸、背中、股のあいだまで幾筋も流れていく。

「立ち去れ、アスモデウス！」

「立ち去れ、アスモデウス！」

「父なる神よ、彼女の魂が救われんことを、彼女の結婚生活が救われんことを！」

「彼女がアスモデウスから解放されますように！」

「彼女が原罪から解放されますように！」

「あなたのしもべが救われますように！」

カトメの足をがっしとつかみながら、ソクジュが凄んだ。

「神さまはあんたを憐れんで、夫を遣わしてくださったから、あんたは母親のような女にならずに済んだのよ。それなのに、タシュンをひどい目に遭わせる気？　恥知らず！」

経口キニーネのような苦い味が口の中いっぱいに広がった。怒りで視界がかすみ、カトメはこの先二度と伯母とその子どもたちに会うことはないと感じた。解放されたのかといえば、そう、確かに彼女は解放されはした。今度こそ、母は永遠に亡くなったのだ。

それからの数日、彼女は賃貸のワンルームを探した。しかし、家賃六ヵ月分を前払いしなければならず、手もと不如意で、何日かエティの家に厄介になっていたところ、クーナが声をかけてくれた。住まいを提供するから、代わりにギャラリーでパート従業員として働かないかという。ギャラリーで世話になれば、教員の仕事が始まるまでの半年間、食いつないでいくことができる。

最近になって、彼女はDPクラブの入会が認められた。エティは思いとどまるように説得したが、彼女の熱意に根負けした。DPクラブでは異性愛者は歓迎されていない。もちろん異性愛者の会員もいて、同性愛者の味方として一緒に活動はするのだが、それも束の間（つかのま）で、ビザを取得し航空券を入手すると、ヨーロッパやアメリカへ飛び、祖国で迫害を受けていると主張する。DPクラブの入会は亡命者の資格を得るための口実で、実際の同性愛者たちは彼らの踏み台にされていたのである。

ブソンゲ弁護士がタシュンに離婚申請書を送った日、カトメはブビンガ・プロジェクトでジャマからの電話を受けた。

「あなたは社会的な地位を下げる契約書にサインしたのね。これであなたはZランクに降格ね、カトメ。ゼロよ。これより下はないわ。片手では袋の口を縛れないとは、父の口癖だったけど、すぐにそれがわかるでしょう。聞くところによると、あなたは夫と別れるだけでは飽き足らず、弁護士と組んで、あの男の死亡事故について再捜査をさせようとしているんですって？　おあいにくさま！　言わせてもらうけど、無駄な抵抗はやめることね。あなたが向かうところにはわたしたちが立ちはだかっていることをお忘れなく。あなたはＣＡＺから除外されました。もう二度とＣＡＺには顔を出さないでちょうだい。これも自分の不徳のいたすところですからね」

カトメはカーッと耳が熱くなった。

「もしもし、ジャマさん、ジャマさん、ジャマさん……」声を荒らげることなく、彼女は言った。「言わせていただきますけど、ひとつ目。あなたのＣＡＺについてですが、そんなものは、クソくらえでございます。よろしくお伝えください。つぎに、ふたつ目。あなたの脅しには乗りません。よろしいですか？　このクソババア！」

ある晩、ブビンガ・プロジェクトで展示会のオープニングパーティーが開催された。ガブリエル、フェット、カディディアトゥの三人は、クーナのアシスタントとして招待客を出迎えるカトメの姿を見て驚きを隠さなかった。招待客にフライヤーを配る彼女の腕をつかんで、ガブリエルは声をかけた。

「ねえ、ちょっと！　カトメ・アッビアじゃないの！　You used to be big！〔以前は大物だったわよね〕」

カトメは肩をそびやかし、目を細め、眉をくいっと持ち上げた。そして、軽く顎を上げて、ニヤリと笑い、声にノーマ・デズモンドのプライドを漂わせながら答えた。

「I am big. It's my former life that got small.［いまも大物よ。小さくなったのは以前の暮らしのほう］」


側溝のそばでタクシーから降りると、彼女は水溜りの中をさらうようにのぞき、こちらをうかがう住民の表情を探った。トウモロコシの製粉機のモーター音、バイクの粗悪なガソリンの臭気、サフォーやプランテンを売る女たち、サッカーに興じる子どもたちの無邪気な声、チェッカーボードを前ににやつく連中、パーニュをまとった娘たち、古本売り、蚊柱、側溝の黒い水の上でブンブン飛び回るハエの群れ。空は晴れ渡り、からりとした涼しい風が吹いている。その中を、彼女は痕跡を求めて探し回った。サミーがこの場でこの世から消された日、茶色の雨模様の空にいつものごとく稲妻がジグザグに走ることを知らせる兆候はあったのか。

手が震えた。セントポーリアの花壇が消えている。手が震えた。錠の外しかたが思い出せない。手が震えた。ドアのむこうにサミーはいない。真紅のシャツを着て、作業台で粘土をこね、漆黒の顔に灰色の粘土のシミをつけ、からかうように目で笑う、白い歯がまぶしいサミーの姿はもう見られない。手が震えた。ここに来るのもこれが最後だ。

アトリエの中に入ると、デッサン、クロッキー、スケッチ、製作途中の作品や、置き去りにされ、埃を被り、使われずにいることを寂しがっている道具たちが、サミーが帰ってこないことについて、ひそひそと話しあっていたのがわかった。いまも彼らはささやきあっている。いまにドアが開いて、サミーが入ってくるよ。最初に弾けるような笑顔を見せ、両手で白い粘土の真新しい作品を重そうに抱えて。サミーは若い父親のように満足そうに彼女に新作を披露する。そして、こう言うんだ。「ほら、新しいわが子だよ、カティネトゥ。でも、なんできみがここにいるの?」って。自分のアトリエに彼女が入りこんでいるのが、彼はおもしろくないんだ。「あのね……ビンディ、わかっているでしょ。ぼくがいないときは、ここに入っちゃダメだって」――彼女はサミーのいいつけを破ったのだ。彼がいないのに、勝手にひとりで入ってしまった。彼が刑務所にいたときでさえ、ここには足を踏み入れなかったのに。

彼女にとって、かつての倉庫は怪物のように思えた。

アトリエにあるものたちはサミーとどこか似通った雰囲気を醸していた。彼から引き離されたものたち――プチ・ポール、エマニュエル、クアンクらに作らせたテラコッタの壺、眠るよりも汗だくになって横たわっていたことが多い簡易式ベッド、大量の写真、粘土が沈殿した水の入った洗面器、洗い桶に山積みになった汚れた作業着、失敗した試作品が、自分たちの運命が決められるのを静かに動じることなく待っている。

カトメは、もはやサミーの指導で子どもたちが絵付けを施すこともない壺たちに目を向けた。以前この目で見た、せわしなく粘土をこねる小さな手や、注意深く集中している顔つき、好奇心いっぱいでうれしそうな表情と、その子たちがサミーの肌や体や顔や微笑みの上に容赦なく降らせた暴力の雨とのあいだに、どんなつながりがあるというのだろう？

籐の本棚の上段には彫刻関係の書物が並び、その脇に、スクラップブックのような大型のリングバインダーが置かれていた。中はルーズリーフとクリアポケットが交互に綴(と)じてある。ルーズリーフには、サミーの作品に対する新聞雑誌の批評記事が最近のものから古いものまで日付順に貼られ、クリアポケットのほうには、作品や展覧会の写真が入っていた。カトメは、そのすぐ下の段にある黒マジックで〝友人〟と書かれた靴箱に目を留めた。サミーはその中に自分の仕事に対して批判的な記事の切り抜きを集めていた。そこにはサミュエル・パンクー事件のきっかけとなったトロピック・マタン紙の記事が二つ折りになって入っているほか、辛辣な批評もいくつかあった。《サミュエル・パンクーの作品、あるいは無用の礼賛》《空疎を彫刻するアート》《サミュエル・パンクー、あるいは凡庸を生業(なりわい)とする者》《いかにして凡庸なアマチュアから凡庸なプロフェッショナルになりえたのだろう？》……。ラ・ヴォワ・デュ・ザンブエナ紙のインタビュー記事では、タシュンが個展についての感想を求められ、思ったままを露骨に述べていた。ママン・キャラメルの歪(ゆが)んだ性根が引き起こし増幅させた混乱のすぐあとに、タシュンによってサミーの棺に最初の釘が打たれたのだ。そういえば、キジトが言っていた。わたしたちはみな水棲生物(アクアティーク)なんだよ、と。

この石、この粘土。昼はひねもす夜はよもすがら、サミーが全身全霊を捧げてきた無機物、無生物。これらすべては最終的に廃棄処分にされるか、生きながらえるかである。雑然とした作業台の隅に無造作に放ってあるこの雑巾、あらゆる用途に使われて汚れたこの雑巾、サミーの指がつかんだこの雑巾、寿命の不確定なこの雑巾は、死んで埋葬され、ウジに蝕まれ、土に還って無となる造形芸術家サミュエル・パンクーに、一対一の対決で勝利したのだ。トイレットペーパー、歯ブラシ、靴下、鉛筆、下着、バスマット、壁、トタン屋根、パジャマ、皿、ティーポット、アトリエに転がっているすべてのもの――割れたり、バラバラになったり、買い取られたり、もらわれていったり、捨てられたりするこれらすべての生命を持たないもの、いつまでも残りつづける可能性のあるものが、当意即妙で機知にとんだ若者、ラテン語の生き字引で類まれなゴッドファーザー、才能あるアーティストとの勝負で勝利を収めたことは明らかだった。人はたいてい、いつかは近しい存在の死と直面し、その事実を思い知ることになる。カトメは深い悲しみに沈みながらも、幼稚で突拍子もないやりかたでそのことを確認している自分を恥じた。雑巾は、ポイント1。対するサミュエル・パンクーはポイント0。

サミーがいない中でサミーを見つける心の準備はなにひとつできていなかった。

彼女は腰を落ち着けられる場所を探した。背の高い竹のスツールはサミーの作業を見るときに座っていたけれど、そこにはもう座れない。どこもかしこも埃だらけで、部屋の四隅などはカビがクモの巣と競りあっているようなありさまだ。涙で曇った視界に簡易ベッドが映った。彼女はベッドカバーを外し、タータンチェックのブランケットをめくって、しわくちゃの黄色いシーツの上に斜めに横たわり、胎児のように体を丸めた。

*

フェンでママの埋葬のミサが捧げられている。幕屋に棺が安置され、サミーがママン・キャラメル・ドゥ・ア・ディスとしゃぶらせオヤジと並んで座り、祭壇のそばでは青い脚のパンサーが歌っている。真紅のスータンを着て大司教に扮したトロピック・マタン紙の主筆がピョンピョン飛び跳ね、ともに儀式をおこなう司祭たちが手を叩く。葬祭社の制服を着たタシュンはオナラが止まらず、みんなが鼻をつまむ。サミーが席を離れ、わたしの前に来た。さっと片足を引き、もう片方の膝を折ってお辞儀をすると、わたしをダンスに誘う。青い脚のパンサーが同じ歌を繰り返し歌っている。

わたしに会いたいかい？　ならば、わたしはここにいる。
だから会いにくるがいい！　ジマント亭に！
わたしはパンサー、右にバッタリ、
わたしはパンサー、左にバッタリ、
わたしはパンサー、もうお手上げで、

だから、わたしはここにいる！　ジマント亭に！

わたしの腰に手をまわし、サミーがささやく。

「ビンディ、ぼくの死の真相について再捜査させるつもりだね？　この国の法律を糾弾しようというの？　ごらん、パンサーが踊るよ、ほら、踊るよ、踊る。この夢を見れば見るほど、悪夢が始まる気がするんだ」

「カトメ？　カット？　そこにいるのかい？」

はっと目が覚めた。誰かがおもてのドアを叩いている。簡易ベッド……アトリエ……プロボノ活動……パンサー……《ジマント亭に！》……青いパンサー……水棲生物（アクアティーク）……。怖い……。落ち着きを取り戻すまでに数秒かかった。そうだ、昨夜エティに電話して、アトリエまで来てほしいって頼んでおいたんだ。大家さんには、滞納していた家賃三ヵ月分を清算するため、ここに寄ってもらうことにしているし、クーナも顔を出してくれるはずだ。いろいろなものを仕分けしなければならないし、こちらで引き取る作品もたくさんある。

わたしは急いでドアの錠を外しにいった。

謝辞

輝かしい夜明けのアルチザン、ダヴィッド・ミニョーに感謝します。

ロテヌフで『自分だけの部屋』を紹介してくださったアンリ・ジョッベ・デュヴァル〔フランスの現代アートのキュレーター〕に感謝します。

アニック・ピエルス、カトリーヌ・フイエ、エリザベート・マルリアンジャ、グザヴィエ・カルニオへ。友情に感謝します。原稿読みに付きあってくれてありがとう。

ヤニック・ルワット、ヴィルジニー・パンジャ、アニック・ナナ、ディアーヌ・ルワット、クリスラン・ナナに感謝します。ヤン、そして、おばあちゃん、おいしい料理をありがとう、ごちそうさまでした。ヴィショ、あなたはこの先もずっとかけがえのない存在です。

彼岸の旅人、ステファヌ・チャカム〔カメルーンのジャーナリスト、LGBT活動家。故人〕、覚醒（かくせい）への道を歩む道連れとして、いつもあなたをそばに感じていました。

ジュリー・トラサール＝ドナチアン、迷っていたとき、適切な言葉を示してくださり、感謝します。あなたはわたしの人生を照らすイザヤです。

最後に、エチエンヌ・フィアット〔CFIカナル・フランス・インターナショナルの映像部門のエグゼクティブディレクター〕へ。なにより、あなたの妹分、ビンディでいられることを誇りに思います。

訳者あとがき

本書は、カメルーン出身のオズヴァルド・ルワットの作家デビュー作 *Les Aquatiques* の全訳である。〝水棲生物〟を意味する奇妙なタイトルがついたこの作品は、二〇二一年八月にフランスのレゼスカル社より刊行された。著者のルワットは、すでに数々の受賞歴を誇るドキュメンタリー映画監督として名を馳せており、フォトグラファーとしてもアフリカや欧米の各地で写真展を開催するほど精力的で多才である。事故に遭い、足首を骨折して一年間の静養を余儀なくされたことが、三十九歳で小説の執筆活動に入るきっかけとなった。小説家になるという自身の決断には懐疑的になることもあったようだ。「でも、書くときは、そこが自分の居場所だとわかっています」と、アフリカ・レポート誌（パリ）のインタビューで彼女は語る。「正しい生きかたなんてない。唯一の方法は自分らしくあることです」

ルワットは一九七六年にカメルーン北部州の州都ガルアで生まれた。父は仏系企業グループの重役で、母とは十三歳のときに死別している。青春時代は読書や映画に没頭したらしい。首都ヤウンデのヤウンデ国際ジャーナリズム高等学校（当時）とパリ政治学院で学び、政府系新聞のカメルーン・トリビューンに就職するが、さまざまな制約を嫌い、早々に見切りをつける。人権問題に強い関心を持っていたという彼女は、その後、パリの国立映画学校とモントリオールの国立映像音響学院で映画制作の技術を身につけ、社会的・政治的テーマを扱ったドキュメンタリーフィルムを次々と発表していく。その中には高い評価を受け、国際映画祭などで複数の賞を獲得した作品も少なくない。彼女がカメラを向ける対象の多くが、社会的に抑圧され、疎外され、人権を奪われた人々である。

『水棲生物――水の底のアフリカ』で描かれているのは、女性や同性愛者が基本的な権利を奪われ、劣ったもの、卑しいものとして認識されている家父長的な社会であり、集団の教えや因習によって個人を縛る濃密なコミュニティであり、エリート層の利益が優先される権力構造であり、地位と利権を守るために政治家たちが闘争を繰り広げる社会だ。そんな社会に生きるヒロインのカトメは、教職を諦め、野心的な政治家の妻として夫を支えながら、親友のアーティストで同性愛者のサミーの芸術活動を支えている。舞台となるザンブエナは実在しない国だが、サハラ以南のアフリカ諸国を髣髴(ほうふつ)とさせる。ルワット自身、似たような社会的政治的状況を経験している。

「わたしが育った環境では、ゲイであることは社会的死を意味します。国家による抑圧の前に、家族による抑圧があり、子どもの頃から同性愛者には天罰が下ると教えられてきました。作家として無関心ではいられない問題です。だからこそ、過ちを犯したわけでもないのにありのままの自分でいることを拒絶された人たちと会い、このテーマに取り組むことにしたのです」

(TV5MONDE(テヴェサンクモンド)の番組インタビューより)

彼女の意欲的な小説は、二〇二一年に当時アフリカ連合議長であったコンゴ民主共和国のチセケディ大統領の主導で創設された全アフリカ文学賞の栄えある第一回受賞作に輝いた。さらには、二〇二二年のフランス語圏五大陸賞（フランコフォニー国際機関）やアフリカ賞（黒人アンガジェ作家愛好会 La Cene Littéraire が選ぶアフリカ文学賞）にノミネートされたほか、サハラ以南アフリカ出身作家のフランス語作品を対象とするアマドゥ・クルマ文学賞、アカデミー・フランセーズ賞フランス語文学賞などの文学賞を受賞する。友人のゴンクール賞作家、アティーク・ラヒーミーからは「素晴らしい！」と熱烈な賛辞が寄せられ（原書の帯）、また、アカデミー・フランセーズ会員のミシェル・ザンクは「処女小説とは思えないほどの完成度の高さ。さまざまなディテールや登場人物のキャラクターがよく書きこまれており、風刺も効いている」と絶賛する（フィガロ・リテレール誌）。ほかにも、フランスのジャーナリスト、キディ・ブベイが「果敢にも、デビュー作で現代アフリカ社会における最大のタブーのひとつ、同性愛への弾圧について取りあげている。異質や変化を嫌うコミュニティに生じた集団的狂気が精緻な筆致で描かれている」（ル・モンド紙）と評するなど、作品を高く評価する声は多い。国外では英語やドイツ語に翻訳され、アフリカではコートジボワールでの刊行も果たしている。

物語は「マドレーヌ・ラプトゥの最初の葬儀は二十年前にとりおこなわれた」という奇妙な一文から始まるカトメの母親の埋葬シーンで幕を開ける。プロローグに続く第一部では、カメラがカトメの視点に切り替わり、「わたし」という一人称で語られ、第二部に入ると、語りが三人称に替わり、第三部でもそれが継承され、最後の最後、サミーのアトリエでうたた寝をするシーンで再びカトメの一人称に戻るという構成になっていて、なかなか興味深い。力強い視覚的な文章でヒロインの内面に迫り、思考や感情を追い、ときにはシニカルに、ときには笑いを誘うように、ときには官能的に、ときには残酷に、カトメの過去の記憶やエピソードを盛りこみながらストーリーが展開し、写実的で映像的な作品世界を堪能できる。

抑圧されていた自分を自分の意思で解き放とうとするカトメ。個人を縛る集団の既存システムからの脱却と解放はこの作品のテーマでもある。サミーは青い脚のパンサーの夢を見ると悪いことが起きる気がするといい、実際に予言は的中してしまう。終盤、サミーのアトリエでうたた寝をするカトメの夢にも青い脚のパンサーが現れるが、はたして彼女を待ち受ける未来は……。

翻訳に関していえば、文中には今日の観点からみると差別的ととられかねない表現がありますが、作品自体の持つ文学性や文化的背景に鑑み使用しているものであり、差別の助長を意図するものではないことをご理解ください。

最後に、貴重なご助言をくださり、丁寧な編集作業をしていただいた講談社の市川裕太郎さん、鈴木薫さん、堀沢加奈さんをはじめ、お世話になったかたがたに心よりお礼を申しあげます。また、この稀有な作品を訳す機会を設けてくださった翻訳家の高野優先生にこの場をお借りして感謝を申しあげます。

大林　薫

二〇二五年二月

本書には、作品の背景や前後の文脈に鑑み、
今日の観点からみると不適切と思われる語も
あえて使用して翻訳した部分があります。
ご理解のほど、よろしくお願いいたします。

｜著者｜

オズヴァルド・ルワット

Osvalde Lewat

1976年カメルーン生まれ。母親の影響で、少女時代は映画鑑賞や写真撮影に熱中する。パリ政治学院卒業後、カメルーンでジャーナリズムを学び、新聞社で働くが、職業上の制約や言論の不自由にぶつかる。その後、パリの国立映画学校（FEMIS）とモントリオールの国立映像音響学院（INIS）で映像制作を学ぶ。以降、社会的なテーマのドキュメンタリー作品を次々に制作。そのうちの何作かは国際映画祭などで高く評価され、賞を獲得した。フォトグラファーとしても精力的に活動し、パリ、ニューヨーク、キンシャサなどの都市で写真展を開催。本書が初の小説となる。

｜訳者｜

大林 薫

Kaori Ohbayashi

フランス語翻訳家。訳書にジョルジュ・シムノン『月射病』（東宣出版）、エクトール・マロ『家なき子』（小学館世界J文学館）、リュック・ベッソン『恐るべき子ども　リュック・ベッソン『グラン・ブルー』までの物語』（監訳／辰巳出版）、ファビオ・ヴィスコリオージ『モンブラン』（エディション・エフ）など。

翻訳コーディネート｜ 高野 優

水棲生物

水の底のアフリカ

2025年4月14日　第1刷発行

著　者　オズヴァルド・ルワット
訳　者　大林　薫
発行者　篠木和久
発行所　株式会社講談社　KODANSHA
〒112-8001 東京都文京区音羽2-12-21
電話　出版　03-5395-3506
　　　販売　03-5395-5817
　　　業務　03-5395-3615

本文データ制作　講談社デジタル製作
印刷所　株式会社KPSプロダクツ
製本所　株式会社国宝社

定価はカバーに表示してあります。
落丁本・乱丁本は購入書店名を明記のうえ、小社業務宛にお送りください。
送料小社負担にてお取り替えいたします。
なお、この本についてのお問い合わせは、文芸第三出版部宛にお願いいたします。

ISBN978-4-06-534211-4　N.D.C.994 367p 19cm